COLLECTION FOLIO

Maylis de Kerangal

# Réparer les vivants

Gallimard

Cet ouvrage a précédemment paru
aux Éditions Verticales.

Maylis de Kerangal a grandi au Havre. Elle est l'auteure de nouvelles, *Ni fleurs ni couronnes* (« Minimales », 2006), d'une fiction en hommage à Kate Bush et Blondie, *Dans les rapides* (2007), et de romans publiés aux Éditions Verticales, dont *Corniche Kennedy* (2008), *Naissance d'un pont* (prix Franz Hessel et prix Médicis 2010), *Tangente vers l'est* (prix Landerneau 2012), *Un monde à portée de main* (2018) et *Canoës* (2021). Paru en 2014, *Réparer les vivants*, roman d'une transplantation cardiaque, est traduit en trente-cinq langues et récompensé par plusieurs prix littéraires en France et à l'étranger, dont celui du Roman des étudiants France Culture-*Télérama* et le Grand Prix RTL-*Lire*. La même année, Maylis de Kerangal a reçu le Grand Prix de littérature Henri Gal de l'Académie française pour l'ensemble de son œuvre. Plusieurs de ses romans ont été adaptés au théâtre et au cinéma. Elle est par ailleurs membre de la revue *Inculte*. Elle vit et travaille à Paris.

« My heart is full »

*De l'influence des rayons gamma*
*sur le comportement des marguerites,*
Paul Newman, 1973

Ce qu'est le cœur de Simon Limbres, ce cœur humain, depuis que sa cadence s'est accélérée à l'instant de la naissance quand d'autres cœurs au-dehors accéléraient de même, saluant l'événement, ce qu'est ce cœur, ce qui l'a fait bondir, vomir, grossir, valser léger comme une plume ou peser comme une pierre, ce qui l'a étourdi, ce qui l'a fait fondre – l'amour ; ce qu'est le cœur de Simon Limbres, ce qu'il a filtré, enregistré, archivé, boîte noire d'un corps de vingt ans, personne ne le sait au juste, seule une image en mouvement créée par ultrason pourrait en renvoyer l'écho, en faire voir la joie qui dilate et la tristesse qui resserre, seul le tracé papier d'un électrocardiogramme déroulé depuis le commencement pourrait en signer la forme, en décrire la dépense et l'effort, l'émotion qui précipite, l'énergie prodiguée pour se comprimer près de cent mille fois par jour et faire circuler chaque minute jusqu'à cinq litres de sang, oui, seule cette ligne-là pourrait en donner un récit, en profiler la vie, vie de flux et de reflux, vie de vannes et de clapets, vie de pulsations, quand le cœur de Simon Limbres, ce cœur humain, lui, échappe aux machines, nul ne saurait prétendre le connaître, et cette nuit-là, nuit sans étoiles, alors qu'il gelait à pierre fendre sur l'estuaire et le pays de Caux, alors qu'une houle sans reflets roulait le long des falaises, alors que le plateau continental reculait, dévoilant ses rayures géologiques, il faisait entendre le rythme régulier d'un organe qui se repose, d'un muscle qui lentement se recharge – un pouls probablement inférieur à cinquante battements par minute – quand l'alarme d'un portable s'est déclenchée au pied d'un lit étroit, l'écho d'un sonar inscrivant en bâtonnets luminescents sur l'écran tactile les chiffres 05:50, et quand soudain tout s'est emballé.

Cette nuit-là donc, une camionnette freine sur un parking désert, s'immobilise de travers, les portières avant claquent tandis que coulisse une ouverture latérale, trois silhouettes surgissent, trois ombres découpées sur l'obscurité et saisies par le froid – février glacial, rhinite liquide, dormir habillé –, des garçons semble-t-il, qui zippent leur blouson jusqu'au menton, déroulent leur bonnet au ras des cils, glissent sous la laine polaire le haut charnu de leurs oreilles et, soufflant dans leurs mains jointes en cornet, vont s'orienter face à la mer, laquelle n'est encore que du bruit à cette heure, du bruit et du noir.

Des garçons, ça se voit maintenant. Ils se sont alignés derrière le muret qui sépare le parking de la plage, piétinent et respirent fort, narines douloureuses à force de tuyauter l'iode et le froid, et ils sondent cette étendue obscure où il n'est nul tempo, hormis le fracas de la vague qui explose, ce vacarme qui force dans l'écroulement final, scrutent ce qui gronde au-devant d'eux, cette clameur dingue où il n'est rien sur quoi poser le regard, rien, hormis peut-être la lisière blanchâtre, mousseuse, milliards d'atomes catapultés les uns contre les autres dans un halo phosphorescent, et assommés par l'hiver au sortir du camion, étourdis par la nuit marine, les trois garçons maintenant se ressaisissent, règlent leur vision, leur écoute, évaluent ce qui les attend, le *swell*, jaugent la houle à l'oreille, estiment son indice de déferlement, son coefficient de profondeur, et se souviennent que les vagues formées au large progressent toujours plus vite que les bateaux les plus rapides.

C'est bon, l'un des trois garçons a murmuré d'une voix douce, on va se faire une bonne session, les deux autres ont souri, après quoi tous trois ont reculé ensemble, lentement, raclant le sol de leurs semelles et tournant sur eux-mêmes, des tigres, ils ont levé les yeux pour creuser la nuit au fond du bourg, la nuit close encore en arrière des falaises, et alors celui qui a parlé a regardé sa montre, encore un quart d'heure les mecs, et ils sont remontés dans le camion attendre l'aube nautique.

Christophe Alba, Johan Rocher et lui, Simon Limbres. Les alarmes sonnaient quand ils ont repoussé leur drap et sont sortis du lit pour une session conclue peu avant minuit par échange de textos, une session à mi-marée comme on en compte deux ou trois dans l'année – mer formée, houle régulière, vent faible et pas un chat sur le spot. Un jean, un blouson, ils se sont glissés au-dehors sans rien avaler, pas même un verre de lait, une poignée de céréales, pas même un bout de pain, se sont postés au bas de leur immeuble (Simon), devant le portail de leur pavillon (Johan), et ont attendu le camion qui lui aussi était ponctuel (Chris), et eux qui jamais ne se lèvent avant midi le dimanche, malgré les sommations maternelles, eux dont on dit qu'ils ne savent que penduler chiques molles entre le canapé du salon et la chaise de leur chambre, ils piaffaient dans la rue à six heures du matin, lacets défaits et haleine fétide – sous le réverbère, Simon Limbres a regardé se désagréger l'air qu'il expirait par la bouche, les métamorphoses de la fumerolle blanche qui s'élevait, compacte, puis se dissolvait dans l'atmosphère, jusqu'à disparaître, s'est souvenu qu'enfant il aimait jouer au fumeur, plaçait l'index et le majeur tendus devant ses lèvres, prenait une large inspiration en creusant les joues et soufflait comme un homme –, eux, soit les *Trois Caballeros*, soit les *Big Waves Hunters*, soit Chris, John et Sky, alias jouant non comme des surnoms mais comme des pseudonymes, puisque créés pour se réinventer surfeurs planétaires quand on est lycéens d'estuaire, si bien qu'à l'inverse prononcer leur prénom les rabat illico sur une configuration hostile, la bruine glacée, le clapot maigre, les falaises comme des murs et les rues désertées à l'approche du soir, le reproche parental et la requête scolaire, la plainte de la petite amie laissée sur le carreau, celle à laquelle on aura cette fois encore préféré le *van*, celle qui ne pourra jamais rien contre le surf.

Ils sont dans le *van* – jamais ils ne disent camionnette, plutôt crever. Humidité craspec, sable granulant les surfaces et râpant les fesses comme du papier de verre, caoutchouc saumâtre, puanteurs d'estran et de paraffine, surfs empilés, monceau de combinaisons – shorties ou intégrales épaisses à cagoules incorporées –, gants, chaussons, wax en pots, *leashes.* Se sont assis tous les trois à l'avant, serrés épaule contre épaule, ont frotté leurs mains entre leurs cuisses en poussant des cris de singe, putain ça caille, après quoi ils ont mastiqué des barres de céréales vitaminées – mais faudrait pas tout becqueter, c'est après que l'on dévore, après s'être fait dévorer justement –, se sont passé la bouteille de Coca, le tube de lait concentré Nestlé, les Pépito et les Chamonix, des biscuits de garçons mous et sucrés, ont fini par ramasser sous la banquette le dernier numéro de *Surf Session* qu'ils ont ouvert contre le tableau de bord, accolant leurs trois têtes au-dessus des pages qui luisaient dans la pénombre, le papier glacé comme une peau hydratée d'ambre solaire et de plaisir, des pages tournées des milliers de fois et qu'ils scrutent à nouveau, globes basculés hors des orbites, bouches sèches : déferlante de Mavericks et *point break* de Lombok, rouleaux de Jaws à Hawaï, tubes de Vanuatu, lames de Margaret River, les meilleurs rivages de la planète déroulent ici la splendeur du surf. Ils y pointent des images d'un index fervent, là, là, ils iront là un jour, peut-être même l'été prochain, les trois dans le camion pour un surf trip de légende, ils partiront à la recherche de la plus belle vague qui se soit jamais formée sur Terre, rouleront en quête de ce spot sauvage et secret qu'ils inventeront comme Christophe Colomb a inventé l'Amérique et seront seuls sur le *line up* quand surgira enfin celle qu'ils attendaient, cette onde venue du fond de l'océan, archaïque et parfaite, la beauté en personne, alors le mouvement et la vitesse les dresseront sur leur planche dans un rush d'adrénaline quand sur tout leur corps et jusqu'à l'extrémité de leurs cils perlera une joie terrible, et ils chevaucheront la vague, rallieront la terre et la tribu des surfeurs, cette humanité nomade aux chevelures décolorées par le sel et l'éternel été, aux yeux délavés, garçons et filles n'ayant pour tout vêtement que ces shorts imprimés de fleurs de tiaré ou de pétales d'hibiscus, ces tee-shirts turquoise ou orange sanguine, n'ayant pour tout soulier que ces tongs de plastique, cette jeunesse lustrée de soleil et de liberté : jusqu'au rivage ils surferont le pli.

Les pages du magazine s'éclairent à mesure que le ciel pâlit au-dehors, elles divulguent leur nuancier de bleus dont ce cobalt pur qui brutalise les yeux, et de verts si profonds qu'on les dirait tracés à l'acrylique, çà et là le sillage d'un surf apparaît, rayure blanche minuscule sur mur d'eau phénoménal, les garçons clignent des paupières, murmurent putain c'est ouf quand même, c'est guedin, puis Chris s'écarte pour consulter son portable, la lumière de l'écran bleuit sa face et, l'éclairant par-dessous, accuse l'ossature de son visage – arcade sourcilière proéminente, mâchoire prognathe, lèvres mauves – tandis qu'il lit à voix haute les informations du jour : les Petites Dalles today, houle idéale sud-ouest/nord-est, vagues entre un mètre cinquante et un mètre quatre-vingts, la meilleure session de l'année ; après quoi il ponctue, solennel : on va se bâfrer, *yes,* on va être des *kings* ! – l'anglais incrusté dans leur français, constamment, pour tout et pour rien, l'anglais comme s'ils vivaient dans une chanson pop ou dans une série américaine, comme s'ils étaient des héros, des étrangers, l'anglais qui allège les mots énormes, « vie » et « amour » devenant *life* et *love,* aériens, et finalement l'anglais comme une pudeur – et John et Sky ont hoché la tête en signe d'acquiescement infini, yeah, des *big wave riders,* des *kings.*

C'est l'heure. Amorce du jour où l'informe prend forme : les éléments s'organisent, le ciel se sépare de la mer, l'horizon se discerne. Les trois garçons se préparent, méthodiques, suivant un ordre précis qui est encore un rituel : ils fartent leur planche, vérifient les attaches du *leash,* passent des sous-vêtements spéciaux en polypropylène avant de revêtir les combinaisons en se contorsionnant sur le parking – le néoprène adhère à la peau, la râpe et parfois même la brûle –, chorégraphie de pantins en caoutchouc qui demande de l'entraide, nécessite qu'ils se touchent, se manipulent ; après quoi les bottillons, la cagoule, les gants, et ils referment le camion. À présent, ils descendent vers la mer, surf sous le bras, légers, franchissent la grève à grandes enjambées, la grève où les galets s'effondrent sous leur pas dans un boucan infernal, et une fois arrivés au rivage, alors que tout se précise en face d'eux, le chaos et la fête, ils passent le *leash* autour de leur cheville, rajustent leur cagoule, réduisent à rien l'espace de peau nue autour de leur cou en saisissant dans leur dos ce cordon qu'ils remontent jusqu'aux derniers crans de la fermeture éclair – il s'agit d'assurer la meilleure étanchéité possible à leur peau de jeune homme, une peau souvent constellée d'acné dans le haut du dos, sur les omoplates, quand Simon Limbres, lui, arbore un tatouage maori en épaulière –, et ce geste, le bras tendu en l'air d'un coup sec, signifie que la session commence, *let's go* ! – alors peut-être que maintenant les cœurs s'excitent, qu'ils s'ébrouent lentement dans les cages thoraciques, peut-être que leur masse et leur volume augmentent et que leur frappe s'intensifie, deux séquences distinctes dans un même battement, deux coups, toujours les mêmes : la terreur et le désir.

Ils entrent dans l'eau. Ne hurlent pas en y plongeant leur corps, moulé de cette membrane flexible qui conserve la chaleur des chairs et l'explosivité des élans, n'émettent pas un cri, mais traversent en grimaçant la muraille de cailloux qui roulent, et la mer se creusant vite, puisqu'à cinq ou six mètres du bord ils n'ont déjà plus pied, ils basculent en avant, s'allongent à plat ventre sur leur planche, leurs bras entaillant le flot avec force, ils franchissent la zone de ressac et progressent vers le large.

À deux cents mètres du rivage, la mer n'est plus qu'une tension ondulatoire, elle se creuse et se bombe, soulevée comme un drap lancé sur un sommier. Simon Limbres se fond dans son mouvement, il rame vers le *line up*, cette zone au large où le surfeur attend le départ de la vague, s'assurant de la présence de Chris et John, postés sur la gauche, petits bouchons noirs à peine visibles encore. L'eau est sombre, marbrée, veineuse, la couleur de l'étain. Toujours aucune brillance, aucun éclat, mais ces particules blanches qui poudrent la surface, du sucre, et l'eau est glacée, 9 ou 10 °C pas plus, Simon ne pourra jamais prendre plus de trois ou quatre vagues, il le sait, le surf en eau froide éreinte l'organisme, dans une heure il sera cuit, il faut qu'il sélectionne, choisisse la vague la mieux formée, celle dont la crête sera haute sans être trop pointue, celle dont la volute s'ouvrira avec assez d'ampleur pour qu'il y prenne place, et qui durera jusqu'au bout, conservant en fin de course la force nécessaire pour bouillonner sur la grève.

Il se retourne vers la côte comme il aime

toujours le faire avant de s'éloigner davantage : la terre est là, étirée, croûte noire dans des lueurs bleutées, et c'est un autre monde, un monde dont il s'est dissocié. La falaise dressée en coupe sagittale lui désigne les strates du temps mais là où il se trouve le temps n'existe plus, il n'y a plus d'histoire, seul ce flot aléatoire qui le porte et tournoie. Son regard s'attarde sur le véhicule grimé en *van* californien qui stationne sur le parking devant la plage – il reconnaît la carrosserie constellée de stickers récoltés au fil des sessions, il sait les noms étalés à touche-touche, Rip Curl, Oxbow, Quiksilver, O'Neill, Billabong, la fresque psychédélique mélangeant dans un même flottement halluciné champions de surf et stars du rock, le tout assorti d'un bon nombre de filles cambrées aux maillots rikiki, aux cheveux de sirène, ce *van* qui est leur œuvre commune et l'antichambre de la vague – après quoi il s'accroche aux phares arrière d'une voiture qui gravit le plateau pour s'enfoncer dans les terres, le profil de Juliette endormie se dessine, elle est couchée en chien de fusil sous sa couette de gamine, elle a son air buté même dans le sommeil, et subitement il fait volte-face, se détourne du continent, s'en arrache, un sursaut, encore quelques dizaines de mètres, puis il cesse de ramer.

Bras qui se reposent mais jambes qui dirigent, mains accrochées aux rails du surf et torse légèrement relevé, menton haut, Simon Limbres flotte. Il attend. Tout fluctue autour de lui, des pans entiers de mer et de ciel surgissent et disparaissent dans chaque remous de la surface lente, lourde, ligneuse, une pâte basaltique. L'aube abrasive brûle son visage et sa peau se tend, ses cils se durcissent comme des fils de vinyle, les cristallins derrière ses pupilles se givrent comme si oubliés dans le fond d'un freezer et son cœur commence à ralentir, réagissant au froid, quand soudain il la voit venir, il la voit qui s'avance, ferme et homogène, la vague, la promesse, et d'instinct se place pour en trouver l'entrée et s'y infiltrer, s'y glisser comme un bandit se glisse dans un coffre pour en braquer le trésor – même cagoule, même précision millimétrée du geste –, pour s'insérer dans son envers, dans cette torsion de la matière où le dedans s'éprouve plus vaste et plus profond encore que le dehors, elle est là, à trente mètres, elle approche à vitesse constante, et brusquement, concentrant son énergie dans ses avant-bras, Simon s'élance et rame de toutes ses forces, afin de prendre la vague de vitesse justement, afin d'être pris dans sa pente, et maintenant c'est le *take off*, phase ultrarapide où le monde entier se concentre et se précipite, flash temporel où il faut inhaler fort, couper toute respiration et rassembler son corps en une seule action, lui donner l'impulsion verticale qui le dressera sur la planche, pieds bien écartés, le gauche en avant, *regular*, jambes fléchies et dos plat quasiment parallèle au surf, bras ouverts stabilisant l'ensemble, et cette seconde-là est décidément celle que Simon préfère, celle qui lui permet de ressaisir en un tout l'éclatement de son existence, et de se concilier les éléments, de s'incorporer au vivant, et une fois debout sur le surf – on estime en cet instant la hauteur crête à creux à plus d'un mètre cinquante –, étirer l'espace, allonger le temps, jusqu'au bout de la course épuiser l'énergie de chaque atome de mer. Devenir déferlement, devenir vague.

Il prend ce premier *ride* en poussant un cri, et pour un laps de temps touche un état de grâce – c'est le vertige horizontal, il est au ras du monde, et comme procédant de lui, agrégé à son flux –, l'espace l'envahit, l'écrase tout autant qu'il le libère, sature ses fibres musculaires, ses bronches, oxygène son sang ; la vague se déplie dans une temporalité trouble, lente ou rapide on ne sait pas, elle suspend chaque seconde une à une jusqu'à finir pulvérisée, amas organique sans plus de sens et, c'est incroyable, mais après avoir été tabassé par les cailloux dans le bouillon de la fin, Simon Limbres a fait demi-tour pour repartir direct, sans même toucher terre, sans même s'attarder sur les figures fugaces qui se forment dans l'écume quand la mer achoppe sur la terre, surface contre surface, il est retourné au large, ramant plus fort encore, fonçant vers ce seuil où tout commence, où tout s'ébranle, il a rejoint ses deux copains qui pousseront bientôt ce même cri dans la descente, et le set de vagues qui blinde sur eux depuis l'horizon, rançonnant leur corps, ne leur laisse aucun répit.

Aucun autre surfeur ne vint les rejoindre sur le spot, personne ne s'approcha du parapet pour les regarder surfer, ni ne les vit sortir de l'eau une heure plus tard, lessivés, carbonisés, flageolant sur leurs jambes, titubant alors qu'ils retraversaient la plage pour gagner le parking et rouvrir le camion, personne ne vit leurs pieds et leurs mains mêmement bleus, meurtris, violacés jusque sous les ongles, ni les dartres qui lacéraient maintenant leur visage, les gerçures aux commissures des lèvres quand leurs dents, elles, claquaient tac tac tac, un tremblement continuel de mâchoires calé sur celui de leur corps et qu'ils ne pouvaient calmer ; personne ne vit rien, et quand ils furent rhabillés, caleçons de laine passés sous les pantalons, couches de pulls, gants de cuir, personne ne les vit se frotter mutuellement le dos, sans pouvoir se dire autre chose que bordel de merde, putain de mes couilles, alors qu'ils auraient tant aimé parler, décrire les chevauchées, inscrire la légende de la session, et frissonnant de la sorte, ils se sont enfermés dans le camion, sans attendre Chris a trouvé la force d'allumer le moteur, il a démarré et ils ont vidé les lieux.

C'est Chris qui conduit – c'est toujours lui, le *van* appartient à son père et ni Johan ni Simon n'ont leur permis. Depuis les Petites Dalles, il faut compter environ une heure pour atteindre Le Havre en prenant, à partir d'Étretat, la vieille route qui descend sur l'estuaire par Octeville-sur-Mer, le vallon d'Ignauval et Sainte-Adresse.

Les garçons ont cessé de grelotter, le chauffage de la camionnette est poussé à fond, la musique aussi, et sans doute que la chaleur surgie dans l'habitacle est pour eux un autre choc thermique, sans doute que la fatigue se fait sentir, qu'ils bâillent et dodelinent, cherchant comment se blottir contre le dossier des sièges, emmitouflés dans les vibrations du véhicule, nez calfeutré dans leur écharpe, et sans doute aussi qu'ils s'engourdissent, que leurs paupières se ferment par intermittence, et alors peut-être que, passé Étretat, Chris a accéléré sans même s'en rendre compte, épaules affaissées, mains lourdes sur le volant, la route devenue rectiligne, oui, peut-être qu'il s'est dit c'est bon, c'est dégagé, et que l'envie d'abréger ce temps du retour pour rentrer s'étendre, écluser le contrecoup de la session, sa violence, a fini par peser sur les vitesses, si bien qu'il s'est laissé aller, taillant le plateau et les champs noirs, retournés, les champs en sommeil eux aussi, et sans doute que la perspective de la nationale – une pointe de flèche enfoncée au-devant du pare-brise comme sur l'écran d'un jeu vidéo – a fini par l'hypnotiser comme un mirage, si bien qu'il s'est tenu arrimé à elle sans plus de vigilance, quand chacun se souvient qu'il avait gelé cette nuit-là, l'hiver pelliculant le paysage comme du papier sulfurisé, chacun sait les plaques de verglas formées sur le bitume, invisibles sous le ciel mat mais caviardant les bas-côtés de la route, et chacun devine les nappes de brouillard qui planent à intervalles irréguliers, compactes, l'eau s'évaporant de la boue à mesure que le jour monte, des poches dangereuses qui filtrent le dehors effaçant tout repère, oui d'accord, et quoi encore, quoi d'autre ? Une bête traversant la voie ? Une vache perdue, un chien ayant rampé sous une clôture, un renard à queue de feu voire une silhouette humaine surgie fantomatique en lisière de talus et qu'il aurait fallu éviter au dernier moment, d'un coup de volant ? Ou un chant ? Oui, peut-être que les filles en bikini qui tapissaient la carrosserie du *van* se sont animées soudain pour venir ramper sur le capot et envahir le pare-brise, lascives, leurs chevelures vertes débouclant leurs voix inhumaines, ou trop humaines, et que Chris a perdu la tête, attiré dans leur piège, percevant ce chant qui n'était pas de ce monde, ce chant des sirènes, ce chant qui tue ? Ou alors peut-être que Chris a fait un faux mouvement, oui, c'est cela, un faux geste, comme le tennisman rate un coup facile, comme le skieur fait une faute de carre, le truc bête, peut-être qu'il n'a pas tourné le volant alors que la route, elle, décrivait un virage, ou enfin, puisqu'il faut bien aussi poser cette hypothèse, peut-être que Chris s'est endormi au volant, s'est absenté de la campagne terne pour entrer dans le tube d'une vague, dans la spirale merveilleuse et soudainement intelligible qui filait à l'avant de son surf, siphonnant le monde avec elle, le monde et l'azur du monde.

Les secours sont arrivés sur place vers 9 h 20 – SAMU, gendarmerie – et des panneaux ont aussitôt été installés en amont et en aval de la voie afin de dévier la circulation sur de petites routes collatérales et protéger ainsi la zone d'intervention. L'essentiel du travail a été de dégager les corps des trois garçons, incarcérés dans le véhicule, mélangés à ceux des filles sirènes qui souriaient sur le capot, ou grimaçaient, déformées, écrasées les unes contre les autres, charpie de cuisses, de fesses, de seins.

On a établi facilement que le petit camion roulait vite, une vitesse estimée à 92 km/h de sorte qu'il dépassait de 22 km/h la vitesse autorisée sur ce segment de voie, et l'on a établi aussi que, pour des raisons inconnues, il s'était déporté sur la gauche sans plus revenir dans son axe, qu'il n'avait pas freiné – pas de traces de pneus sur l'asphalte –, et qu'il avait percuté ce poteau de plein fouet ; on a constaté l'absence d'airbags, le modèle de la camionnette étant trop ancien, et que sur les trois passagers assis à l'avant, deux seulement portaient une ceinture de sécurité, ceux-là étant assis contre les portières, côté conducteur et côté passager ; enfin, on a établi que le troisième individu, placé au centre de la banquette, avait été propulsé vers l'avant sous la violence du choc, crâne heurtant le pare-brise, vingt minutes ont été nécessaires pour le dégager des tôles, était inconscient à l'arrivée du SAMU, cœur battant toujours, et ayant trouvé sa carte de cantine dans la poche de son blouson, on a établi que son nom était Simon Limbres.

Pierre Révol a pris sa garde ce matin à huit heures. Il a présenté sa carte magnétique à l'entrée du parking alors que la nuit virait grisaille – ciel pâle, vaguement tourterelle, bien loin en tout cas des chorégraphies grandiloquentes qui avaient inscrit la réputation picturale des nuages de l'estuaire –, a roulé lentement à travers le domaine hospitalier, sinuant entre des bâtiments plus ou moins raccordés entre eux selon un plan complexe, s'est glissé jusqu'à la place qui lui est réservée, a garé sa voiture tête la première, une Laguna bleu pétrole, un véhicule amorti mais toujours confortable, intérieur cuir et bonne sono, soit le modèle favori des barons du taxi dit-il en souriant, puis il est entré dans l'hôpital, a traversé l'immense nef vitrée en direction du hall Nord et, marchant vite, a rallié au rez-de-chaussée le département de Réanimation médico-chirurgicale et Médecine hyperbare.

Il franchit l'entrée du service en poussant la porte du plat de la paume, si bien que ça bat toujours plusieurs fois dans le vide après son passage, et ceux qui finissent la nuit, hommes et femmes en blouse blanche ou verte, mêmement claqués, dépeignés, gestes brusques et yeux brillants, le rictus fébrile sur des visages tendus – des peaux de tambourin –, ceux-là riant trop fort, ou toussant un chat dans la gorge, aphones, ceux-là tombent sur lui dans le couloir, le frôlent ou au contraire le voient venir de loin, alors jettent un œil sur leur montre et se mordent les lèvres, pensent ça y est c'est bon dans dix minutes on se casse, dans dix minutes on est partis, et aussitôt leurs traits se relâchent, ils changent de couleur, virent au blême, et des cernes se creusent d'un coup, cuillers de bronze sous leurs paupières qui clignent.

Foulées calmes à vitesse constante, Révol gagne son bureau sans dévier de sa trajectoire pour répondre à ce signe que déjà on lui adresse, à ces papiers que déjà on lui présente, à cet interne qui déjà se cale sur son pas et le sollicite ; sort sa clé devant une porte banale, entre, et procède aux gestes qui l'installent au travail : accroche son vêtement sur la patère clouée dans le dos de la porte – un trench-coat mastic –, enfile sa blouse, allume la cafetière, l'ordinateur, tapote machinalement la paperasse qui nappe son bureau, revisite le classement par tas, s'assied, se connecte à Internet, trie les messages dans sa boîte, rédige une ou deux réponses – ni bonjour ni rien, les mots vidés de leurs voyelles et aucune ponctuation – puis se relève, et prend une grande inspiration. Il est en forme, il se sent bien.

C'est un type de haute taille, efflanqué, thorax creux et ventre rond – la solitude –, longs bras longues jambes, des Repetto blanches à lacets, quelque chose de délié et d'incertain raccordé à une allure juvénile, et sa blouse est toujours ouverte, de sorte que lorsqu'il se déplace les pans se gonflent, s'écartent, des ailes, découvrant un jean et une chemise, blanche elle aussi, et froissée.

La petite diode rougeoie sur le socle de la cafetière tandis que se répand l'odeur âcre de la plaque électrique qui chauffe dans le vide, le fond de café tiédit dans le pot de verre. Quoique minuscule – cinq ou six mètres carrés à tout casser –, cet espace privatif est un privilège à l'hôpital et l'on s'étonne tout de même de le découvrir si impersonnel, bordélique, d'une propreté douteuse : fauteuil pivotant d'un bon niveau de confort malgré l'assise haute, bureau où s'amoncellent formulaires de toutes sortes, papiers, cahiers, blocs-notes et stylos publicitaires fourgués par les laboratoires dans des pochettes en plastique siglées, une bouteille éventée de San Pellegrino, et, encadrée, la photo d'un paysage du mont Aigoual quand, ponctuant le fatras, disposés en triangle isocèle, un sulfure de Venise, une tortue en pierre, un pot à crayons aménagent peut-être une intention personnelle ; contre le mur du fond, une étagère métallique loge boîtes d'archives numérotées par année et dossiers disparates, une bonne couche de poussière, et de rares livres dont on peut lire les titres si l'on s'approche pour mieux voir : les deux tomes de *L'homme devant la mort* de Philippe Ariès, *La sculpture du vivant* de Jean Claude Ameisen en collection Points Sciences, un livre de Margaret Lock à couverture bicolore illustrée d'un cerveau *Twice Dead. Organ Transplants and the Reinvention of Death*, un numéro de la *Revue neurologique* de 1959, et ce polar de Mary Higgins Clark *La maison du clair de lune* – un livre que Révol aime bien, on comprendra pourquoi. Sinon zéro fenêtre, néon dur, luminosité de cuisine à trois heures du matin.

Au sein de l'hôpital, la réa est un espace à part qui accueille les vies tangentielles, les comas opaques, les morts annoncées, héberge ces corps exactement situés entre la vie et la mort. Un domaine de couloirs, de chambres, de salles, que régit le suspense. Révol évolue là, au revers du monde diurne, celui de la vie continue et stable, celui des jours qui s'enquillent dans la lumière vers des projets futurs, œuvre au creux de ce territoire comme on trafique à l'intérieur d'un grand manteau, dans ses plis sombres, dans ses cavités. Pour tout cela, il aime les gardes, les dimanches et les nuits, dès l'internat les a aimées – on imagine Révol jeune stagiaire longiligne séduit par l'idée même de la garde, ce sentiment d'être requis, poste et autonome, mobilisé pour assurer la continuité de la geste médicale sur un périmètre donné, investi d'une vigilance et nanti d'une responsabilité. Il aime leur intensité alvéolaire, leur temporalité spécifique, la fatigue comme un excitant subreptice qui monte graduellement dans le corps, l'accélère et le précise, toute cette érotique trouble ; aime leur silence vibratile, leur lumière de clair-obscur – appareils qui clignotent dans la pénombre, écrans d'ordinateurs bleuâtres ou lampe de bureau comme la flamme d'une bougie dans un tableau de La Tour, *Le nouveau-né* par exemple –, et encore cette physique de la garde, ce climat d'enclave, cette étanchéité, le service comme un vaisseau spatial lancé dans les trous noirs, un sous-marin en plongée au plus profond des abysses, dans la fosse des Mariannes. Mais cela fait longtemps déjà que Révol y puise autre chose : la conscience nue de son existence. Non pas le sentiment de puissance, l'exaltation mégalomane, mais pile son contraire : l'influx de lucidité qui régule ses gestes et tamise ses décisions. Un shoot de sang-froid.

Réunion de service : les transmissions. Les équipes au relais sont là, font cercle, on se tient debout, on s'adosse contre les murs, un gobelet à la main. Le chef de clinique qui a dirigé la garde précédente est un type d'une trentaine d'années, râblé, le cheveu dru, bras musclés. Exténué, il rayonne. Détaille la situation des patients présents dans le service – et par exemple, l'absence d'évolution notable chez cet homme de quatre-vingts ans, toujours inconscient après soixante jours de réanimation, quand l'état neurologique de cette jeune fille, admise il y a deux mois après une overdose, lui, s'est dégradé –, avant d'exposer plus longuement le cas des entrants : une femme de cinquante-sept ans, sans domicile fixe, atteinte d'une cirrhose avancée, admise après avoir convulsé en centre d'hébergement et dont l'état hémodynamique demeure instable ; un homme d'une quarantaine d'années, admis dans la soirée après infarctus massif, et présentant un œdème cérébral – joggeur, il courait sur le front de mer vers le cap de la Hève, runnings de luxe aux pieds, la tête ceinte d'un bandeau orange fluo, quand il s'est effondré à hauteur du café de l'Estacade, et, bien qu'ensaché dans une couverture thermique, il était bleu lors de son admission, trempé de sueur, le faciès creusé. Où en est-on avec lui ? Révol interroge d'un ton neutre, adossé contre la fenêtre. Une infirmière prend la parole, précise que les constantes (le pouls, la tension, la température, la saturation) sont normales, la diurèse est faible, la VVP (voie veineuse périphérique) a été posée. Révol ne connaît pas la fille, s'enquiert du bilan sanguin du patient, elle lui répond qu'il est en cours. Révol regarde sa montre, bien, on va pouvoir y aller. L'assistance se disperse.

L'infirmière qui a parlé s'attarde dans la pièce, intercepte Révol et lui tend la main : Cordélia Owl, je suis nouvelle, j'étais au bloc avant. Révol hoche la tête, ok, vous êtes la bienvenue – s'il la regardait mieux, il verrait qu'elle a quand même une drôle de tête, les yeux en face des trous mais des marques dans le cou, des suçons on dirait, et la bouche trop rouge bien que nue, les lèvres enflées, des nœuds dans les cheveux, des bleus sur les genoux, il se demanderait peut-être d'où vient ce sourire flottant, ce sourire de Joconde qui ne la quitte pas alors même qu'elle se penche sur les patients pour leur faire le soin des yeux et de la bouche, installe les sondes d'intubation, vérifie les paramètres vitaux, administre les traitements, et peut-être finirait-il par deviner qu'elle avait revu son amant cette nuit, qu'il l'avait appelée après des semaines de silence, le chien, et qu'elle s'était pointée au rendez-vous, à jeun et bellissime, parée comme une châsse, paupières smoky, cheveux lustrés, les seins chauds, résolue à la distance amicale, et par ailleurs comédienne plutôt mezzo, susurrant lointaine tu vas bien ? cela me fait plaisir de te revoir, quand son corps tout entier diffusait son trouble, couvait son émoi, une braise, si bien qu'ils avaient bu une bière puis deux, avaient tenté des conversations qui n'accrochaient rien, alors elle était sortie fumer, se répétant faut que j'y aille maintenant, faut que j'y aille c'est une connerie, mais il l'avait rejointe au-dehors, je vais pas tarder, je veux pas me coucher tard, une feinte, après quoi il avait sorti son briquet pour lui allumer sa cigarette, elle avait abrité la flamme de ses mains inclinant la tête, des boucles de cheveux avaient glissé de son visage menaçant de faire mèche, il les avait replacées derrière son oreille d'un geste machinal, la pulpe de ses doigts lui effleurant la tempe, si machinal qu'elle flancha, le creux des genoux ramollo, tout cela par ailleurs usé jusqu'à la corde et vieux comme les chemins, et bang, quelques secondes plus tard, les deux valdinguaient sous un porche voisin, hébergés par l'obscurité et les odeurs de vinasse, carambolaient contre les poubelles, déclinant des zones de peaux blêmes, le haut des cuisses surgi du jean ou des collants, les ventres apparus au soulèvement des chemises, au débouclage de la ceinture, les fesses, le tout à la fois bouillant et glacé, et télescopaient leur désir mutuel et violent – oui, si Révol la regardait mieux, il verrait en Cordélia Owl une fille curieusement d'attaque, alors même qu'elle entamait sa garde avec une nuit blanche dans les jambes, une fille bien plus en forme que lui, et sur qui il allait pouvoir compter.

On a quelqu'un pour vous. Un appel à dix heures douze. Neutres, informatifs, les mots s'abattent. Homme, un mètre quatre-vingt-trois, soixante-dix kilos, environ vingt ans, accident de la route, trauma crânien en coma – nous savons qui est celui que l'on résume de la sorte, nous connaissons son nom : Simon Limbres. L'appel est à peine fini que l'équipe du SAMU débarque en réa, les portes coupe-feu s'ouvrent, le brancard roule, remonte l'axe central du service, on s'écarte sur son passage. Révol surgit – il vient d'examiner la patiente admise dans la nuit après des convulsions et il est pessimiste : la femme n'a pas reçu à temps de massage cardiaque, le scanner a révélé que des cellules du foie sont mortes après l'arrêt du cœur, signe que celles du cerveau sont touchées –, il a été mis en alerte et se dit soudain, voyant arriver le chariot au bout du couloir, que ce dimanche la garde sera dure.

Le médecin du SAMU suit le brancard. Il a un physique d'arpenteur de haute montagne, chauve, la cinquantaine pondérée, et absolument sec, du bois, il découvre des dents pointues quand il annonce à voix haute : Glasgow 3 ! Puis détaille à l'intention de Révol : les examens neurologiques ont montré une absence de réaction spontanée aux stimulations auditives (les appels), visuelles (la lumière), ou tactiles ; en outre on a des troubles oculaires (mouvements asymétriques des yeux), et des troubles végétatifs d'ordre respiratoire ; on a intubé direct. Il ferme les yeux en lissant son crâne du front vers l'occiput : suspicion d'hémorragie cérébrale suite à un trauma crânien, coma aréactif, Glasgow 3 – il use de cette langue qu'ils partagent, langue qui bannit le prolixe comme perte de temps, proscrit l'éloquence et la séduction des mots, abuse des nominales, des codes et des acronymes, langue où parler signifie d'abord décrire, autrement dit renseigner un corps, rassembler les paramètres d'une situation afin de permettre qu'un diagnostic soit posé, que des examens soient demandés, que l'on soigne et que l'on sauve : puissance du succinct. Révol enregistre chaque information, prévoit le body scan.

C'est Cordélia Owl qui effectue la prise en charge du jeune homme, l'installe dans sa chambre, dans son lit, après quoi ceux du SAMU peuvent quitter le service, emportant leur matériel avec eux – brancard, respirateur de transport, bouteille d'oxygène. Il s'agit maintenant de poser un cathéter artériel, des électrodes sur le thorax, une sonde urinaire, et de mettre en route le scope où s'inscriront les paramètres vitaux de Simon – des lignes de couleurs et de formes différentes y apparaissent, superposées, lignes droites ou brisées, dérivations hachurées, ondulations rythmées : morse de la médecine. Cordélia travaille avec Révol, ses gestes sont sûrs, ses mouvements fluides, aisés, son corps semble dégrevé du spleen visqueux qui encollait ses gestes hier encore.

Une heure plus tard, la mort se présente, la mort s'annonce, tache mouvante au pourtour irrégulier opacifiant une forme plus claire et plus vaste, la voilà, c'est elle. Vision sèche comme un coup de trique mais Révol ne cille pas, concentré sur les clichés du body scan qu'il découvre sur l'écran de son ordinateur, images labyrinthiques légendées comme des cartes géographiques qu'il fait pivoter en tous sens et sur lesquelles il zoome, prend des repères, mesure des distances, tandis que sur son bureau, à portée de main, une chemise cartonnée à en-tête de l'hôpital recèle un tirage papier des images dites « pertinentes » fournies par le service de radiologie qui a passé au scanner le cerveau de Simon Limbres – pour construire ces représentations, on a donc soumis la tête du garçon au balayage d'un faisceau de rayons X et, selon une technique d'analyse dite tomographique, on a saisi les données par « tranche », des « coupes » d'une épaisseur millimétrique que l'on peut analyser dans tous les plans de l'espace, plan coronal, axial, sagittal ou oblique. Révol sait lire ces images, ce qu'elles affirment comme état du sujet et ce qu'elles augurent de son évolution, il reconnaît ces formes, ces taches, ces halos, interprète ces auréoles laiteuses, décrypte ces impacts noirs, déchiffre légendes et codes ; il compare, vérifie, recommence, fait son investigation jusqu'au bout, mais voilà, c'est tout vu, c'est plié : le cerveau de Simon Limbres est en voie de destruction, il se noie dans le sang.

Lésions diffuses, gonflement cérébral majeur précoce et pas un geste qui puisse contrôler la pression intracrânienne, déjà bien trop élevée. Révol se renverse sur son fauteuil. Son regard traîne sur son bureau tandis que sa main vient se creuser sous sa mâchoire, il survole le désordre, les notes griffonnées, les circulaires administratives, la photocopie d'un article émanant de l'Espace éthique/AP-HP sur les prélèvements effectués « à cœur arrêté », il plane sur les menus objets placés là, y compris cette tortue taillée dans le jade, cadeau d'une jeune patiente qui souffrait d'un asthme sévère, soudain s'attarde sur les pentes mauves du mont Aigoual drapées dans les ruissellements et sans doute que Révol repense, un flash, à ce jour de septembre où il avait été initié au peyotl dans sa maison de Valleraugue – Marcel et Sally étaient arrivés en fin d'après-midi dans une berline émeraude aux jantes souillées de boue séchée, le véhicule avait freiné lourdement dans la cour du hameau, et Sally avait agité la main par la fenêtre ouh ouh c'est nous !, ses cheveux d'un blanc neigeux voltigeaient dans l'habitacle, découvrant ses boucles d'oreilles en bois, duo de cerises écarlate et verni ; plus tard, après le repas, alors que la nuit était tombée sur le causse, une pluie d'étoiles éclairantes, ils étaient sortis dans le jardin et les mains de Marcel avaient décolleté d'un emballage de kraft quelques petits cactus vert-de-gris, ronds et sans épines, que les trois amis avaient fait rouler dans leur paume, avant d'en respirer l'odeur amère ; ces fruits venaient de loin, Marcel et Sally étaient partis les chercher dans un désert minier du nord du Mexique, les avaient exfiltrés illégalement et acheminés avec précaution jusque dans les Cévennes, et Pierre, qui étudiait les plantes hallucinogènes, était impatient d'en faire l'expérience : la combinaison d'alcaloïdes puissants contenus dans le peyotl, parmi quoi un tiers de mescaline, provoquait des visions surgies de nulle part, sans lien avec les souvenirs, des visions qui jouaient un rôle majeur dans l'usage rituel de ce cactus que les Indiens consommaient le plus souvent lors des cérémonies chamaniques ; mais, plus encore, Pierre s'intéressait à la synesthésie qui se manifestait lors des hallucinations : la vivacité psychosensorielle étant censée s'accroître dans la première phase de l'ingestion, il espérait voir des goûts, voir des odeurs et des sons, des sensations tactiles, et que la traduction des sens en images l'aide à comprendre, voire à percer, le mystère de la douleur. Révol songe à cette nuit étincelante, où la voûte céleste s'était déchirée au-dessus des montagnes, libérant des espaces insoupçonnés où ils avaient cherché à s'engouffrer, couchés dans l'herbe le dos contre la terre, et soudain il est traversé par l'idée d'un univers en expansion, en devenir perpétuel, un espace où la mort cellulaire serait l'opératrice des métamorphoses, où la mort travaillerait le vivant comme le silence travaille le bruit, le noir la lumière ou le statique le mobile, une intuition fugitive qui persiste sur sa rétine alors même que ses yeux reviennent zoner sur l'écran de l'ordinateur, sur ce rectangle de 16 pouces irradié de lumière noire où s'annonce la cessation de toute activité mentale dans le cerveau de Simon Limbres. Il ne parvient pas à connecter le visage du jeune homme et la mort, et sa gorge se serre. Près de trente ans pourtant qu'il évolue dans ses parages, trente ans qu'il traîne dans le secteur.

Pierre Révol est né en 1959. Guerre froide, triomphe de la Révolution cubaine, premier vote des Suissesses dans le canton de Vaud, tournage d'*À bout de souffle* de Godard, parution du *Festin nu* de Burroughs et de l'opus mythique de Miles Davis, *Kind of Blue* – juste le plus grand album de jazz de tous les temps, dixit Révol qui aime faire le malin, louant son millésime. Autre chose ? Oui – il adopte un ton détaché afin de ménager ses effets, on l'imagine évitant de regarder son interlocuteur, et faisant tout autre chose, fouillant dans sa poche, composant un numéro de téléphone, déchiffrant un message –, c'est l'année où l'on a redéfini la mort. Et en cet instant, il n'est pas mécontent du mixte de stupeur et d'effroi qu'il observe sur les visages de ceux qui l'entourent. Puis il ajoute, relevant la tête et souriant vaguement : ce qui, pour un anesthésiste-réanimateur, est quand même loin d'être anodin.

De fait, en 1959, plutôt que d'être ce nourrisson placide au triple menton de sénateur de province, engoncé dans une barboteuse au boutonnage compliqué, plutôt que de dormir les deux tiers de son temps dans un moïse de paille claire à garniture vichy, Révol se dit souvent qu'il aurait aimé être dans la salle, lors de la 23e réunion internationale de Neurologie, ce jour où Maurice Goulon et Pierre Mollaret sont montés à la tribune faire part de leurs travaux ; il aurait donné cher pour les voir se présenter devant la communauté médicale, autrement dit face au monde soi-même, eux, ces deux hommes, le neurologue et l'infectiologue, environ quarante et soixante ans, costard sombre et chaussures laquées noires, plutôt nœud papillon ; il aurait adoré observer ce qui filtrait de leur relation, le respect mutuel que travaillait la différence d'âge, instaurant cette sorte de hiérarchie silencieuse qui court les assemblées scientifiques, mon cher confrère, mon cher confrère – mais qui s'exprima le premier ? à qui revint le privilège de conclure ? – ; oui, plus Révol y pense, et plus il se dit qu'il aurait voulu leur faire face, s'asseoir en ce jour parmi les pionniers de la réanimation, des hommes surtout, fébriles et concentrés, être l'un des leurs en ce lieu, l'hôpital Claude-Bernard – un hôpital précurseur : Pierre Mollaret y créa en 1954 la première unité moderne de réanimation au monde, il forma une équipe, transforma le pavillon Pasteur pour y loger près de soixante-dix lits, fit venir là les fameux Engström 150, des ventilateurs électriques mis au point pour répondre aux épidémies de poliomyélite qui sévissaient alors dans le nord de l'Europe, et qui remplacèrent les « poumons d'acier » en service depuis les années trente – ; et plus Révol se concentre, plus il déplie la scène, cette scène primitive qu'il n'a jamais vécue, entend les deux professeurs qui échangent quelques mots à voix basse, arrangent leurs feuilles sur le pupitre et se raclent la gorge devant les micros, qui attendent, impassibles, que le brouhaha cesse et que le silence se fasse, pour enfin ouvrir leur communication avec cette limpidité froide propre à ceux qui, conscients de la portée fondamentale de ce qu'ils sont venus énoncer, s'abstiennent d'en rajouter, et se contentent de décrire, décrire, décrire, abattant leurs conclusions comme on abat un carré d'as au poker ; et toujours l'énormité de leur annonce le stupéfie, lui explose à la figure. Car ce que Goulon et Mollaret sont venus dire tient en une phrase en forme de bombe à fragmentation lente : l'arrêt du cœur n'est plus le signe de la mort, c'est désormais l'abolition des fonctions cérébrales qui l'atteste. En d'autres termes : *si je ne pense plus alors je ne suis plus.*

Déposition du cœur et sacre du cerveau – un coup d'État symbolique, une révolution.

Les deux hommes se sont donc présentés face à l'assemblée, ils ont décrit les signes avérés de ce qu'ils nomment à présent le « coma dépassé », ont détaillé plusieurs cas de patients qui, placés sous ventilation, conservaient de manière mécanique leurs fonctions cardiaque et respiratoire sans plus présenter d'activité cérébrale – des patients qui, sans le perfectionnement des appareils et des techniques de réanimation permettant d'irriguer leur cerveau, auraient basculé dans la mort cardiaque justement –; dès lors, ils ont établi que l'essor de la réanimation médicale avait changé la donne, que les progrès de la discipline conduisaient à énoncer une nouvelle définition de la mort, et ils ont assumé que ce geste scientifique, d'une portée philosophique inouïe, aurait aussi pour conséquence d'autoriser et de permettre les prélèvements d'organes et les greffes.

La communication de Goulon et Mollaret fut suivie par la publication dans la *Revue neurologique* d'un article fondamental qui exposait vingt-trois cas de « coma dépassé » – et chacun se souvient des quelques livres placés sur l'étagère dans le bureau de Révol, dont cette revue de 1959, et chacun devine qu'il s'agit précisément de ce numéro-là, un document que Révol avait pisté sur eBay, acheté sans marchander, et récupéré un soir de novembre à la station Lozère - École polytechnique, sur la ligne du RER B – il avait longtemps piétiné dans le froid guettant son vendeur, surgi sous la forme d'une petite dame coiffée d'un turban topaze laquelle trottina sur le quai puis, arrivant à sa hauteur, empocha le cash, extirpa l'archive d'un cabas écossais, et, retorse, essaya de l'arnaquer.

Révol, rivé de nouveau à l'écran de son ordinateur, prend acte de ce qui s'annonce, ferme les paupières, les rouvre, et soudain, comme une prise d'élan se redresse, il est onze heures quarante quand il appelle l'accueil du service, Cordélia Owl décroche, Révol lui demande si la famille de Simon Limbres a bien été prévenue, et la jeune femme répond oui, la gendarmerie a appelé la mère, elle est en route.

Marianne Limbres pénètre dans l'hôpital par l'entrée principale et se dirige droit vers l'accueil, deux femmes sont là, assises derrière des écrans d'ordinateur, deux femmes en blouse vert tendre qui parlent à voix basse. L'une d'entre elles porte une épaisse natte noire sur l'épaule, elle lève la tête vers Marianne : bonjour ! Marianne ne répond pas immédiatement, ne sait vers quel secteur se faire orienter – urgences, réanimation, chirurgie traumatologique, neurobiologie –, peine à déchiffrer la liste des services déclinée sur un grand panneau fixé sur le mur, comme si les lettres, les mots, les lignes se chevauchaient sans qu'elle parvienne à les remettre dans l'ordre, à leur donner un sens, elle finit par articuler : Simon Limbres. Pardon ? La femme fronce les sourcils – épais et noirs eux aussi, se touchant en bouquet pileux sur l'attache du nez –, Marianne se reprend, parvient à faire une phrase : je cherche Simon Limbres, c'est mon fils. Ah. De l'autre côté du comptoir, la femme se penche sur l'ordinateur et le bout de sa tresse caresse le clavier comme un pinceau chinois : quel nom ? Limbres, l, i, m, b, r, e, s, Marianne épelle puis se tourne vers le hall, immense, hauteur de cathédrale et sol de patinoire – l'acoustique, la luisance et les traces –, piliers disséminés, c'est silencieux ici, peu de monde, un type en robe de chambre et slaps de piscine marche avec une canne anglaise vers un téléphone mural, une femme en fauteuil est promenée par un homme coiffé d'un chapeau de feutre à plume orangée – Robin des bois neurasthénique –, et au loin, près de la cafétéria, devant les portes alignées dans la pénombre, trois femmes en blanc se sont regroupées, un gobelet de plastique à la main, je ne le vois pas, quand a-t-il été admis ? La femme garde les yeux sur l'écran et clique sur sa souris, ce matin, Marianne a soufflé sa réponse, la femme relève la tête, ah c'est peut-être une urgence alors ? Abaissant les paupières, Marianne acquiesce tandis que la femme se redresse, rejette sa natte dans son dos et d'un geste de la main lui indique les ascenseurs au fond du hall, puis le parcours à suivre pour gagner le service des urgences sans avoir à ressortir dans le froid et faire tout le tour des bâtiments, Marianne remercie et reprend sa trajectoire.

Elle s'était rendormie quand le téléphone a sonné, enfouie dans un entrelacs de songes pâles que tamisaient la lumière du jour et la stridence des voix de synthèse d'un dessin animé japonais à la télévision – plus tard, elle y chercherait des signes, en vain : plus elle en rameutait le souvenir, plus la rêverie se dissolvait, elle n'y atteignait rien de tangible, rien qui puisse donner un sens à cet ébranlement qui se produisait à trente kilomètres de là, au même moment, dans la boue des chemins –, et ce n'est pas elle qui a décroché mais Lou, sept ans, entrée dans sa chambre en courant parce qu'elle ne voulait pas manquer une image de ce qu'elle regardait au salon, et qui a simplement déposé le téléphone contre l'oreille de sa mère avant de ressortir aussi vite, si bien que la voix dans le combiné se tissait aux songes de Marianne, se haussait, insistante, et finalement ce n'est qu'en entendant ces mots s'il vous plaît, répondez-moi : êtes-vous la mère de Simon Limbres ? que Marianne s'est redressée dans son lit, le cerveau dessillé d'un coup par la peur.

Elle a dû crier fort, assez fort en tout cas pour que la petite réapparaisse, lente et grave, les yeux ronds, et vienne se figer à l'entrée de la chambre, la tête appuyée contre le chambranle de la porte, regard fixé sur sa mère qui ne la voit pas mais halète comme un chien, gestes précipités et visage tordu, pianote sur son portable pour appeler Sean qui ne décroche pas – décroche, décroche bordel –, sa mère qui enfile ses vêtements à la hâte, bottes chaudes, vaste manteau, écharpe, puis fonce dans la salle de bains pour s'asperger le visage d'eau froide, mais aucune crème, rien, quand, relevant la tête du lavabo, elle croise son regard dans le miroir – iris glacés sous les paupières gonflées, comme pochées par un coup, yeux Signoret, yeux Rampling, le rayon vert au ras des cils –, saisie alors de ne pas se reconnaître, comme si sa défiguration avait commencé, comme si elle était déjà une autre femme : un pan de sa vie, un pan massif, encore chaud, compact, se détache du présent pour chavirer dans un temps révolu, pour y chuter, et disparaître. Elle discerne des éboulements, des glissements de terrain, des failles qui sectionnent le sol sous ses pieds : quelque chose se referme, quelque chose se place désormais hors d'atteinte – un morceau de falaise se sépare du plateau et s'effondre dans la mer, une presqu'île lentement s'arrache du continent et dérive vers le large, solitaire, la porte d'une caverne merveilleuse est soudain obstruée par un rocher – ; le passé a soudain grossi d'un coup, ogre bâfreur de vie, et le présent n'est qu'un seuil ultramince, une ligne au-delà de laquelle il n'y a plus rien de connu. La sonnerie du téléphone a fendu la continuité du temps, et devant le miroir où se fixe son image, les mains cramponnées au lavabo, Marianne se pétrifie sous le choc.

Saisissant son sac, elle s'était retournée et était tombée sur la petite qui n'avait pas bougé, oh Lou, l'enfant s'était laissé étreindre sans comprendre, mais tout en elle interrogeait sa mère qui esquiva, mets tes chaussons, prends un pull, viens, et claquant la porte dans l'escalier,

Marianne pensa soudain – une estafilade glacée – que, la prochaine fois qu'elle réintroduirait sa clé dans la serrure, elle saurait exactement, pour Simon. Un étage plus bas, Marianne sonna à la porte d'un appartement, recommença – dimanche matin, ça dort – puis une femme vint ouvrir, à qui Marianne murmura hôpital, accident, Simon, c'est grave, et l'autre, écarquillant les yeux, hocha la tête, souffla avec douceur on s'occupe de Lou, et la fillette en pyjama entra dans l'appartement, fit un petit signe de la main à sa mère par la porte entrouverte, mais soudain se ravisa, se précipita dans la cage d'escalier, appelant : maman ! Alors Marianne remonta les marches en vitesse, s'agenouilla à hauteur de sa fille, la serra contre elle puis, l'ayant regardée au fond des yeux, lui répéta la litanie froide, Simon, surf, accident, je reviens, je reviens vite, l'enfant ne cilla pas, déposa un baiser sur le front de sa mère, entra chez les voisins.

Après quoi il avait fallu sortir la voiture du garage, une marche arrière dans le sous-sol d'un parking et, affolée, elle avait dû s'y prendre à deux fois pour s'extraire du box, manœuvrer au millimètre jusqu'à la rampe inclinée qui débouchait sur la rue. La porte bascula et aussitôt elle cligna des yeux, éblouie. La lumière du jour était blanche, albugineuse, diluait la grisaille, c'était un ciel de neige qui ne neigeait pas, une saloperie, et alors, appelant ses forces et sa raison, elle se concentra sur le chemin à prendre, roulant droit vers l'est par la ville haute, suivant des artères aussi rectilignes que des sondes pénétrant l'espace à l'horizontale, enquilla la rue Félix-Faure, puis la rue du 329e, et la rue Salvador-Allende, des noms qui se succédaient sur le même axe à mesure que l'on gagnait les faubourgs du Havre, des noms tissés au roman municipal – villas cossues dominant le cloaque de la ville basse, vastes jardins parfaitement ventilés, institutions privées et berlines sombres, le tout évoluant en immeubles décatis, en petits pavillons augmentés de vérandas ou de jardinets, de courettes cimentées où stagnait l'eau de pluie, les mobylettes et les caisses de bières, et maintenant des véhicules utilitaires et des bagnoles customisées faufilaient ces trottoirs trop minces pour que deux personnes puissent y marcher de front ; elle longea le fort de Tourlaville, les entreprises de pompes funèbres devant le cimetière, les marbres exposés derrière de hautes vitres, repéra une boulangerie éclairée à hauteur de Graville, une église ouverte – elle se signa.

La ville était inerte, mais Marianne en éprouvait la teneur menaçante – l'appréhension du marin devant la mer d'huile. Il lui sembla même que l'espace autour d'elle s'était légèrement bombé de manière à contenir l'énergie phénoménale tapie dans la matière, cette puissance de l'intérieur qui pouvait se changer en force de destruction inouïe si on en venait à scinder les atomes ; mais le plus étrange, elle se fit cette réflexion en y repensant plus tard, c'est qu'elle ne croisa personne ce matin-là, aucune autre voiture, aucun autre être humain et pas le moindre animal – chien, chat, rat, insecte –, le monde était désert, la ville dépeuplée comme si les habitants s'étaient réfugiés dans les maisons pour se protéger d'une catastrophe, comme si la guerre était perdue et qu'ils se tenaient rencognés derrière leur fenêtre pour voir passer la troupe ennemie, comme si chacun s'était vivement écarté d'une fatalité contagieuse – l'angoisse repousse, chacun le sait –, les rideaux de fer étaient tirés devant les devantures, les stores baissés, seules les mouettes qui débandaient sur l'estuaire saluaient la course de Marianne, tournoyant au-dessus de sa voiture qui, vue du ciel, était la seule entité animée de tout le paysage, capsule mobile semblant ramasser le peu de vie qui subsistait encore sur Terre, lancée au ras du sol telle la bille d'acier sous la vitre du flipper – irréductible, solitaire, secouée de spasmes. L'univers extérieur se dilatait lentement, tremblait même, et pâlissait comme l'air tremble et pâlit au-dessus de la terre des déserts, au-dessus de l'asphalte des routes chauffées au soleil, il évoluait en un décor fuyant, lointain, il blanchissait, sur le point de s'effacer, tandis que dans l'habitacle Marianne conduisait d'une main, l'autre essuyant tout ce qui coulait de son visage, ces larmes, et elle fixait la route, s'appliquant à conjurer l'intuition qui sédimentait en elle depuis l'appel téléphonique, cette intuition qui lui faisait honte, qui lui faisait mal, puis ce fut la redescente vers Harfleur, la sortie du Havre, les échangeurs de voies express où elle redoubla de vigilance, une forêt immobile, close, l'hôpital.

Elle coupa le moteur sur le parking, puis essaya de nouveau de téléphoner. Crispée, elle écouta le cliquetis rapide et régulier que produisit l'appel et visualisa son parcours : le son détalait vers le sud de la ville, véhiculé sur l'une de ces ondes radioélectriques qui formaient la matière invisible de l'air, il traversait l'espace d'une antenne-relais à l'autre chevauchant une fréquence hertzienne toujours différente de la suivante, gagnait dans la zone portuaire un périmètre de friche industrielle situé vers la Darse de l'océan, sinuait le long des bâtiments en cours de réhabilitation pour atteindre enfin ce hangar glacé où Marianne ne se rendait plus depuis longtemps ; elle pista l'appel qui filait entre les palettes et les madriers de bois, entre les planches en agglo et les panneaux de contreplaqué, se mélangeait au bruit du vent engouffré là par les carreaux fendus, s'amalgamait aux tourbillons de sciure et de poussière voltigeant dans les coins, s'immisçait dans les effluves de colle polyuréthane, de résine ou de vernis marin, transperçait la fibre des tee-shirts de travail amoncelés, et celle, épaisse, des gants de peau, shootait dans des boîtes de conserve réformées en pot à pinceaux, en cendrier, en tiroir de cuisine – un chamboule-tout de foire –, luttait contre les vibrations continuelles de la scie circulaire, contre celles de la chanson dans le vieux ghetto-blaster – Rihanna,

*Stay* –, contre tout ce qui trépidait, palpitait, sifflait, y compris celui qui travaillait là, Sean, penché en cet instant sur un ber doté d'un rail en aluminium et de butées réglées pour découper des lattes de même largeur, un homme souple, massif, les mains mates, qui se déplaçait lentement, inscrivant ses empreintes sur le sol poudreux ; il était muni d'un masque et coiffé d'un casque antibruit, et sifflait donc, comme un peintre en bâtiment siffle sur son échelle, une mélodie aiguë qui bouclait dans l'air comme le bolduc sous la lame des ciseaux ; elle écouta l'appel qui rallia la poche intérieure d'une parka suspendue là, et déclencha une sonnerie dans le boîtier d'un téléphone – le son de la pluie à la surface de l'eau, un son qu'il avait téléchargé la semaine précédente et qu'il n'entendrait pas.

Le cliquetis cessa, puis ce fut la messagerie précédée d'un jingle horrible. Elle ferma les yeux, le hangar lui apparut, et soudain, étagés sur des portants métalliques fixés le long des murs, splendides et mordorés, se détachèrent les *taonga*, les trésors de Sean : les yoles à clins de la vallée de la Seine, le kayak en peau de phoque bâti chez les Tupik du nord-ouest de l'Alaska, et tous les canoës de bois qu'il fabriquait là – le plus grand d'entre eux présentait une poupe finement sculptée comme celles des *waka*, ces pirogues maories à balancier utilisées lors de processions rituelles ; le plus petit était souple et léger, la coque en écorce de bouleau et l'intérieur tapissé de lamelles de bois clair, le berceau de Moïse à l'heure de le déposer sur le Nil pour lui sauver la vie, un nid. C'est Marianne, rappelle-moi vite.

Marianne s'élance dans le hall. C'est long, cette traversée, c'est interminable, chaque pas lesté par l'urgence et la peur, elle pénètre enfin dans l'ascenseur trop vaste, descend au sous-sol, palier large, sol carrelé de grandes dalles blanches, elle ne croise personne mais entend des voix de femmes qui s'interpellent, le couloir fait un coude puis révèle une foule de gens qui vont et viennent, debout, assis, couchés dans des lits mobiles qui stationnent contre les murs, une activité diffuse où se trament des plaintes et des murmures, la voix d'un homme qui s'impatiente, ça fait une heure que j'attends, les gémissements d'une vieille femme voilée de noir, les pleurs d'un enfant dans les bras de sa mère.

Une porte est ouverte, c'est un bureau vitré. De nouveau une jeune femme assise devant un ordinateur qui lève vers elle son visage rond, très ouvert, vingt-cinq ans guère plus, c'est une infirmière stagiaire, Marianne articule je suis la mère de Simon Limbres, la jeune femme fronce les sourcils, déconcertée, puis pivotant sur son siège s'adresse soudain à quelqu'un derrière elle : Simon Limbres, un jeune, admis ce matin, tu vois ? L'homme se retourne, secoue la tête, non, et voyant Marianne s'adresse à l'infirmière : il faudrait appeler la réa. La jeune femme décroche le combiné, s'informe, raccroche, acquiesce, alors l'homme sort du bureau, mouvement qui déclenche une décharge d'adrénaline quelque part dans le ventre de Marianne, qui subitement a chaud, desserre son écharpe et ouvre son manteau, essuie la sueur qui perle à son front, on étouffe ici, l'homme lui tend la main, il est petit et frêle, un cou d'oisillon fripé dans une chemise rose pâle au col trop large, la blouse propre et bien fermée, le badge à son nom bien en place sur sa poitrine. Marianne lui tend sa main idem mais ne peut s'empêcher de se demander si là est l'usage ou si ce geste, pourtant banal, manifeste une intention, sollicitude ou autre, motivée par l'état de Simon, elle qui pourtant ne veut rien entendre, rien savoir, rien, pas encore, ne veut écouter aucune information qui viendrait altérer cette affirmation « votre fils est vivant ».

Le médecin l'entraîne dans le couloir en direction des ascenseurs, Marianne se mord les lèvres tandis qu'il poursuit : il n'est pas chez nous, mais a effectivement été admis directement en réanimation – sa voix nasale écrase les « a » et les « on », le ton est neutre, Marianne s'arrête, yeux fixes, voix hachée : il est en réanimation ? Oui. Le médecin se déplace sans bruit, à petits pas dans ses chaussures à semelles de crêpe, il flotte dans sa blouse blanche, son nez de cire luit dans la lumière, et Marianne qui le dépasse d'une tête distingue la peau de son crâne sous les cheveux fins. Il croise les mains dans son dos : je ne peux rien vous dire, mais venez, on va tout vous expliquer, c'est son état qui sans doute a dû exiger son admission dans ce service. Marianne ferme les yeux et serre les dents, soudain tout en elle se rétracte, s'il poursuit elle hurlera, ou se précipitera sur lui pour plaquer sa paume contre sa bouche stupidement prolixe, qu'il se taise je vous en supplie mon dieu, et alors, comme par magie il suspend sa phrase, interdit, et se fige devant elle, la tête branlant sur le col de chemise rose, et raide, du carton, sa main s'élève paume ouverte vers le plafond, geste flou où s'évase la contingence du monde, la fragilité des existences humaines, puis elle retombe le long de sa jambe : la réa est prévenue de votre arrivée, on va venir vous accueillir. Ils sont arrivés devant les ascenseurs et l'entrevue s'achève ; le médecin lui indique le fond du couloir d'un mouvement du menton, et conclut, posé mais ferme, je dois y aller, c'est dimanche, les urgences sont toujours chargées les dimanches, les gens ne savent pas trop quoi faire, il appuie sur le bouton d'appel, les portes métalliques s'écartent lentement, et soudain, alors que leurs mains de nouveau s'étreignent, il sourit à Marianne, un sourire du fond du trou, au revoir madame, courage, et s'en retourne en direction des cris.

Il a dit courage, Marianne se répète ce mot alors qu'elle monte un étage plus haut – c'est long ce chemin jusqu'à Simon, c'est pénible ces hôpitaux comme des labyrinthes –, l'ascenseur est tapissé de consignes et de feuilles syndicales, courage, il a dit courage, elle a les yeux qui collent, ses mains sont moites et les pores de sa peau s'ouvrent sous l'effet de la chaleur, une dilatation cutanée qui brouille ses traits, saloperie de courage, saloperie de chauffage, il n'y a donc pas d'air ici ?

Le service de réanimation occupe toute l'aile droite du rez-de-chaussée. L'accès est contrôlé, des panneaux restreignant l'entrée au seul personnel de l'hôpital sont affichés sur les portes si bien que Marianne attend sur le palier, finit par s'adosser contre un mur et s'y laisser glisser, accroupie, la tête bougeant de droite à gauche sans décoller de la paroi, elle taraude le mur, le creuse doucement de l'occiput, visage relevé vers les tubes de néon qui courent au plafond, paupières closes, elle écoute, toujours ces voix affairées qui se chambrent ou s'informent d'un bout à l'autre du couloir, ces pieds à semelles de gomme, chaussons de gymnastique ou petites baskets ordinaires, ces tintements métalliques, ces sonneries d'alarme, ces roulements de chariots, ce froissement continuel des lieux. Elle vérifie son téléphone : Sean n'a pas appelé. Elle se décide à bouger, il faut y aller, s'approche de la porte coupe-feu à double battant gainé de gomme noire, se hausse sur la pointe des pieds pour regarder à travers le carreau. C'est calme. Elle pousse la porte, et entre.

Il a tout de suite su que c'était elle – air sonné, regard vrillé, joues mordues de l'intérieur – de sorte qu'il ne lui a pas demandé si elle était la mère de Simon Limbres mais lui a tendu la main en hochant la tête : Pierre Révol, je suis médecin dans le service, c'est moi qui ai admis votre fils ce matin, venez avec moi. D'instinct, elle marche tête baissée sur le linoléum, sans un regard latéral qui irait trouver son enfant au fond d'une pièce obscure, vingt mètres côte à côte dans le couloir bleu lavande et puis c'est une porte ordinaire que renseigne une étiquette au format de carte de visite, et un nom qu'elle ne déchiffre pas.

Ce dimanche, Révol a délaissé la Salle des familles qu'il n'aime pas beaucoup, et reçoit Marianne dans son bureau. Elle reste plantée debout, finit par s'asseoir sur le rebord de la chaise pendant qu'il contourne le meuble pour se glisser dans son fauteuil, buste en avant coudes écartés. Plus Marianne l'observe, plus s'effacent les figures croisées depuis son arrivée à l'hôpital – la femme monosourcil de l'accueil, la jeune infirmière stagiaire des urgences, le médecin à col rose –, comme si elles ne s'étaient relayées que pour la conduire à ce visage, superposées les unes aux autres jusqu'à n'en former qu'un seul, celui de ce type assis devant elle, prêt à parler.

Vous prenez un café ? Marianne sursaute, acquiesce. Révol se relève, et lui tournant le dos saisit la cafetière qu'elle n'avait pas vue, verse le café dans des gobelets de plastique blanc, ça fume, ses gestes sont amples et silencieux, sucre ? Il temporise, aménage sa parole, elle le sait, accompagne ce tempo, en éprouve la tension paradoxale puisque le temps s'égoutte comme le café dans la cafetière quand pourtant tout ramène à l'urgence de la situation, à son caractère radical, tangent, et maintenant Marianne a fermé les yeux, elle boit, concentrée sur la brûlure liquide dans sa gorge, tant elle appréhende le premier mot de la première phrase – la mâchoire qui bouge, les lèvres qui s'ouvrent et s'étirent, les dents qui apparaissent, parfois un bout de langue –, cette phrase saturée de malheur qu'elle sait sur le point de se former, tout en elle recule et se défausse, sa colonne vertébrale vient se tasser contre le dossier de la chaise – bancale –, sa tête part en arrière, elle voudrait se tirer d'ici, courir à la porte et s'échapper direct, ou disparaître par une trappe qui soudain s'ouvrirait sous les pieds de sa chaise, pof!, un trou, une oubliette – qu'elle soit oubliée en ce lieu justement, que personne ne puisse la trouver et qu'elle ne sache jamais autre chose que le cœur battant de Simon –, elle voudrait déserter cette pièce trop close, cette lumière glauque, et fuir devant l'annonce, elle n'est pas courageuse, non, elle se tord sur elle-même et louvoie comme une couleuvre, elle donnerait tout ce qu'elle possède pour qu'on la rassure et qu'on lui mente, qu'on lui raconte une histoire avec suspense, certes, mais happy end acidulé, elle est d'une lâcheté crasse, mais tient ferme : chaque seconde qui s'écoule est une prise de guerre, chaque seconde qui s'ouvre freine le destin en marche, et observant ces mains agitées, ces jambes nouées sous la chaise, ces paupières closes, renflées, assombries par le fard de la veille – un khôl charbon qu'elle applique sur sa paupière du bout du doigt, en un seul geste –, touchant la transparence brouillée de ces iris – un jade trouble et aquatique –, le tremblement de ces cils évasés, Révol sait qu'elle a compris, sait qu'elle sait, et c'est avec une douceur infinie qu'il consent à étirer le temps qui précédera sa parole, saisit le sulfure de Venise et le fait rouler dans la paume de sa main : la boule de verre chatoie sous la lumière froide du néon, diapre les murs et le plafond, veineuse, elle passe sur le visage de Marianne, qui ouvre les yeux, et c'est, pour Révol, le signal qu'il peut commencer.

— Votre fils est dans un état grave.

Aux premiers mots prononcés – timbre clair, cadence calme –, Marianne appuie ses yeux – secs – dans ceux de Révol qui la regarde idem, tandis que sa phrase se met en branle, tandis qu'elle se compose à présent, limpide sans être brutale – sémantique d'une précision frontale, *largos* tramés aux silences, ralentis qui épousent le déploiement du sens –, assez lente pour que Marianne puisse se répéter intérieurement chacune des syllabes entendues, les inscrire en elle : lors de l'accident, votre fils a subi un traumatisme crânien, le scanner fait état d'une lésion importante au niveau du lobe frontal – il porte une main sur son crâne à l'arrière de son front, figurant sa parole –, et cette commotion violente a provoqué une hémorragie cérébrale, Simon était dans le coma à son arrivée à l'hôpital.

Le café refroidit dans le gobelet, Révol boit lentement quand, face à lui, Marianne est désormais une statue de pierre. Le téléphone retentit dans la pièce, une, deux, trois sonneries mais Révol ne décroche pas, Marianne fixe son visage, littéralement l'absorbe – carnation d'une blancheur soyeuse, cernes mauves sous de grandes soucoupes d'un gris transparent, paupières lourdes, fripées comme des coquilles de noix, une figure longue et mouvementée – et le silence enfle, jusqu'à ce que Révol reprenne : je suis inquiet – sa voix le surprend, inexplicablement forte, comme si sa tonalité s'était déréglée –, nous procédons en ce moment à des examens dont les premiers résultats ne sont pas bons – sa voix a beau bruiter un son inconnu à l'oreille de Marianne, et illico accélérer sa respiration, elle n'est pas enveloppante, ne sonne pas comme ces voix dégueulasses qui prétendent au réconfort quand elles poussent dans le charnier, elle désigne au contraire une place pour Marianne, une place et une ligne.

— Il s'agit d'un coma profond.

Les secondes qui suivent ouvrent un espace entre eux, un espace nu et silencieux, au bord duquel ils se tiennent un long moment. Marianne Limbres commence à faire tournoyer lentement le mot coma dans sa tête tandis que Révol ressaisit la part noire de son travail, le sulfure roule toujours dans la paume de sa main, soleil trouble et solitaire, et rien ne lui a jamais semblé plus violent, plus complexe, que de venir se placer à côté de cette femme afin qu'ils creusent ensemble dans cette zone fragile du langage où se déclare la mort, pour qu'ils y avancent, synchrones. Il annonce : Simon ne réagit plus aux stimuli douloureux, des troubles oculaires et végétatifs sont apparus, notamment des troubles respiratoires, avec un début d'encombrement pulmonaire, et par ailleurs les premiers scanners ne sont pas bons – sa phrase est lente, ponctuée de reprises de souffle, manière d'y inscrire son corps, de le rendre présent dans sa parole, de faire de la sentence clinique une empathie, il parle comme s'il ciselait une matière, et maintenant ils se tiennent les yeux dans les yeux, se font face, c'est cela, rien d'autre que cela, un absolu face-à-face, et celui-là s'accomplit sans faillir, comme si parler et se regarder étaient le recto et le verso d'un même geste, comme s'il s'agissait de se faire face autant que de faire face à ce qui se profile dans une des chambres de cet hôpital.

Je veux voir Simon – affolée la voix, le regard qui déconne, les mains qui se dispersent. Je veux voir Simon, c'est tout ce qu'elle a dit, alors que son portable vibrait pour la énième fois au fond de la poche de son manteau – la voisine qui garde Lou, les parents de Chris, ceux de Johan, mais toujours aucun signe de Sean, où est-il ? Elle tape un texto : appelle-moi.

Révol a relevé la tête : maintenant, vous voulez le voir maintenant ? Il jette un œil sur sa montre – 12:30 –, et répond, calme, c'est impossible pour le moment, il va falloir attendre un peu, nous procédons à des soins, mais dès que nous aurons fini, vous pourrez bien entendu voir votre fils. Et, tout en plaçant devant lui une feuille de papier jaunâtre, il poursuit : si vous le voulez bien, j'aurais besoin que nous parlions un peu de Simon. Parler de Simon. Marianne se tend. Qu'est-ce qu'il veut dire, « parler de Simon ». Serait-ce renseigner son corps comme on renseigne un formulaire ? Baliser les opérations qu'il a subies ? – végétations, appendicite, sinon rien – ; les fractures qu'il a connues ? – un radius cassé dans une chute de vélo l'été de ses dix ans, c'est tout – ; les allergies qui compliquent la vie quotidienne? – non, rien –; les infections qu'il a contractées? – ce staphylocoque doré l'été de ses cinq ans qu'il annonçait à tout le monde, nimbé de la rareté que lui octroyait ce nom fabuleux, la mononucléose à seize, maladie du baiser, maladie des amoureux, et il souriait de traviole quand on le plaisantait, portait alors un curieux pyjama, mixte de bermuda hawaïen et de sweatshirt molletonné. Serait-ce énumérer les maladies infantiles? Parler de Simon. Les images déferlent, Marianne s'affole: la roséole d'un bébé en layette tricotée au point mousse, la varicelle d'un enfant de trois ans, les croûtes brunes sur son cuir chevelu, derrière ses oreilles, et cette fièvre qui l'avait déshydraté et l'avait laissé dix jours durant le blanc de l'œil jaune et le cheveu poisseux. Marianne articule des monosyllabes tandis que Révol prend quelques notes – date et lieu de naissance, poids, taille –, et d'ailleurs semble s'en foutre un peu des maladies infantiles depuis qu'il a inscrit sur son papier que Simon n'a pas d'antécédent particulier, ni maladies graves, allergies rares ou malformations que sa mère pourrait connaître et révéler – à ces mots, Marianne se trouble, une bouffée de mémoire, un séjour en classe de neige aux Contamines-Montjoie, Simon a dix ans et une douleur violente au ventre, le médecin de la station qui l'ausculte palpe son flanc gauche et, supposant une crise d'appendicite, diagnostique une « anatomie inversée », autrement dit le cœur à droite et tout à l'avenant, une parole que personne n'avait mise en doute, et cette anomalie fantastique avait fait de lui un personnage très spécial jusqu'à la fin du séjour.

Je vous remercie, puis, ayant lissé sa feuille du plat de la main, il la replace dans le dossier de Simon, une chemise vert pâle. Il relève la tête vers Marianne, vous pourrez voir votre fils dès que nous aurons fini les examens. Quels examens ? La voix de Marianne toute droite dans le bureau et l'idée vague que s'il y a des examens en cours alors rien n'est figé. L'éclat dans son regard alerte Révol qui s'efforce de tenir la situation et de juguler l'espoir : l'état de Simon est évolutif, et cette évolution ne va pas dans le bon sens. Marianne accuse le coup, rétorque ah, et il évolue vers quoi l'état de Simon ? Parlant ainsi, elle sait qu'elle se découvre, qu'elle prend un risque, et Révol prend son inspiration pour répondre.

— Les lésions de Simon sont irréversibles.

Il a le sentiment pénible de flanquer un coup, l'impression de faire péter une bombe. Après quoi, il se lève, nous vous appelons dès que possible puis ajoute, un ton plus haut : le père de Simon a-t-il été prévenu ? Marianne le croche du regard, il sera là en début d'après-midi – mais Sean n'appelle pas, toujours rien, et Marianne est soudain prise de panique, se dit qu'il n'est peut-être pas au hangar, ni même chez lui, mais parti livrer une yole à Villequier, Duclair ou Caudebec-en-Caux, ou dans un club d'aviron en bordure de

Seine, et peut-être alors qu'en ce moment même il essayait l'embarcation avec l'acheteur, et qu'ils ramaient, assis sur des bancs à coulisses, observant son comportement qu'ils commentaient à voix basse, usant d'un vocabulaire d'expert, et peu à peu Marianne vit le cours du fleuve s'étrécir entre de hautes parois rocheuses ventousées de mousses denses, recouvertes de plantes poussées à l'horizontale, sphaignes, fougères géantes et lianes grasses, herbes d'un vert acide enchevêtrées les unes dans les autres le long de murs vertigineux ou ployant vers la rivière en cascades végétales, puis la luminosité baissa, le relief ne laissant au-dessus de la barque qu'un mince couloir de ciel de la blancheur du lait, l'eau devint lourde, plate et lente, la surface saturée d'insectes – libellules irisées de turquoise, moustiques transparents –, elle prit la couleur du bronze, un mat aux reflets argentés, et soudain, épouvantée, Marianne s'imagina que Sean était retourné en Nouvelle-Zélande, et qu'il remontait le fleuve Whanganui, depuis le détroit de Cook, parti d'un autre estuaire et d'une autre ville, et s'enfonçait dans les terres, seul dans son canoë, absolument paisible, paisible comme elle l'avait connu, le regard posé ; il avait le geste régulier, passait les villages maoris le long des berges, négociait les chutes à pied, l'embarcation légère hissée sur son dos, et progressait toujours plus avant vers le nord, vers le plateau central et le volcan Tongariro où la rivière sacrée puisait sa source, refaisant le chemin de la migration aux terres nouvelles, elle vit précisément Sean, et même elle entendit son souffle enflé dans le canyon comme dans une chambre d'écho, il régnait là un calme suffocant – Révol la regarde, inquiet de son visage affolé, mais devant conclure, je vous verrai donc avec lui à ce moment-là, Marianne hoche la tête, d'accord.

Raclements de chaises sur le sol, grincements de porte, ils marchent maintenant vers l'extrémité du couloir, et une fois sur le palier, sans ajouter une phrase à leur pauvre dialogue, Marianne pivote et s'éloigne lentement sans savoir où aller, passe devant la salle d'attente, les chaises droites et la table basse jonchée de magazines usés où sourient des femmes mûres aux dents saines, aux cheveux brillants, au périnée tonique, et bientôt la voici de retour sous l'immense nef de verre et de béton, sur la dalle aux milliers de traces, elle longe la cafétéria – paquets de chips bariolés, bonbons et chewing-gums placés dans des présentoirs, pizzas et burgers imprimés en couleurs primaires sur des affichettes alignées en hauteur, bouteilles d'eau et de soda couchées dans des réfrigérateurs vitrés –, pile brutalement, chancelle, Simon est étendu là-bas quelque part, comment le laisser derrière elle ? Elle voudrait faire demi-tour mais reprend son élan, il faut qu'elle sorte et trouve Sean, qu'elle l'atteigne à tout prix.

Elle se dirige vers la porte principale, qui lentement s'ouvre au loin, quatre silhouettes en passent le seuil et s'avancent au-devant d'elle, des silhouettes qui bientôt émergent du flou où les relèguent ses yeux myopes : ce sont les parents des deux autres *caballeros*, ceux de Christophe et ceux de Johan, alignés, et toujours les mêmes manteaux d'hiver qui pèsent sur les épaules, les mêmes écharpes roulées en minerve pour soutenir les têtes qui tombent, les mêmes gants. Ils la reconnaissent, ralentissent, puis l'un des deux hommes force le pas pour sortir du rang et une fois parvenu devant Marianne la serre dans ses bras, après quoi les trois autres l'étreignent à tour de rôle. Comment va-t-il ? C'est le père de Chris qui a parlé ; les quatre la regardent, elle est tétanisée. Murmure : il est dans le coma, on ne sait pas encore. Elle hausse les épaules et sa bouche se déforme : et vous ? les garçons ? La mère de Johan prend la parole : Chris, fracture de la hanche gauche et du péroné ; Johan, fractures des deux poignets et de la clavicule, enfoncement de la cage thoracique, mais aucun organe n'a été perforé – elle est sobre, une sobriété outrancière, destinée à faire savoir à Marianne qu'ils sont tous les quatre conscients de leur chance, de leur bol monstre, car eux, ce n'est que de la casse, leur enfant était attaché, il a été protégé du choc, et si cette femme minimise à ce point leur anxiété, s'abstenant de tout commentaire, c'est aussi pour assurer Marianne qu'ils sont au courant, pour Simon, savent que c'est grave, très grave même, une rumeur qui aura fuité de la réa au service de chirurgie orthopédique et traumatologique où séjournent leurs fils, et qu'elle n'aura pas l'indécence d'en rajouter, et enfin, il y a ce trouble qu'elle ressent, cette culpabilité qui la refrène, puisque cela s'était joué entre leurs deux fils pour la ceinture, Chris devant automatiquement conduire, Johan aurait donc très bien pu s'asseoir au milieu de la banquette et alors c'est elle qui serait à la place de Marianne en cette seconde, exactement à sa place, devant le même gouffre de malheur, mêmement défigurée, et à cette seule pensée elle est prise de vertige, ses jambes mollissent et ses yeux partent en arrière dans ses orbites, si bien que son mari la sentant qui flanche s'approche d'elle, passe un bras sous le sien pour la soutenir, et Marianne, observant cette femme qui se renverse, perçoit elle aussi ce gouffre entre elles deux, entre eux et elle, cet abîme, qui les sépare maintenant, merci, je dois y aller, on se donne des nouvelles plus tard.

Elle réalise soudain qu'elle ne veut pas retourner chez elle, il n'est pas temps encore de revoir Lou, d'appeler sa mère, de prévenir les grands-parents de Simon, les amis, il n'est pas temps de les entendre paniquer et souffrir, certains crieront dans le combiné, non, mon dieu, merde, putain c'est pas vrai, certains éclateront en sanglots quand d'autres la harcèleront de questions, prononceront des noms d'examens médicaux qu'elle ne connaîtra pas, lui citeront le cas d'une connaissance qui s'en est sortie quand on la croyait perdue et rameuteront tout ce qu'il y a de rémissions spectaculaires dans leur périmètre et au-delà, mettront en cause l'hôpital, le diagnostic, le traitement, et même demanderont le nom du médecin qui l'aura reçue, ah, tiens, je ne vois pas, ah, lui, je ne le connais pas, oh sûrement qu'il est très bien, et insisteront pour qu'elle note plutôt le numéro de ce grand professeur hospitalier qui ne reçoit personne avant deux ans, se proposeront même de l'appeler, eux, éventuellement, puisqu'ils le connaissent ou ont un ami qui, et peut-être même qu'il se trouvera quelqu'un d'assez stupide voire de complètement à la masse pour lui signaler qu'il est possible, attention, de confondre le coma dépassé avec d'autres états qui l'imitent, le coma éthylique, par exemple, l'overdose de sédatifs, l'hypoglycémie, ou encore l'hypothermie, et alors, se souvenant de la session de surf en eau froide le matin même, elle aura envie de vomir puis se ressaisira pour rappeler à celui qui la tourmente qu'il y a eu un accident d'une extrême violence, et elle aura beau résister, répéter à tous que Simon est bien pris en charge, qu'il faut attendre, ils voudront lui témoigner leur affection en la recouvrant de mots, non, ce temps-là n'est pas encore venu, ce qu'elle veut c'est un lieu où attendre, un lieu où épuiser le temps, elle veut un abri, gagne le parking et soudain se met à courir vers sa voiture, s'y engouffre, puis ce sont des coups de poing sur le volant, et ses cheveux qui voltigent sur le tableau de bord, des gestes si désordonnés qu'elle peine à introduire la clé de contact, et quand enfin elle démarre, elle règle mal sa vitesse, fait crisser ses pneus sur le parking, puis roule droit devant, vers l'ouest, vers le ponant, toujours d'un ciel plus clair dans cette ville, tandis que de retour dans son bureau Révol ne s'assied pas mais fait ce que la loi lui impose quand se déclare une mort encéphalique dans un service de réa: il décroche son téléphone, compose le numéro de la coordination des prélèvements d'organes et de tissus, et c'est Thomas Rémige qui décroche.

Pourtant il a failli rater l'appel, il a failli ne pas entendre, et c'est en reprenant son souffle au terme d'une longue phrase mouvementée – une polyphonie vocale, une envolée d'oiseaux, Benjamin Britten, *A Ceremony of Carols* op. 28 – qu'il a perçu le cui-cui de l'appareil que twistait celui, brillant et délicat, d'un chardonneret en cage.

Ce dimanche matin, dans un studio en rez-de-jardin situé rue du Commandant-Charcot, Thomas Rémige fait basculer les lamelles d'un store vénitien ; il est seul, nu et il chante. Il s'est placé au centre de la pièce – toujours au même endroit –, le poids du corps également réparti sur ses deux pieds, le dos droit, les épaules légèrement rejetées en arrière, la cage thoracique ouverte afin de dégager la poitrine et le cou, une fois stabilisé a effectué de lents mouvements circulaires de la tête afin d'assouplir les cervicales, a répété ces mêmes rotations avec chaque épaule, puis il s'est appliqué à visualiser la colonne d'air qui l'armature, depuis le creux du ventre jusqu'à la gorge, ce conduit interne qui propulse le souffle et fera vibrer ses cordes vocales, il peaufine sa posture. Enfin il ouvre la bouche, un four – un peu curieux en cet instant, vaguement ridicule –, emplit d'air ses poumons, contracte sa ceinture abdominale, puis expire comme on ouvre un passage, et fait durer l'action le plus longtemps possible, mobilisant son diaphragme et ses zygomatiques – un sourd aurait pu l'écouter rien qu'en apposant ses mains sur lui. Observant la scène, on pourrait y voir un lien avec la salutation au soleil ou la louange matinale des moines et moniales, ce lyrisme de l'aube ; on pourrait y voir tel rituel corporel visant à l'entretien et à la conservation du corps – boire un verre d'eau fraîche, se laver les dents, dérouler un tapis de sol en caoutchouc devant la télévision pour faire de la gymnastique –, quand pour Thomas Rémige il s'agit de tout autre chose : une exploration de soi – la voix comme une sonde infiltrée dans son corps et répercutant au-dehors tout ce qui l'anime, la voix comme un stéthoscope.

Il a vingt ans quand il quitte la ferme familiale, un clos normand cossu que reprendront sa sœur et son beau-frère. Fini le car de ramassage scolaire et la boue dans la cour, l'odeur de foin trempé, le meuglement isolé d'une vache laitière réclamant la traite et la barrière de peupliers poussés serrés sur un talus herbeux, désormais il habite un studio minuscule que ses parents lui louent dans le centre de Rouen, radiateur électrique et canapé clic-clac, roule sur une Honda 500 de 1971, a commencé l'école d'infirmiers, aime les filles, aime les garçons, ne sait pas, et lors d'une virée à Paris pénètre un soir dans un karaoké à Belleville, les Chinois sont là en nombre, cheveux vinyle et pommettes cirées, des habitués venus peaufiner leur prestation, des couples surtout, qui s'admirent et se filment, rejouant les gestes et les postures des émissions télévisées, et soudain, cédant sous la pression de ceux qui l'accompagnent, le voilà qui choisit un morceau, un truc bref, un truc simple – je crois que c'était *Heartache* de Bonnie Tyler –, son tour venu monte sur scène, alors lentement se métamorphose : son corps aboulique peu à peu se place, une voix sort de sa bouche, une voix qui est la sienne mais qu'il ne connaît pas, timbre, texture et tessiture inouïs, comme si son corps logeait d'autres versions de lui-même – un fauve rayé, une falaise vive, une fille de joie – quand le DJ évidemment ne s'est pas trompé, quand c'est bien lui qui chante, et alors, saisissant sa voix comme sa signature corporelle, saisissant sa voix comme la forme de sa singularité, il fait le projet de vouloir se connaître, et commence à chanter.

Découvrant le chant, il découvre son corps, cela se passe ainsi. Comme l'amateur de sport au lendemain d'une séance intense – course, cyclisme, gymnastique –, il éprouve des tensions jusque-là inconnues, des nœuds et des courants, des points et des zones, comme si se révélaient, issues de sa personne, des potentialités inexplorées de lui-même. Il entreprend de reconnaître tout ce qui le compose, d'en concevoir l'anatomie précise, la forme des organes, la variété des muscles, leurs ressources insoupçonnées ; il explore son système respiratoire, et comment l'action de chanter le rassemble et le tient, l'érige en corps humain et plus encore peut-être, en corps chantant. C'est une seconde naissance.

Le temps et l'argent qu'il consacre au chant enflent au fil des années, finissant par concerner une part conséquente de sa vie quotidienne et d'un salaire que gonflent les gardes à l'hôpital : il vocalise chaque matin, étudie chaque soir, deux fois par semaine prend un cours auprès d'une chanteuse lyrique au physique en forme d'ampoule – un cou de girafe et des bras de roseaux, buste puissant et ventre plat, bassin en proportion, volumineux, le tout abrité sous une chevelure ondoyant jusqu'aux genoux, dévalant le long de jupes en flanelle –, la nuit piste sur la Toile tel récital, tel opéra, tel nouvel enregistrement, télécharge le tout, pirate, copie, archive, l'été traverse la France pour se rendre ici ou là, dans un festival d'art lyrique, dort sous la tente ou partage un bungalow avec d'autres amateurs qui lui ressemblent, rencontre Ousmane, musicien gnawa et baryton moiré, et soudain l'été dernier c'est le voyage en Algérie et l'acquisition d'un chardonneret de la vallée de Collo pour lesquels il claque l'intégralité de l'héritage de sa grand-mère – trois mille euros en cash roulés dans un mouchoir en batiste.

Ses premières années comme infirmier de réanimation lui secouent la paillasse : il pénètre un outremonde, un espace souterrain ou parallèle, en lisière de l'autre et troublé par leur affleurement limitrophe et continuel, ce monde perfusé de mille sommeils où lui ne dort jamais. Dans les premiers temps, il sillonne le service comme on lève sa propre cartographie interne, conscient qu'il rejoint ici l'autre moitié du temps, la nuit cérébrale, le cœur du réacteur – sa voix s'éclaircit, elle gagne en nuance, c'est à ce moment-là qu'il étudie son premier *lied*, une berceuse de Brahms justement, un chant de forme simple et sans doute la chante-t-il pour la première fois au chevet d'un patient agité, la mélodie comme un analgésique tactile. Horaires flexibles, charges lourdes, pénurie de tout : le service délimite un espace clos, obéissant à ses propres règles, et Thomas a le sentiment de se couper peu à peu du monde extérieur, de vivre en un lieu où la césure nuit / jour n'affecte plus rien en lui. Il a parfois le sentiment de perdre pied. Pour prendre l'air, il multiplie les stages dont il sort lessivé mais lesté d'un regard toujours plus profond et d'une voix plus riche, travaillant sans jamais thésauriser une énergie dont on commence à faire cas dans les réunions de service, maîtrisant des interventions équilibrées à tous les stades de l'endormissement, y compris la phase de réveil, manipulant avec mesure les appareils de surveillance et de suppléance, s'intéressant à la prise en charge de la douleur. Sept ans à ce rythme puis l'envie de graviter autrement dans ce même périmètre. Il devient l'un des trois cents infirmiers coordinateurs des prélèvements d'organes et de tissus du pays, rallie l'hôpital du Havre, il a vingt-neuf ans, il est magnifique. Quand on l'interroge sur cette nouvelle orientation qui impliqua, on s'en doute, une formation supplémentaire, Thomas répond relations aux proches, psychologie, droit, dimension collective de la démarche, tout ce qui abonde son métier d'infirmier, certes, certes, mais il y a autre chose, autre chose de plus complexe, et s'il se sent en confiance, s'il choisit de prendre son temps, il parlera de ce tâtonnement singulier au seuil du vivant, d'un questionnement sur le corps humain et ses usages, d'une approche de la mort et de ses représentations – puisque c'est de cela qu'il s'agit. Il ignore ceux qui l'entourent et le charrient – et si l'électroencéphalogramme avait déconné, une panne, un coup de mou, un problème électrique, hein, et que le gars, il n'était pas vraiment dead, ça arrive ça non ? Ouh là, tu taffes dans la mort Tom, t'es chelou, t'es dark –, mâchonne une énième allumette en souriant, et paie sa tournée le soir où il obtient avec mention un master en philosophie à la Sorbonne – spécialiste grandiose du trafic des gardes entre coéquipiers, il était parvenu à se faire remplacer pour les cinq demi-journées de séminaire dispensées rue Saint-Jacques, une rue qu'il aima descendre jusqu'à la Seine, écoutant le bruissement de la ville, chantant parfois.

Impossible de prévoir quoi que ce soit aujourd'hui, Thomas Rémige est d'astreinte, la réa peut l'appeler à n'importe quel moment durant ces vingt-quatre heures, c'est le principe. Comme chaque fois, il doit composer avec ces heures à la fois vacantes mais indisponibles – ces heures paradoxales qui sont peut-être l'autre nom de l'ennui –, organiser la latence, et d'ailleurs bien souvent merdoie, ne parvenant ni à se reposer ni à exploiter ce temps libre, maintenu dans l'expectative, paralysé par les atermoiements – se prépare pour sortir, finalement reste ; commence un gâteau, un film, un archivage de sons numériques – les chants du chardonneret –, finalement bazarde, rembobine, laisse en plan et reporte, on verra plus tard, mais plus tard n'existe jamais, plus tard c'est un flux de temps plein que brassent des horaires aléatoires. Aussi, découvrant le numéro de l'hôpital qui s'affiche sur l'écran du téléphone, Thomas ressent-il à la fois un pincement déceptif et un soulagement.

La coordination hospitalière qu'il anime fonctionne comme une cellule indépendante de l'hôpital bien que située en ses murs, mais Révol et Rémige se connaissent, et le jeune homme sait exactement ce que Révol s'apprête à lui annoncer, il pourrait même l'articuler à sa place, cette phrase qui standardise le drame pour plus d'efficience : un patient du service est en état de mort encéphalique. Constat qui sonne comme une sentence conclusive quand pour Thomas, non, c'est un sens autre qu'elle déploie, désignant au contraire l'amorce d'un mouvement, l'enclenchement d'un processus.

— Un patient du service est en état de mort encéphalique.

La voix de Révol étire exactement la formule attendue. D'accord semble répondre Rémige qui n'ouvre pas la bouche mais hoche la tête, révisant instantanément la marche hypercalibrée qu'il s'apprête à mettre en branle dans un cadre juridique à la fois dense et strict, mouvement de haute précision déplié selon une temporalité précise, d'ailleurs le voilà qui regarde sa montre – un geste qu'il fera souvent dans les heures qui viennent, un geste qu'ils font tous, répètent sans arrêt, jusqu'au bout.

Un dialogue s'instaure, rapide, alternance de phrases énoncées au ras du corps de Simon Limbres, Rémige sondant Révol sur trois points : le contexte du diagnostic de mort cérébrale – où en est-on ? –, l'évaluation médicale du patient – cause du décès, antécédents, faisabilité de la greffe – et enfin le rapport aux proches – la brutalité de l'événement a-t-elle permis de parler à la famille ? celle-ci est-elle présente ? À cette dernière question Révol répond par la négative puis précise, je viens de rencontrer la mère. Ok, je me prépare, Rémige frissonne, il a froid – il est nu, faut-il le rappeler.

Quelques instants plus tard, casqué, ganté, botté, le blouson fermé jusqu'en haut du col et son chèche indigo enroulé autour du cou, Thomas Rémige enfourche sa moto, démarre en direction de l'hôpital – avant de coiffer son casque, il aura écouté les échos de son pas dans la rue silencieuse, attentif à cette impression de canyon, de goulet sonore. Un seul mouvement du poignet suffit à démarrer son engin, après quoi lui aussi fonce vers l'est suivant la voie rectiligne qui fend la ville basse – une voie parallèle à celle qu'avait suivie Marianne peu avant lui –, s'engouffrant rue René-Coty, rue du Maréchal-Joffre, rue Aristide-Briand – noms à barbiche et à moustache, noms à bedaine et montre à gousset, noms à chapeau mou –, rue de Verdun et ainsi de suite jusqu'aux échangeurs autoroutiers, à la sortie de la ville. Son casque intégral lui interdit de chanter, et pourtant, certains jours, en proie à cette espèce de débordement qui tient de la peur et de l'euphorie, il blinde dans le fond des corridors urbains, visière relevée, et fait vibrer l'espace dans ses cordes vocales.

Plus tard, à l'hôpital. Thomas connaît par cœur ce hall aux dimensions océaniques, ce vide qu'il lui faut fendre d'un trait en inscrivant une diagonale sur la fin du parcours pour gagner l'escalier qui mène à son bureau, la Cellule de coordination des prélèvements d'organes et de tissus, au premier étage. Mais ce matin, il entre là en étranger, aussi vigilant que s'il était extérieur à la structure, il y vient comme il se rend dans d'autres hôpitaux du territoire – des établissements non habilités à réaliser les prélèvements. Accélère en passant devant le comptoir où patientent, silencieux, deux hommes aux yeux rouges, vêtus de jeans et de grosses doudounes noires, salue la femme monosourcil d'un geste de la main et celle-ci, le voyant débouler alors qu'elle le sait d'astreinte, devine qu'un patient de la réa vient de devenir un donneur en puissance, se contente de répondre à son salut d'un regard – l'arrivée de l'infirmier coordinateur dans l'établissement est toujours une séquence délicate : les proches du patient, ignorants de ce qui se prépare, pourraient l'entendre annoncer à des tiers les raisons de sa présence, et faire le rapprochement avec l'état de leur enfant, de leur frère, de leur amant, et prendre de plein fouet cette nouvelle, ce qui n'augurerait rien de bon pour les entretiens à venir.

Dans son antre, Révol, debout derrière son bureau, tend à Thomas le dossier médical de Simon Limbres dans un haussement de sourcils – ses yeux s'agrandissent, son front se plisse –, et s'adresse à lui comme s'il poursuivait leur dialogue téléphonique : un gosse de dix-neuf ans, examen neurologique aréactif, plus de réponse à la douleur, plus aucun réflexe des nerfs crâniens, pupilles fixes, état hémodynamique stable, j'ai vu la mère, le père arrive d'ici deux heures. L'infirmier jette un œil à sa montre, deux heures ? Le même fond de cafetière plocploque dans un gobelet qui crisse. Révol enchaîne : je viens de demander le premier EEG (électroencéphalogramme), il est en cours, des mots qui sont comme le coup de pistolet du starter au départ de la course car, ordonnant cet examen, Révol signifie qu'il a déclenché la procédure légale destinée à constater la mort du jeune homme – il dispose pour cela de deux types de protocoles, soit l'angiographie par scanner où, en cas de mort encéphalique, l'image radio confirmera l'absence de pénétration du liquide dans la boîte crânienne, soit la réalisation de deux EEG de trente minutes, effectués à quatre heures d'intervalle, et présentant ce tracé plat qui désigne la disparition de toute activité cérébrale. Thomas capte ce signal et déclare : on va pouvoir procéder à une évaluation complète des organes. Révol hoche la tête, *I know.*

Une fois dans le couloir, ils se séparent. Révol remonte vers la salle de réveil afin de revoir les patients admis dans la matinée, tandis que Rémige regagne son bureau où, sans attendre, il ouvre le dossier vert. Il s'y plonge, tournant les pages des documents avec attention – les informations livrées par Marianne, le compte rendu du SAMU, les analyses et scans de ce jour, il mémorise des chiffres et compare les données.

Peu à peu, il se forme une idée précise de l'état du corps de Simon. Une forme d'appréhension l'envahit : s'il connaît les étapes et le balisage de la démarche qu'il engage, il sait aussi à quel point elle diffère d'une petite mécanique bien huilée, engrenage de phrases toutes faites et de biffures en diagonale sur une *checklist.* C'est la *terra incognita.*

Après quoi, il s'éclaircit la voix et appelle l'Agence de la biomédecine, à Saint-Denis. On en est là.

La rue est silencieuse elle aussi, silencieuse et monochrome comme le reste du monde. La catastrophe s'est propagée sur les éléments, les lieux, les choses, un fléau, comme si tout se conformait à ce qui avait eu lieu ce matin, en arrière des falaises, la camionnette peinturlurée écrasée à pleine vitesse contre le poteau et ce jeune type propulsé tête la première sur le pare-brise, comme si le dehors avait absorbé l'impact de l'accident, en avait englouti les répliques, étouffé les dernières vibrations, comme si l'onde de choc avait diminué d'amplitude, étirée, affaiblie jusqu'à devenir une ligne plate, cette simple ligne qui filait dans l'espace se mêler à toutes les autres, rejoignait les milliards de milliards d'autres lignes qui formaient la violence du monde, cette pelote de tristesse et de ruines, et aussi loin que porte le regard, rien, ni touche de lumière, ni éclat de couleur vive, jaune d'or, rouge carmin, ni chanson échappée par une fenêtre ouverte – morceau de rock bondissant ou mélodie dont on reprend le refrain en riant, heureux et vaguement honteux de connaître par cœur les paroles tellement sentimentales –, ni odeur de café, parfum de fleurs ou d'épices, rien, pas un enfant aux joues rouges courant après un ballon ou accroupi menton sur les genoux et suivant des yeux une bille chinoise roulant sur le trottoir, pas un cri, aucunes voix humaines s'interpellant ou se murmurant des mots amoureux, aucun pleur de nouveau-né, pas un seul être vivant pris dans la continuité des jours, occupé aux actes simples, insignifiants, d'un matin d'hiver : rien ne vient injurier la détresse de Marianne, qui avance tel un automate, la démarche mécanique et l'allure floue. En ce jour funeste. Elle se répète ces mots à voix basse, ne sait pas d'où ils sortent, elle les dit tout en fixant le bout de ses bottes, comme s'ils accompagnaient leur frappe feutrée, un son régulier qui la dispense de penser qu'elle n'a pour l'heure qu'une chose à faire : un pas puis un autre puis un autre puis s'asseoir, et boire. Elle se dirige lentement vers ce café qu'elle sait ouvert le dimanche, un abri qu'elle gagne à bout de force. En ce jour funeste, je te prie ô mon dieu. Elle chuchote ces mots en boucle, détachant leurs syllabes comme les grains d'un rosaire, depuis combien de temps n'a-t-elle pas prononcé une prière à voix haute ? Elle ne voudrait jamais s'arrêter de marcher.

Elle a poussé la porte. C'est sombre à l'intérieur, empreintes de dérives nocturnes, émanations de cendre refroidie. Bashung. *Voleur d'amphores au fond des criques.* Elle s'approche du comptoir, se penche par-dessus le zinc, elle a soif, ne veut pas attendre, y a quelqu'un? Un type surgit d'une cuisine, il est énorme, moulé dans un pull de coton porté à même la peau, et jean mou, tignasse froissée du saut du lit, mais oui, mais oui, y a quelqu'un, et une fois devant elle il reprend solennel alors miss qu'est-ce qu'on boit? Un gin – voix de Marianne à peine audible, un halètement. L'homme lisse ses cheveux en arrière de ses deux mains baguées, après quoi rince un verre tout en zyeutant cette femme qu'il sait avoir déjà vue ici: ça va miss? Marianne détourne les yeux, je vais m'asseoir. Le grand miroir piqué au fond de la pièce lui renvoie un visage qu'elle ne reconnaît pas, elle détourne la tête.

Ne pas fermer les yeux, écouter la chanson, compter les bouteilles au-dessus du comptoir, observer la forme des verres, déchiffrer les affichettes, *Où subsiste encore ton écho.* Créer des leurres, détourner la violence. Faire barrage aux images de Simon qui se forment à toute allure et foncent sur elle par vagues successives, en razzia, les éloigner, à grands coups de latte si possible, tandis que déjà elles s'organisent en souvenirs, dix-neuf ans de séquences mnésiques, une masse. Tenir tout cela à bout de gaffe. Les bouffées mémorielles survenues alors qu'elle évoquait Simon dans le cagibi de Révol ont logé dans sa poitrine une douleur qu'elle est impuissante à contrôler, à réduire, il faudrait pour cela situer la mémoire dans le cerveau, y injecter un fluide paralysant, l'aiguille de la seringue conduite par un ordinateur de haute précision, mais elle ne trouverait là que le moteur de l'action, la capacité de se souvenir, puisque la mémoire, elle, relève de tout le corps, ce que Marianne ignore. *J'ai fait la saison dans cette boîte crânienne.*

Il faut qu'elle réfléchisse, qu'elle rassemble et qu'elle ordonne, qu'elle puisse émettre une phrase claire à Sean quand il arrivera, épargné. Qu'elle enchaîne les propositions de manière intelligible. Primo : Simon a eu un accident. Deuzio : il est dans le coma – gorgée de gin. *Dresseur de loulous, dynamiteur d'aqueducs.* Tertio : la situation est irréversible – elle déglutit en pensant à ce mot qu'il lui faudra articuler, irréversible, quatre syllabes qui vitrifient l'état des choses et qu'elle ne prononce jamais, plaidant le mouvement continu de la vie, le retournement possible de toute situation, rien n'est irréversible, rien, a-t-elle coutume de clamer à tout bout de champ – elle prend alors un ton léger, balance sa phrase comme on secoue avec douceur celui qui se décourage, rien n'est irréversible, hormis la mort, le handicap, et peut-être alors qu'elle virevolte, tourne sur elle-même, peut-être qu'elle se met à danser. Mais Simon, lui, non. Simon, c'est irréversible.

Le visage de Sean en fond d'écran – ces yeux fendus sous les paupières indiennes – s'éclaire sur son téléphone. Marianne, tu m'as appelé. Illico elle fond en larmes – chimie de la douleur –, incapable d'articuler un mot tandis qu'il prononce de nouveau : Marianne ? Marianne ? Sans doute dut-il croire que l'écho de la mer à l'étroit dans la darse brouillait son écoute, sans doute dut-il confondre la friture sur les ondes, et la bave, la morve, les larmes tandis qu'elle se mordait le dos de la main, tétanisée par l'horreur que lui inspirait brusquement cette voix tant aimée, familière comme seule une voix sait l'être mais devenue soudain étrangère, abominablement étrangère, puisque surgie d'un espace-temps où l'accident de Simon n'avait jamais eu lieu, un monde intact situé à des années-lumière de ce café vide ; et elle dissonait maintenant, cette voix, elle désorchestrait le monde, elle lui déchirait le cerveau : c'était la voix de la vie d'avant. Marianne entend cet homme qui l'appelle et elle pleure, traversée par l'émotion que l'on ressent parfois devant ce qui, dans le temps, a survécu d'indemne, et déclenche la douleur des impossibles retours en arrière – il faudrait un jour qu'elle sache dans quel sens s'écoule le temps, s'il est linéaire ou trace les cerceaux rapides d'un hula-hoop, s'il forme des boucles, s'enroule comme la nervure d'une coquille, s'il peut prendre la forme de ce tube qui replie la vague, aspire la mer et l'univers entier dans son revers sombre, oui il faudrait qu'elle comprenne de quoi est fait le temps qui passe. Marianne serre son téléphone dans sa main : peur de parler, peur de détruire la voix de Sean, peur qu'il ne lui soit plus jamais donné de la réentendre telle qu'elle est, qu'il ne lui soit plus jamais donné de faire l'expérience de ce temps disparu où Simon n'était pas dans une situation irréversible, quand elle sait pourtant qu'elle doit mettre fin à l'anachronisme de cette voix pour la réimplanter là, dans le présent du drame, elle sait qu'elle doit le faire, et quand elle réussit enfin à s'exprimer, elle n'est ni concrète, ni précise, mais incohérente, si bien que perdant son calme, puisque gagné par l'effroi lui aussi – quelque chose s'était produit, quelque chose de grave –, Sean commence à la questionner, excédé, c'est Simon ? quoi Simon ? quoi le surf ? où ça un accident ? Dans la texture sonore se découpe son visage, aussi précis que sur la photo du fond d'écran. Elle s'imagine qu'il pourrait déduire la noyade, se corrige, les monosyllabes deviennent des phrases qui peu à peu s'organisent et forment sens, bientôt elle balance tout ce qu'elle sait dans l'ordre, fermant les yeux et posant l'appareil à plat sur son sternum au son du cri de Sean. Puis, reprenant ses esprits, elle lui précise à toute allure que oui, le pronostic vital de Simon est engagé, qu'il est dans le coma mais qu'il est vivant, et Sean, défiguré à son tour, défiguré comme elle, répond j'arrive, je suis là dans deux minutes, où es-tu ? – et sa voix est transfuge maintenant, elle a rejoint Marianne, elle a transpercé la membrane fragile qui sépare les heureux des damnés : attends-moi.

Marianne a trouvé la force de lui indiquer le nom du café, énième Balto de ville portuaire dont elle lui précise la situation – il pleuvait des cordes le jour où elle était entrée ici pour la première fois, c'était en octobre, il y a quatre mois, elle travaillait sur un article, une commande de l'agence du Patrimoine, avait tenu à revoir l'église Saint-Joseph, le Volcan d'Oscar Niemeyer, l'appartement témoin d'un immeuble Perret, tout ce béton dont elle aimait le mouvement et la radicalité plastique, mais son carnet avait commencé à prendre l'eau et une fois au bar, ruisselante, elle s'était enfilé un whiskey sec : Sean avait commencé à dormir au hangar, il avait quitté l'appartement sans rien emporter.

Elle discerne sa silhouette dans le miroir du fond, puis son visage, celui qu'il reverra après tout ce temps, après cet amoncellement de silence, et elle avait longuement pensé à cet instant-là, se promettant d'être très belle alors, belle comme elle pouvait encore l'être, et qu'il en soit ébloui sinon touché, mais les larmes séchées ont tendu sa peau, sèche comme si recouverte d'un masque d'argile, et ses paupières bouffies ne ventilent que faiblement ce vert trop pâle qu'il aime sonder.

Elle vide d'un trait le verre de gin, et alors il est là, debout devant elle, hâve et ravagé, de minuscules particules de bois saupoudrent sa chevelure, incrustent les plis de ses vêtements, les mailles de son pull. Elle se lève, un mouvement brusque, sa chaise bascule en arrière – fracas sur le sol –, mais elle ne se retourne pas, se tient debout face à lui, une main posée à plat sur la table assurant un appui à son corps chancelant, l'autre pendue le long du corps, ils se regardent une fraction de seconde, puis un pas et ils s'étreignent, une étreinte d'une force dingue, comme s'ils s'écrasaient l'un dans l'autre, têtes compressées à se fendre le crâne, épaules concassées sous la masse des thorax, bras douloureux à force de serrer, ils s'amalgament dans les écharpes, les vestes et les manteaux, le genre d'étreinte que l'on se donne pour faire rocher contre le cyclone, pour faire pierre avant de sauter dans le vide, un truc de fin du monde en tout cas quand, dans le même temps, dans le même temps exactement, c'est aussi un geste qui les reconnecte l'un à l'autre – leurs lèvres se touchent –, souligne et abolit leur distance, et quand ils se désincarcèrent, quand ils se relâchent enfin, ahuris, exténués, ils sont comme des naufragés.

Une fois assis, Sean renifle le verre de Marianne. Gin ? Marianne sourit – singerie –, lui présente la carte et commence à lui lire tout ce qu'il pourrait commander pour déjeuner ce dimanche, par exemple croque-monsieur, croque-madame, salade périgourdine, haddock pommes de terre, omelette nature, tartine provençale, saucisses frites, crème caramel, crème vanille, tarte aux pommes, et si elle pouvait, elle lirait l'intégrale de la plaquette et reprendrait tout en boucle afin de retarder le moment de revêtir son plumage d'oiseau de malheur, ce plumage de ténèbres et de larmes. Il la laisse faire en la regardant sans rien dire, puis cédant à l'impatience, la saisit au poignet, sa main menottant l'attache fine et comprimant l'artère, s'il te plaît arrête. Lui aussi appelle un gin.

Alors, Marianne s'est armée de courage – armée, oui, c'est exactement cela, il y a cette agressivité nue qui ne cesse de croître depuis leur étreinte et dont elle se barde, comme on se protège en brandissant au-devant de soi la lame du poignard – et, toute droite sur la banquette, a débité les trois propositions qu'elle avait préparées – ses yeux sont fixes. Quand il entend la dernière – « irréversible » –, Sean secoue la tête et son visage s'agite, convulsé, non, non, non, puis il se lève, lourd, bouscule la table – le gin passe par-dessus le verre –, se dirige vers la porte, les bras le long du corps et les poings serrés comme s'il transportait des poids, la démarche d'un homme qui sort casser la gueule à quelqu'un, qui déjà le cherche, et une fois dehors sur le pas de la porte, il fait une brusque volte-face, revient à la table qu'ils occupaient, avançant dans le rai de lumière tracé au sol, et sa silhouette à contre-jour est nimbée d'une pellicule grisâtre : la sciure qui le recouvre se vaporise dans l'espace chaque fois que son pied frappe le sol. Son corps fume. D'ailleurs il fonce le torse incliné en avant comme s'il allait charger. Une fois parvenu à la table, il saisit le verre de gin qu'il vide d'un trait à son tour, puis lance à Marianne, qui déjà renoue son écharpe, viens.

La chambre baigne dans le demi-jour, le sol reflète le ciel caillé entre les stores, et, de fait, il faut accommoder sa vision pour distinguer les machines, les meubles et le corps qui l'habitent. Simon Limbres est là, couché sur le dos dans un lit, un double drap blanc remonté à hauteur de la poitrine. Il est placé sous assistance respiratoire. Le drap se soulève doucement à chaque inspiration, mouvement faible mais perceptible, on dirait qu'il dort. La rumeur du service ne s'infiltre là qu'étouffée, et les vibrations constantes des appareils électriques ne font que rehausser le silence qu'elles vrillent en basses continues. Ce pourrait être la chambre d'un malade, oui, on pourrait le croire s'il n'y avait la pénombre tamisée, cette impression de retrait, comme si ce lieu était situé en dehors de l'hôpital, alvéole dépressurisée où plus rien ne se joue.

Ils ne s'étaient rien dit dans la voiture, rien, il n'y avait rien à dire encore. Sean avait laissé sa voiture garée devant le bar – un break à bout de course où s'enfournaient les yoles qu'il fabriquait et les surfs que Simon récupérait, empruntait ici et là, *shortboards* ou *fishes* –, il est monté dans celle de Marianne, une première, et elle a conduit les avant-bras bien parallèles et raides comme des allumettes, tandis que Sean se tenait le visage tourné vers la vitre, émettant de temps à autre un commentaire sur la circulation, fluide – un flux qui était leur allié, les portait hâtivement au chevet de leur fils mais un flux qui, depuis les premières sonneries de téléphone, les précipitait tout autant vers le malheur sans qu'il soit de dérobade possible : rien ne viendrait entraver ou retarder leur marche vers l'hôpital. Évidemment, l'idée d'un coup de théâtre les traversa l'un et l'autre au même moment – une inversion dans les images du scanner, une mauvaise attribution des clichés, une erreur d'interprétation, une faute de frappe dans les résultats, un bug dans les ordinateurs, cela pouvait arriver, oui, de même qu'il arrivait parfois que deux bébés soient échangés dans une maternité, ou que le patient conduit au bloc ne soit pas celui en attente de l'opération, l'hôpital n'était pas un lieu infaillible – sans qu'ils puissent y croire tout à fait, sans qu'ils puissent surtout s'en ouvrir l'un à l'autre, alors que les bâtiments aux surfaces lisses, vitrées, grossissaient sous leurs yeux jusqu'à envahir le pare-brise, et maintenant ils tâtonnent dans cette pièce.

Marianne s'approche de Simon, au plus près de ce corps qui ne lui a jamais semblé aussi long, et qu'elle n'a pas vu d'aussi près depuis tellement longtemps – pudeur de Simon enfermé dans la salle de bains, exigeant hors de lui qu'on frappe désormais à la porte de sa chambre, ou traversant l'appartement drapé dans des serviettes de toilette comme un jeune bonze. Marianne se penche au-dessus de la bouche de son enfant pour percevoir son souffle, pose une joue à hauteur de sa poitrine pour entendre son cœur. Il respire, elle le sent; son cœur bat, elle l'entend – pense-t-elle alors aux premiers battements cardiaques perçus au centre d'échographie de l'Odéon un après-midi d'automne, la cavalcade primitive bien frappée quand sur l'écran des taches luminescentes faisaient corps? Elle se redresse. Le crâne de Simon est couronné d'une bande, la face est intacte, oui, mais son visage est-il toujours là? La question l'assaille tandis qu'elle examine le front de son enfant, la côte de l'arcade, le tracé des sourcils, la forme des yeux sous les paupières – le petit espace de peau dans le coin intérieur de l'œil, lisse et concave – tandis qu'elle reconnaît le nez fort, les lèvres ourlées, charnues, le creusé des joues, le menton bardé d'une barbe fine, oui tout cela est présent, mais le visage de Simon, tout ce qui vit et pense en lui, tout ce qui l'anime, tout cela va-t-il revenir? Elle chancelle, jambes molles, s'agrippe au lit à roulettes, la perfusion bouge, l'espace tangue autour d'elle. La silhouette de Sean se brouille comme derrière une vitre cinglée de pluie. Il s'est avancé de l'autre côté du lit, s'est placé à même hauteur que Marianne, et maintenant il prend la main de son fils tandis que du creux glacé de son ventre au bord de ses lèvres à peine entrouvertes se forme péniblement son prénom : Simon. On est là, on est avec toi, tu m'entends, Simon, *my boy*, on est là. Il applique son front sur celui du jeune homme étendu, sa peau est chaude encore et c'est bien son odeur, odeur de laine et de coton, odeur de mer, et sans doute commence-t-il à chuchoter des mots pour eux seuls, des mots que personne ne peut entendre et que nous ne saurons jamais, babil archaïque des îles de Polynésie, ou mots-mana qui auront traversé toutes les épaisseurs du langage sans s'altérer, cailloux rougeoyant d'un feu intact, cette matière dense et lente, inépuisable, cette sagesse, ça dure deux, trois minutes, puis il se redresse, ses yeux croisent ceux de Marianne et leurs mains s'effleurent au-dessus du buste de leur enfant, un geste qui fait glisser le drap sur le torse du jeune homme, découvrant ce tatouage maori qu'ils n'ont jamais touché, graphisme végétal issu de l'épaule puis propagé au creux de la clavicule puis sur les omoplates – Simon avait marqué sa peau l'été de ses quinze ans, lors d'une colo de surf au Pays basque, manière d'affirmer je dispose de mon corps, et si Sean, calme, lui-même tatoué sur toute la surface du dos, l'avait interrogé sur le sens, le choix et l'emplacement d'un tel dessin, cherchant à comprendre s'il faisait signe à ce qui subsistait de métisse dans sa paupière, Marianne, elle, avait mal encaissé le coup, Simon était si jeune, elle lui avait dit, nerveuse, ton tatouage, là, sais-tu que c'est pour la vie ? Et lui revient ce mot en boomerang : irréversible.

Révol vient de s'introduire dans la pièce. Sean se retourne et l'interpelle : j'entends son cœur qui bat – il semble que le bourdonnement des machines s'amplifie à cet instant – puis de nouveau, insistant : son cœur bat n'est-ce pas ? Oui, Révol insiste, son cœur bat, grâce aux machines. Plus tard, alors qu'il s'apprête à ressortir de la pièce, Sean l'intercepte de nouveau : pourquoi n'a-t-il pas été opéré dès son arrivée ? Le médecin décèle la tension agressive, le désespoir qui vire colère et par ailleurs le père a bu, il le détecte à la nuance d'alcool dans son souffle, aussi explique-t-il avec précaution : il n'a pas été possible de l'opérer, monsieur, l'hémorragie était trop importante, trop avancée, le scanner demandé en urgence dès l'admission de Simon le montre clairement, il était trop tard. Est-ce cette certitude affirmée dans le cataclysme, ce calme imperturbable qui frise l'arrogance alors même que les secousses s'intensifient mais Sean soudain hausse le ton, éclate : vous n'avez rien tenté ! Révol grimace sans broncher, voudrait répliquer quelque chose mais sent qu'il ne peut que se taire, d'ailleurs on frappe à la porte, et sans attendre de réponse Cordélia Owl pénètre dans la pièce.

La jeune femme s'est passé un peu d'eau sur la figure, a bu un café, elle est belle comme le sont certaines filles au lendemain d'une nuit blanche. Elle salue Marianne et Sean d'un sourire furtif puis, concentrée, s'approche du lit. Je vais vous prendre la température. Elle s'adresse à Simon. Révol se fige. Marianne et Sean écarquillent les yeux, hébétés. La jeune femme leur tourne le dos, murmure, là, c'est bon, puis elle vérifie la tension sur le scope et déclare je vais regarder votre sonde urinaire maintenant, voir si vous avez fait pipi – elle manifeste une douceur à peine supportable. Révol surprend le regard sidéré que se jettent Marianne et Sean Limbres, hésite à interrompre l'infirmière, à lui donner l'ordre de sortir, finalement opte pour le mouvement : nous devrions aller parler dans mon bureau, venez avec moi si vous le voulez bien. Sursaut de Marianne qui résiste, ne veut pas quitter la pièce, je reste avec Simon – des mèches de cheveux pendent devant son visage, accompagnent les va-et-vient de sa tête qui branle dans le vide – et Sean commence à piétiner avec elle tandis que Révol insiste, venez, votre fils doit recevoir des soins, vous pourrez revenir le voir ensuite.

De nouveau le dédale, les couloirs qui se déboîtent, de nouveau les silhouettes au travail, l'écho, l'attente, les perfusions vérifiées, les traitements administrés, les tensions prises, les soins prodigués – toilettes, escarres –, les chambres aérées, les draps changés, les sols lavés, et de nouveau Révol et sa foulée dégingandée, de nouveau les pans de sa blouse blanche qui planent dans son dos, le bureau minuscule et les chaises glacées, de nouveau le fauteuil pivotant et le sulfure basculé au creux de la paume à l'instant précis où Thomas Rémige toque contre la porte et sans attendre s'introduit dans la pièce, se présente aux parents de Simon Limbres, décline sa profession – je suis infirmier, je travaille dans le service –, puis il se place aux côtés de Révol, sur un tabouret poussé là. À présent, donc, ils sont quatre assis dans ce réduit, et Révol sent qu'il doit accélérer car on étouffe ici. Aussi prend-il soin de les regarder l'un après l'autre, cet homme et cette femme, les parents de Simon Limbres – de nouveau, le regard comme un engagement de la parole – tandis qu'il affirme : le cerveau de Simon ne manifeste plus aucune activité, l'électroencéphalogramme de trente minutes qui vient d'être réalisé présente un tracé plat, Simon est désormais dans un coma dépassé.

Pierre Révol a ressaisi son corps, creusé son dos et sorti le cou, une contraction des muscles comme s'il passait à la vitesse supérieure, comme s'il s'exhortait en cet instant ok, cessons les finasseries, faut y aller, et c'est sans doute ce mouvement qui lui permet de passer outre le tressaillement de Marianne et l'exclamation de Sean, qui reconnaissent ensemble ce terme « dépassé », comprennent que le dénouement est proche, et l'imminence de l'annonce leur est insoutenable. Sean ferme les paupières, incline la tête, il pince du pouce et de l'index le coin intérieur de ses yeux, murmure je voudrais être certain que tout a été fait et Révol, doux, lui assure : le choc de l'accident a été trop violent, l'état de Simon était désespéré lors de son admission ce matin, nous avons transmis le scanner à des neurochirurgiens experts qui ont malheureusement confirmé qu'une intervention chirurgicale ne pouvait changer quoi que ce soit, vous avez ma parole. Il a dit « était désespéré » et les parents fixent le sol. En eux ça se fendille et ça s'écroule quand brusquement, comme pour retarder la phrase finale, Marianne intervient : oui, mais on se réveille du coma, il arrive que l'on se réveille, même des années plus tard, il y a plein de cas comme ça, n'est-ce pas ? Son visage est transfiguré à cette idée, un éclat de lumière, et ses yeux s'agrandissent, oui, avec le coma, rien n'est jamais joué, elle le sait, les histoires de ceux qui se réveillent après des années abondent, elles courent sur les blogs, les forums, elles sont miraculeuses. Révol arrête son regard dans le sien, et, ferme, réplique : non – la syllabe qui tue. Il recommence : les fonctions de la vie de relation, autrement dit la conscience, la sensibilité, la mobilité de votre fils sont abolies, et de même, ses fonctions végétatives, sa respiration et la circulation de son sang ne sont plus assurées que par des machines – Révol déroule, déroule, comme s'il procédait par accumulation de preuves, sa parole énumère, marque un temps après chaque information, quand l'intonation, elle, se relève, manière de dire que les mauvaises nouvelles s'amoncellent, qu'elles s'empilent dans le corps de Simon, jusqu'à ce que la phrase s'épuise, finalement s'arrête, désignant soudain le vide étendu au-devant d'elle, comme une dissolution de l'espace.

— Simon est en état de mort cérébrale. Il est décédé. Il est mort.

Évidemment, après avoir débité un tel truc, il faut reprendre son souffle, marquer une pause, stabiliser les oscillations de l'oreille interne pour ne pas s'écrouler à terre. Les regards se dessoudent. Révol ignore le bip qui se déclenche à sa ceinture, ouvre sa main, scrute le sulfure orangé qui chauffe contre sa paume. Il est exsangue. Il a annoncé la mort de leur fils à cet homme et cette femme, ne s'est pas raclé la gorge, n'a pas baissé la voix, a prononcé les mots, le mot « décédé », et plus encore le mot « mort », ces mots qui figent un état du corps. Mais le corps de Simon Limbres n'était pas figé, c'est bien là le problème, et contrevenait par son aspect à l'idée que l'on se faisait d'un cadavre car, enfin, il était chaud, l'incarnat vif, et il bougeait au lieu d'être froid, bleu et immobile.

Biaisant l'angle de son regard, Révol observe Marianne et Sean – elle brûle ses iris sur le tube de néon jaune fixé au plafond, quand lui appuie ses avant-bras sur ses cuisses et penche son visage vers le sol, tête rentrée dans les épaules –: qu'ont-ils pu voir dans la chambre de leur fils ? qu'ont-ils pu concevoir de leurs yeux ignares quand ils ne pouvaient établir de relation entre l'intérieur détruit de Simon et son extériorité paisible, entre son dedans et son dehors ? Le corps de leur enfant n'offrait aucune visibilité, il ne manifestait aucun signe physique permettant d'instaurer le diagnostic comme une lecture du corps – on pense au génial « signe de Babinski », apte à dépister des pathologies du cerveau à partir de la seule stimulation de la plante du pied –, il gisait pour eux indécelable, mutique, clos comme un coffre. Le portable de Rémige sonne, excusez-moi, il bondit sur ses pieds et coupe aussitôt l'appareil, se rassied, Marianne tressaille tandis que Sean, lui, ne relève pas la tête, immobile, le dos large, bombé, noir.

Révol les maintient dans son champ de vision, il les cerne, le regard comme un objectif qu'il promène sur leur présence, ces deux-là sont un peu plus jeunes que lui, des enfants de la fin des années soixante, ils vivent dans un coin du globe où l'espérance de vie, élevée, ne cesse de s'allonger encore, où la mort est soustraite aux regards, effacée des espaces quotidiens, évacuée à l'hôpital où elle est prise en charge par des professionnels. Ont-ils seulement déjà croisé un cadavre ? Veillé une grand-mère, ramassé un noyé, accompagné un ami en fin de vie ? Ont-ils vu un mort ailleurs que dans une série américaine *Body of Proof, Les experts, Six Feet Under* ? Révol, lui, aime zoner de temps à autre dans ces morgues télévisuelles où déambulent urgentistes, médecins légistes, croque-morts, thanatopracteurs et cadors de la police scientifique parmi quoi un bon nombre de filles sexy et perchées – le plus souvent une créature gothique exhibant à tout bout de champ un piercing lingual ou une blonde classieuse mais bipolaire, toujours assoiffée d'amour –, il aime écouter tout ce petit monde tchatcher autour d'un macchabée étendu de tout son long en travers de l'image bleutée, échanger des confidences, se draguer sans vergogne voire travailler, formulant des hypothèses un poil brandi au bout d'une pince, un bouton scruté à la loupe, un prélèvement de muqueuse buccale analysé sous la lentille d'un microscope, puisqu'il faut toujours que l'heure tourne, que la nuit s'accomplisse, puisqu'il est toujours urgent d'élucider les traces inscrites dans l'épiderme, de s'essayer à un déchiffrage de la chair qui saurait dire si la victime sortait en boîte, suçait des cachous, abusait des viandes rouges, buvait du whiskey, avait peur du noir, se teignait les cheveux, manipulait des produits chimiques, multipliait les relations sexuelles avec différents partenaires ; oui, Révol aime quelquefois visionner ces épisodes, quand pourtant, selon lui, ces séries ne disent rien de la mort ; le cadavre a beau occuper toute la focale, asphyxier l'écran, observé, fractionné, retourné, c'est un simulacre, et tout se passe comme si, tant qu'il n'avait pas livré tous ses secrets, tant qu'il demeurait une potentialité – narrative, dramaturgique –, il tenait la mort à distance.

Sean et Marianne n'ont toujours pas fait un mouvement. Accablement, courage, dignité, Révol n'en sait rien, s'attendait tout autant à ce qu'ils explosent, passent par-dessus son bureau, envoient valser ses papelards, renversent ses saletés décoratives, voire le frappent et l'insultent – salaud, pelle à merde –, il y avait de quoi devenir cinglé, se cogner la tête contre les murs, hurler sa rage, au lieu de quoi tout se passait comme si ces deux-là, lentement, se dissociaient du reste de l'humanité, migraient vers les confins de la croûte terrestre, quittaient un temps et un territoire pour amorcer une dérive sidérale.

Comment pourraient-ils seulement penser la mort de leur enfant quand ce qui était un pur absolu – la mort, l'absolu le plus pur justement – s'est reformé, recomposé, en différents états du corps ? Puisque ce n'était plus ce rythme frappé au creux de la poitrine qui attestait la vie – un soldat ôte son casque et se penche pour poser une oreille sur le thorax de son camarade couché dans la boue au fond de la tranchée –, ce n'était plus le souffle exhalé par la bouche qui désignait le vif – un maître nageur ruisselant effectue un bouche-à-bouche sur une jeune fille à carnation verdâtre –, mais le cerveau électrifié, activé d'ondes cérébrales, des ondes bêta de préférence. Comment pourraient-ils seulement l'envisager, cette mort de Simon, quand sa carnation est rose encore, et souple, quand sa nuque baigne dans le frais cresson bleu et qu'il se tient allongé les pieds dans les glaïeuls ? Révol rameute les figurations de cadavres qu'il sait connaître, et ce sont toujours des images du Christ, christs en croix aux corps blêmes, fronts égratignés par la couronne d'épines, pieds et mains cloués sur des bois noirs et luisants, ou christs déposés, têtes en arrière et paupières mi-closes, livides, décharnés, hanches ceintes d'un maigre linceul façon Mantegna, c'est *Le corps du Christ mort dans la tombe* d'Holbein le Jeune – un tableau d'un tel réalisme que Dostoïevski mit en garde les croyants : à le regarder, ils risquaient de perdre la foi –, ce sont ces rois, ces prélats, ces dictateurs embaumés, ces cow-boys de cinéma effondrés sur le sable et filmés en gros plan, il se souvient alors de cette photo du Che, christique justement, et lui aussi les yeux ouverts, exhibé dans une mise en scène morbide par la junte bolivienne, mais il ne trouve rien qui soit analogue à Simon, à ce corps intact, à ce corps qui ne saigne pas, calmement athlétique, qui ressemble à celui d'un jeune dieu au repos, qui a l'air de dormir, qui a l'air de vivre.

Combien de temps sont-ils restés assis de la sorte après l'annonce, affaissés au bord de leurs chaises, pris dans une expérience mentale dont leur corps jusque-là n'avait pas la moindre idée ? Combien de temps leur faudra-t-il pour venir se placer sous le régime de la mort ? Pour l'heure, ce qu'ils ressentent ne parvient pas à trouver de traduction possible mais les foudroie dans un langage qui précède le langage, un langage impartageable, d'avant les mots et d'avant la grammaire, qui est peut-être l'autre nom de la douleur, ils ne peuvent s'y soustraire, ils ne peuvent lui substituer aucune description, ils ne peuvent en reconstruire aucune image, ils sont à la fois coupés d'eux-mêmes et coupés du monde qui les entoure.

Thomas Rémige est demeuré silencieux assis sur le tabouret de fer aux côtés de Révol, jambes croisées haut, et peut-être pensait-il aux mêmes choses que lui, formait-il les mêmes visions. Il a rangé sa boîte d'allumettes, et attend avec eux, le temps s'écoule, bouillie de cervelle et de hurlements muets, puis Révol se lève, immense et livide, sa longue figure emplie de désolation signalant qu'il lui fallait quitter la pièce, je suis attendu, et alors Thomas Rémige est resté seul auprès des Limbres qui ne se relevaient pas mais s'étaient rapprochés l'un de l'autre, épaule contre épaule, et pleuraient en silence. Il a attendu un moment puis leur a demandé d'une voix pleine d'attention s'ils voulaient repasser dans la chambre de Simon. Ils se sont levés sans répondre, l'infirmier leur emboîtant le pas, mais une fois dans le couloir Sean a secoué la tête, non, je ne veux pas y aller, je ne peux pas, pas tout de suite, il respirait fort, gonflant les poumons et haussant la poitrine, une main sur la bouche, Marianne s'est glissée sous son épaule

– pour le soutenir, pour s'y protéger – et le trio a cessé d'avancer. Thomas s'est approché d'eux et leur a précisé : je suis là pour vous accompagner, pour être avec vous ; si vous avez des questions, vous pouvez me les poser. Sean a suffoqué, puis – comment a-t-il trouvé la force d'articuler ? – a débité d'un trait : qu'est-ce qui va se passer maintenant ? L'infirmier a dégluti tandis que Sean poursuivait sur sa lancée, la voix ravagée par la révolte et le chagrin : pourquoi est-il maintenu en réanimation s'il n'y a plus d'espoir ? Qu'est-ce qu'on attend ? Je ne comprends pas. Marianne, les cheveux dans la figure, le regard fixe, frappée, a semblé ne rien entendre tandis que Thomas cherchait une issue, une réponse à formuler : la question de Sean venait trancher la temporalité du protocole, pensée pour contrer la précipitation du drame et la brutalité de l'annonce, favoriser un déploiement du temps, que l'on se donne du temps. C'est un cri auquel il doit faire face. Il décide de leur parler maintenant.

Cordélia Owl retape l'oreiller autour de la tête de Simon, lisse le drap à hauteur de sa poitrine, tire les rideaux, referme derrière elle la porte de la chambre et marche vers l'accueil du service en traçant des arabesques dans le couloir – maudite soit cette blouse étroite, ajustée, elle aurait aimé plus de tour en cet instant, entendre le crissement des plis, sentir leur frôlement sur ses genoux bosselés qu'elle savait souples et savants. En chemin, elle plonge la main dans sa poche, attrape son téléphone portable : pas de message. Niet. Nada de nada. Quatorze heures quarante. Il doit dormir, il dort. Il est allongé quelque part sur le dos, torse nu, abandonné. Elle sourit. Ne pas appeler.

Reculottés, reboutonnés, les boucles de ceinture de nouveau ajustées, ils s'étaient fait face sur le trottoir, well, well, je vais y aller, ouah il est tard, euh il est tôt non ?, oui, bye, bye, une bise sur la joue, un sourire de gentillesse, puis ils s'étaient séparés suivant l'adage approprié

– balancé moelleux, dégagé arrière, tour piqué –, s'étaient éloignés sur un même alignement, avant de se fondre l'un et l'autre dans l'obscurité. Cordélia avait d'abord marché lentement, faisant sonner ses talons comme une starlette des années cinquante moulée dans une jupe crayon, le col de son manteau maintenu serré d'une main plaquée sur la gorge, elle ne s'était pas retournée, surtout pas, mais une fois passé le coin de la rue, elle avait toupillé sur elle-même tête renversée vers le ciel et vent dans la bouche, bras écartés à l'horizontale façon derviche tourneur, puis de nouveau sur sa ligne avait démarré sa course, et foncé à toute allure entre les blocs, risquant de temps en temps un grand pas jeté au-dessus d'un caniveau comme s'il lui fallait franchir une rivière, et ses bras ondoyaient tels des rubans, le froid de la nuit lui fouettait le visage, l'air glacé s'engouffrait entre les pans de son manteau, grand ouvert à présent, et c'était bon, elle se sentait belle, souple, grandie de vingt centimètres au moins depuis qu'ils avaient valdingué contre les fûts d'ordures, depuis que sa culotte avait glissé au sol et qu'il avait pris son sexe dans sa main, d'une paume juste creusée pour pouvoir la relever le long du mur, depuis qu'elle s'était haussée sur une pointe de pied, avait replié le genou de l'autre jambe à hauteur de sa poitrine, l'attirant maintenant vers elle, son sexe en elle, les langues accaparant les bouches comme le feu le four, les dents finissant par mordre, elle riait dans sa course, chaud-froid de fille dessalée surjouant aux yeux du monde l'héroïne solitaire, l'amazone des villes assumant son désir et maîtrisant ses actes, elle remontait les boulevards venteux, les rues figées de cinq heures du matin, filait, indifférente à la voiture qui ralentissait à sa hauteur, aux vitres qui s'abaissaient pour laisser fuser une insulte sexuelle, tu montes salope ?, elle dévorait l'espace, une combustion, si bien qu'elle manqua de traverser la rue d'Étretat alors que le *van* de Chris déboîtait sur sa gauche au carrefour des Quatre-Chemins, pila au bord du trottoir, la fresque de la carrosserie s'étira devant elle – il lui sembla que les surfeuses californiennes en bikini triangle lui faisaient de l'œil et lui souriaient comme à une sœur possible –, et quelques foulées plus tard elle était chez elle, enfouie sous l'édredon de plumes, yeux fermés sans réussir à dormir, elle n'avait rien demandé à ce type qui la tourmentait depuis des lustres, n'avait posé aucune question – brave girl.

Elle pénètre dans le bureau vitré façon aquarium, une chaise, elle s'affale. Coup de pompe. Des poissons-clowns sillonnent l'écran de l'ordinateur. Elle sonde de nouveau son portable. Que dalle. Of course, que dalle. Une consigne tacite qu'elle n'enfreindrait pas. Pour tout l'or du monde. L'idée que, même prononcé d'une voix rapide et sur un ton frais, le moindre mot ne pourrait être autrement que visqueux, faux, lourd, et que la moindre phrase ferait voir son double fond anxieux, sentimental crétin. Bouge pas une oreille, avale un café, des fruits secs, une ampoule de gelée royale, fais pas de connerie, coupe ce téléphone. Putain je suis claquée.

Pierre Révol entre alors qu'elle examine les traces violettes dans son cou, tordue devant la fenêtre de l'application Photo Booth, et voyant apparaître son visage à l'image, penché par-dessus son épaule à la manière d'un lecteur indiscret profitant du journal de son voisin dans un métro, elle pousse un cri. Vous commencez dans le service m'avez-vous dit ? Révol se tient immobile derrière elle qui bondit, pivote, sa tête tourne, voile noir devant les yeux, faudrait que je mange un truc, elle replace ses mèches de cheveux derrière ses oreilles manière de faire place nette sur son visage instable, oui, j'ai commencé il y a deux jours, et d'une main ferme elle rajuste le col de sa blouse. Il faut que je vous parle d'une chose importante, une chose à laquelle vous serez confrontée ici. Cordélia hoche la tête, d'accord, maintenant ? Ce ne sera pas long, c'est au sujet de ce qui vient de se passer dans la chambre, mais pile à cet instant, bzzz, bzzz, le portable de Cordélia vibre au fond de sa poche et la voici qui se tend comme sous l'effet d'une décharge électrique, oh non, non, c'est pas vrai, putain !, Révol s'est affaissé contre le rebord d'un meuble et il commence à parler, tête inclinée vers le sol, bras croisés sur la poitrine et jambes idem sur les talons, le garçon que vous avez vu est en état de mort encéphalique, bzzz, bzzz, Révol s'exprime distinctement quand ses paroles sonnent pour

Cordélia comme un exercice de phonétique dans une langue étrangère, elle a beau canaliser toute l'attention dont elle est capable vers ce visage et maintenir son cerveau dans l'axe de cette voix qui discourt, tout se passe comme si elle nageait à contre-courant, contre cette onde chaude qui sourd le long de sa hanche, à intervalles réguliers, bzzz, bzzz, coule dans le pli de sa cuisse, au creux de l'aine, elle lutte, voudrait revenir vers cet homme qui semble s'éloigner d'elle comme si chahuté dans des rapides justement, et devient inaudible à mesure qu'il explique : voilà, ce jeune homme est mort ; or comprendre la réalité de cette mort est difficile pour les proches, l'aspect du corps trouble cette affirmation vous comprenez ? Cordélia s'applique à écouter, articule un oui comme on crève une bulle, je vois, mais elle ne voit rien, la follette, c'est même la débandade dans sa cervelle, bzzz, bzzz, les secousses infinitésimales du téléphone charriant maintenant leur lot d'images sexuelles, photogrammes prélevés dans le film de la nuit passée – il y a cette bouche si douce ouverte dans sa nuque et ce souffle chaud quand c'est son front, sa joue, son ventre, ce sont ses seins qui maintenant s'éraflent contre le mur, rougis à force de râper le mortier grenu et les cailloux saillants tandis qu'il est venu derrière elle, et que ses mains à elle lui ont empoigné les fesses pour l'attirer plus près encore, plus profond et plus fort –, bzzz, dernière palpitation, c'est fini, elle ne cille pas, déglutit avant de répondre la voix raide oui, je vois parfaitement, si bien que Révol lui jette un regard bienveillant avant de conclure, voilà : lors des soins, vous ne pouvez parler comme vous l'avez fait à un patient en état de mort encéphalique, ses parents étaient dans la pièce et pour eux il s'agit d'un signal contradictoire dans une situation extrême, ces paroles prononcées dans une optique de soins brouillent le message que nous leur adressons, la situation est déjà assez violente, on est d'accord ? Oui – voix de Cordélia, au supplice, n'attendant qu'une chose, que Révol s'arrache, allez casse-toi, casse-toi maintenant, c'est bon j'ai compris, et qui soudain, alors que rien ne le laissait prévoir, se rebiffe, relève la tête : vous ne m'avez pas associée à la prise en charge du patient, vous avez vu les parents seul, on ne travaille plus comme ça. Révol la regarde, étonné : ah ? on travaille comment ? Cordélia fait un pas en avant et pose sa réponse : on travaille en équipe. Silence qui s'étire, ils se regardent, puis le médecin se redresse sur ses pieds : vous êtes toute pâlotte, on vous a montré la cuisine ? Vous trouverez des biscuits là-bas, faites attention, douze heures en réa, c'est une course de fond jeune fille, faut tenir la distance. Oui, oui, d'accord. Révol, enfin, consent à quitter les lieux, Cordélia plonge la main dans sa poche. Elle ferme les yeux, pense à sa grand-mère de Bristol à qui elle parle chaque dimanche soir, ce n'est pas elle, ce n'est pas son heure se dit-elle pour s'en convaincre, risquerait volontiers un test conjuratoire avant de relever les paupières et de lire les chiffres inscrits sur l'écran tactile, parierait volontiers comme à la roulette sur un numéro de chambre qui s'allume au tableau, tente un lancer de boulette de papier dans une corbeille, ou simplement joue à un pile ou face de piécettes – fais pas la bécasse, qu'est-ce qui te prend ?

Cordélia Owl s'est placée au centre de la pièce, a relevé la tête et rejeté les épaules en arrière, a lentement ouvert les doigts, découvrant phalange après phalange le numéro qui l'avait appelée. Inconnu. Elle sourit, soulagée. Finalement, n'est plus si certaine de vouloir qu'il se manifeste, plus si pressée de vouloir l'entendre. Elle est cruelle soudain, quand elle pense à lui, elle est lucide et rieuse. Elle a vingt-cinq ans. Anticipe avec dégoût cette fatigue de la tension amoureuse, cette montagne de fatigue – exaltation, anxiété, dinguerie, impulsivité crasse –, se redemande pourquoi cette intensité-là demeure la part la plus désirable de sa vie, mais alors virevolte, se détourne de cette interrogation comme on retire in extremis le bout du pied de l'étang vaseux où il allait se poser, s'enliser, sans jamais connaître de repos, ce qu'il faut c'est prolonger la nuit passée, la faire infuser comme une fête. Conserver la grâce et l'ironie des filles. Arrivée dans la petite cuisine, elle prit dans un placard un paquet de gaufrettes à la framboise, décolleta le papier qui crissait comme de la soie sous ses petits doigts voraces, in extenso et lentement le boulotta.

Révol remonte le couloir, ignore ceux qui l'interpellent, lui tendent des fiches et trottinent quand il marche, trois minutes, je veux trois minutes bordel, il marmonne entre ses dents, le pouce, l'index et le majeur tendus en l'air tandis que la voix accentue « trois » avec autorité, et ceux du service connaissent ce geste, savent qu'une fois seul dans son bureau l'anesthésiste gravitera dans ce fauteuil qui tangue et roule, regardera sa montre, enclenchera un compte à rebours – trois minutes, un œuf à la coque, la mesure idéale –, et profitant de ce laps de solitude comme d'un sas, posera la joue contre son coude replié bien à plat sur le bureau, exactement comme les enfants de maternelle font la sieste dans les salles de classe, après la cantine – et s'engouffrera dans cette anfractuosité de sommeil pour juguler ce qui vient d'arriver, dormir peut-être. Lessivé, il appuie sa tête sur ses bras croisés, et s'endort. On comprend qu'il les saisisse, ces trois minutes : il faut bien, au bout de tant d'années – vingt-sept – passées à endormir les autres, qu'il ait peaufiné pour lui-même une technique de microsieste d'une haute efficacité, bien que d'une durée sensiblement inférieure à celle préconisée habituellement pour la recharge d'un corps humain. On sait depuis longtemps que Révol a perdu l'autre sommeil, le nocturne, l'horizontal, le profond. Dans l'appartement qu'il occupe, rue de Paris, il n'existe plus de chambre à proprement parler, seule une grande pièce où le lit à deux places fait office de table basse, il y dispose sa collection de vinyles – l'intégrale de Bob Dylan et de Neil Young –, de la paperasse, et de longs bacs qui accueillent ses expériences botaniques autour des plantes psychotropes – c'est professionnel, c'est ce qu'il dit à ceux, rares, qui débarquent ici, étonnés de voir des plants de cannabis s'élever bien visibles, mais aussi du pavot, de la lavande, du coquelicot, et la *Salvia divinorum*, la « sauge des devins », une herbe hallucinogène dont il a décrit les vertus curatives dans des articles publiés dans des revues de pharmacologie.

La nuit dernière, seul dans son appartement de la rue de Paris, il a visionné pour la première fois le film de Paul Newman *De l'influence des rayons gamma sur le comportement des marguerites* – le titre prédisait justement une fantaisie botanique quand c'était un cinéma d'une tout autre force, qui traçait un chemin entre hallucination et science, ce qui d'emblée avait captivé Révol. Remué, cueilli, il forma l'idée, pourquoi pas, de reproduire dans son salon l'expérience de Matilda, la jeune héroïne du film, qui projetait différentes doses de radium sur des marguerites afin d'observer leur croissance, leur forme qui se différenciait au fil des jours sous l'influence des rayons, certaines devenant énormes, d'autres rachitiques et fripées, d'autres encore simplement belles, et la gamine solitaire saisissait peu à peu quelque chose de l'infinie variété du vivant, elle prenait dans le même temps sa place dans le monde, affirmant lors de la fête de l'école, sur la scène du théâtre, qu'il était possible qu'un jour une mutation merveilleuse transforme et améliore l'espèce humaine. Après quoi, songeur, il s'est cuisiné des œufs miroir, leur jaune aussi éclatant que le cœur des marguerites justement, s'est décapsulé une bière blonde saisie dans la porte du réfrigérateur, a lentement avalé le tout, puis s'est enroulé dans une couette en duvet d'oie, les yeux ouverts.

Révol dort. Un cahier est placé à portée de main pour qu'il puisse noter quand il s'éveillera, décrire les images entrevues, les actions, les enchaînements et les visages, et peut-être que celui de Simon s'y inscrira – les mèches noires rigidifiées dans le sang coagulé, la peau mate, tuméfiée, les dômes blancs des paupières, le front et la tempe droite envahis d'une auréole betterave, la macule mortelle – ou bien celui de Joanne Woodward, alias Beatrice Hunsdorfer, la mère borderline de Matilda, surgie dans la salle du théâtre une fois la fête finie, émergeant de l'ombre en tenue de grand soir, paillettes et plumage noirs, titubante, saoule, les yeux vitreux, et déclarant d'une voix pâteuse, la main posée sur le sternum : *my heart is full, my heart is full.*

Ils se sont tenus par la main pour suivre Thomas Rémige et au fond, s'ils l'ont accompagné, s'ils ont obéi à cette autre déambulation dans le lacis de couloirs et de sas, s'ils ont accepté de passer toutes les écluses, d'ouvrir et de retenir de l'épaule toutes les portes, malgré ce météore noir qui venait de les percuter de plein fouet, malgré leur épuisement manifeste, c'est sans doute parce que Thomas Rémige avait eu pour eux un regard juste – ce regard qui les gardait du côté des vivants, ce regard qui déjà n'avait plus de prix. Et donc, sur le chemin, ces deux-là ont entrelacé leurs doigts, ont remué les pulpes mordillées, les ongles rongés liserés de peaux mortes, ont effleuré les paumes sèches, les anneaux et les pierres, et ils l'ont fait sans y penser.

C'est encore un autre lieu de l'hôpital, un repaire meublé à l'instar du salon d'un appartement témoin : la pièce est claire, le mobilier pimpant quoique ordinaire – un canapé vert pomme en tissu synthétique au toucher de velours et deux chaises vermillon aux assises rembourrées –, les murs nus hormis l'affiche colorée d'une exposition de Kandinsky – Beaubourg, 1985 – et, posés sur le plateau de la table basse, une plante verte aux longues feuilles minces, quatre verres propres, une bouteille d'eau minérale, une coupelle emplie d'un pot-pourri aux senteurs d'orange et de cannelle. La fenêtre est ouverte à l'espagnolette, les rideaux remuent doucement, on entend le bruit des voitures, rares, qui vont et viennent là-bas, sur le parking de l'hôpital et, comme des éraflures sonores sur le tout, la stridence des mouettes. Il fait froid.

Sean et Marianne sont installés côte à côte dans le canapé, gauches, intrigués bien qu'ébranlés, et, sur une des chaises vermillon, Thomas Rémige, lui, s'est assis, le dossier médical de Simon Limbres tenu entre les mains. Cependant, ces trois individus ont beau partager le même espace, participer de la même durée, en cet instant, rien n'est plus éloigné sur cette planète que ces deux êtres dans la douleur et ce jeune homme venu se placer devant eux dans le but – oui, dans le but – de recueillir leur consentement au prélèvement des organes de leur enfant. Il y a là un homme et une femme pris dans une onde de choc, à la fois projetés hors sol et renversés dans une temporalité disloquée – une continuité que brisait la mort de Simon mais une continuité qui, comme un canard sans tête courant dans une cour de ferme, continuait, une dinguerie –, une temporalité dont la douleur tissait la matière, un homme et une femme concentrant sur leurs deux têtes la pleine tragédie du monde, et il y a là ce jeune homme en blouse blanche, engagé et précautionneux, préparé à mener l'entretien sans brûler les étapes, mais qui a déclenché un compte à rebours dans un coin de son cerveau, conscient qu'un corps en état de mort encéphalique se dégrade, et qu'il faut faire vite – pris dans cette torsion.

Thomas verse de l'eau dans les verres, se relève pour fermer la fenêtre, traverse la pièce, et ce faisant observe ce couple, ne les lâche pas des yeux, cet homme et cette femme, les parents de Simon Limbres, et sûrement qu'en cet instant il s'échauffe mentalement, sachant qu'il s'apprête à les malmener, à inciser dans leur peine une interrogation qu'ils ignorent encore, à leur demander de réfléchir et de formuler des réponses, quand ils sont zombies cognés de douleur, satellisés, et sans doute qu'il se prépare à parler comme il se prépare à chanter, décontracte ses muscles, discipline sa respiration, conscient que la ponctuation est l'anatomie du langage, la structure du sens, si bien qu'il visualise la phrase d'amorce, sa ligne sonore, et apprécie la première syllabe qu'il prononcera, celle qui va fendre le silence, précise, rapide comme une coupure – l'estafilade plutôt que la craquelure sur la coquille de l'œuf, plutôt que la lézarde grimpée sur le mur quand la terre tremble. Il commence lentement, rappelant avec méthode le contexte de la situation : je crois que vous avez compris que le cerveau de Simon était en voie de destruction ; néanmoins ses organes continuent à fonctionner ; c'est une situation exceptionnelle. Sean et Marianne clignent des yeux, manière d'acquiescement. Thomas, encouragé, poursuit : j'ai conscience de la douleur qui est la vôtre, mais je dois aborder avec vous un sujet délicat – son visage est nimbé d'une lumière transparente et sa voix monte imperceptiblement d'un cran, absolument limpide quand il déclare :

— Nous sommes dans un contexte où il serait possible d'envisager que Simon fasse don de ses organes.

Bam. D'emblée, Thomas a posé sa voix sur la bonne fréquence et la pièce semble résonner comme un micro géant, un toucher de haute précision – roues du Rafale sur le pont d'envol du porte-avions, pinceau du calligraphe japonais, amortie du tennisman. Sean relève la tête, Marianne sursaute, tous deux chavirent leur regard dans celui de Thomas – ils commencent à entrevoir avec terreur ce qu'ils fabriquent ici, face à ce beau jeune homme au profil de médaille, ce beau jeune homme qui enchaîne avec calme. Je voudrais savoir si votre fils avait eu l'occasion de s'exprimer sur ce sujet, s'il lui est arrivé d'en parler avec vous.

Les murs valsent, le sol roule, Marianne et Sean sont assommés. Bouches bées, regards flottant au ras de la table basse, mains qui se tordent, et ce silence qui s'écoule, épais, noir, vertigineux, mélange l'affolement à la confusion. Un vide s'est ouvert là, devant eux, un vide qu'ils ne peuvent se figurer autrement que comme « quelque chose » puisque le « rien » est impensable. Ils se débattent face à ce trou d'air, ensemble, bien que n'agitant ni les mêmes interrogations, ni les mêmes émotions – Sean est devenu au fil des années solitaire et taiseux, combinant l'incroyance la plus limpide à une spiritualité lyrique, sourcée aux mythes océaniens, quand Marianne, elle, fut une première communiante en robe à fleurs et socquettes de tennis, le front ceint d'une couronne de fleurs fraîches et l'hostie collée au fond du palais, pria longtemps le soir dans le lit superposé qu'elle partageait avec sa sœur, à genoux sur la couchette du haut, déclamant sa louange à haute voix dans ce pyjama qui la grattait, et aujourd'hui encore entre dans les églises, explore le silence comme la texture d'un mystère, cherche la petite lumière rouge allumée derrière l'autel, inhale l'odeur lourde de cire et d'encens, observe la lumière du jour filtrée par la rosace en rayons colorés, les statues de bois aux yeux peints, mais se souvient de la sensation intense qui l'avait parcourue à l'instant où elle avait détaché de son cou le licol de la foi – ; ils font graviter des visions de la mort, des images de l'au-delà, espaces post mortem plongés dans l'éternité : c'est un gouffre niché dans un pli du cosmos, c'est un lac noir et ridé, c'est le royaume des croyants, un jardin où s'animent sous la main de Dieu les êtres aux chairs ressuscitées, c'est une vallée perdue dans la jungle où voltigent les âmes esseulées, c'est un désert de cendre, un sommeil, une dérivation, un trou dantesque au fond de la mer, et c'est aussi une côte infigurable que l'on atteint dans une pirogue de bois délicatement ouvragée. Ils se sont penchés en avant, bras croisés sur le ventre pour encaisser le choc, et leurs pensées ont convergé dans un entonnoir d'interrogations qu'ils ne peuvent formuler.

Thomas reprend – c'est un autre chemin – : votre fils est-il inscrit au registre national des refus de dons d'organes ? Ou savez-vous s'il avait exprimé une opposition à cette idée, s'il était contre ? Phrase compliquée, leur visage se déforme. Marianne secoue la tête, je ne sais pas, je ne crois pas, elle balbutie, quand Sean s'anime soudain, sa tête mate et carrée, se tourne lentement vers Thomas, et déclare, creusant l'espace d'une voix sourde : dix-neuf ans – son torse bascule et fait masse dans ces mots mal articulés, émis sans que les lèvres soient tout à fait desserrées –, il y a des garçons de dix-neuf ans qui prennent des dispositions au sujet de, pour, ça existe ? – « prennent des dispositions » : il force la voix, mitraillette des dentales, un feu glacé. Cela peut arriver, Thomas répond doucement, c'est parfois le cas. Sean avale une gorgée d'eau, repose le verre d'un geste pesant : peut-être, mais pas Simon. Alors, se faufilant dans ce qu'il identifie comme une brèche dans le dialogue, Thomas demande en élevant sa voix d'un cran, pourquoi « pas Simon » ? Sean le toise, mâchonne : parce qu'il aime tellement la vie. Thomas hoche la tête, je comprends, mais insiste : aimer la vie ne signifie pas qu'il n'ait pas envisagé sa mort, il aurait pu en avoir parlé à des proches. Filaments de silence qui convergent en épissure puis Marianne réagit, brumeuse et speed : des proches, oui, je ne sais pas, si, sa sœur, oui, il aime beaucoup sa petite sœur, Lou, elle a sept ans, ils sont chien et chat mais sont perdus l'un sans l'autre, et ses copains, oui, c'est sûr, ceux du surf, Johan, Christophe, ceux du lycée, oui, je ne sais pas, je crois, on ne les voit pas souvent, mais ses proches, je ne sais pas ses proches c'est qui, enfin si sa grand-mère, son cousin qui vit aux États-Unis, et il y a Juliette aussi, Juliette, son premier amour, oui, voilà ses proches, c'est nous.

Ils parlent de leur fils au présent, ce n'est pas bon signe. Thomas poursuit : je vous pose ces questions car si la personne décédée, ici votre fils Simon, n'a pas fait connaître son refus de son vivant, si elle n'a pas exprimé son opposition, nous devons nous interroger ensemble sur ce qu'elle aurait souhaité – « la personne décédée, ici votre fils Simon », Thomas a haussé la voix et prononcé distinctement chaque mot, il enfonce le clou. Du consentement à quoi ? C'est Marianne qui a parlé, relevant la tête – mais elle sait, elle veut être clouée. Thomas déclare : du consentement au prélèvement de ses organes, afin de permettre des greffes – il faut en passer par la brutalité de ces phrases dépliées comme des slogans sur des banderoles, il faut en passer par leur charge massive, leur matière contondante, les entretiens où traînasse l'ambiguïté sont des nasses de souffrance, Thomas sait cela.

La tension est montée d'un coup en ce point de la croûte terrestre, il semble que les feuilles de la plante frémissent et que l'eau se plisse à la surface des verres, il semble aussi que la lumière s'intensifie à leur faire cligner les yeux, et que l'air se mette à vibrer comme si le moteur d'une centrifugeuse s'actionnait lentement au-dessus de leur tête. Thomas est le seul à demeurer absolument immobile, ne distille aucune émotion, maintient son regard posé sur leurs visages torchonnés de souffrance, passe outre la sismique des mâchoires et le tremblement des épaules, progresse sans esquiver, il reprend : cet entretien a pour objet de rechercher et de formuler l'expression d'une volonté, celle de Simon ; il ne s'agit pas de réfléchir à ce que vous feriez pour vous-mêmes, mais de nous demander ce que votre fils aurait décidé – Thomas retient son souffle, il mesure la violence repliée de ces dernières paroles, des paroles qui distinguent radicalement de leur corps celui de leur enfant, inscrivent une distance, mais qui aussi, dans le même temps, permettent de penser. D'ailleurs Marianne questionne d'une voix faible, traînante : comment savoir ?

Elle demande une méthode, Sean la regarde, et Thomas réagit sans attendre – en cet instant il se dit peut-être que Marianne est, selon l'expression qu'il a acquise lors d'un séminaire de formation, la « personne ressource », autrement dit celle qui peut créer un effet de sillage – : nous sommes là pour penser à Simon, à la personne qu'il était ; la démarche de prélèvement se raccorde toujours à un individu singulier, à la lecture que nous pouvons faire de son existence ; il faut réfléchir ensemble ; par exemple on peut se demander si Simon était croyant, ou s'il était généreux. Généreux ? Marianne répète, stupéfaite. Oui, généreux, Thomas confirme, comment il était dans son rapport aux autres, s'il était curieux, s'il faisait des voyages, il faut se poser ces questions.

Marianne jette un œil vers Sean, son visage est défait, peau terreuse et lèvres noires, puis son regard oblique sur la plante verte. Elle ne fait pas le lien entre les questions du coordinateur et le don d'organes, finit par murmurer : Sean, il était généreux Simon ? Les yeux se barrent dans les coins, ils ne savent quoi répondre, respirent fort, elle passe un bras autour du cou de cet homme aux cheveux noirs et drus comme ceux de son fils, l'attire vers elle, leurs têtes se touchent, et il baisse la sienne tandis que coulisse un oui dans sa gorge serrée – un *oui* qui, de fait, n'a pas grand-chose à voir avec la générosité de leur fils, car au fond, généreux, Simon ne l'était pas tant que ça, plutôt chat, égoïste et léger, maugréant la tête dans le frigo putain y a pas de Coca dans cette baraque ? que jeune homme porté aux gestes prodigues, aux attentions ; mais un *oui* qui s'empare de Simon tout entier, le redresse pour le faire rayonner, garçon pudique et frontal que dévorait l'intensité de la jeunesse.

Soudain la voix de Marianne perce dans un souffle et son phrasé s'éclaire, bien que saccadé : il y a une chose, nous sommes catholiques, Simon est baptisé. Elle s'arrête net. Thomas attend qu'elle poursuive mais la pause s'étire, alors il interroge – un épaulement – : il était croyant ? il croyait à la résurrection du corps ? Marianne regarde Sean dont elle ne voit toujours que le profil incliné, elle se mord les lèvres, je ne sais pas, nous ne pratiquons pas beaucoup. Thomas s'est tendu – l'an dernier, des parents ont refusé tout prélèvement d'organe sur le corps de leur fille, annonçant qu'ils croyaient à la résurrection de la chair et jugeant qu'il s'agissait là d'une mutilation qui rendrait impossible toute autre forme d'existence, et quand Thomas leur avait donné la position officielle de l'Église, favorable aux dons, ils avaient répondu : non, nous ne voulons pas la faire mourir une seconde fois. Marianne vient poser sa tête sur l'épaule de Sean puis elle recommence à parler, l'été dernier il a lu ce livre sur un chaman polynésien, l'homme-corail, je ne sais pas, il projetait d'aller le rencontrer là-bas, tu te souviens ? c'était un livre sur la réincarnation, Sean approuve les yeux fermés, et ajoute quasi inaudible : se dépenser, Simon, ça comptait pour lui, il était physique, c'est ça, c'est comme ça qu'il était, vivant dans son corps, c'est comme ça que je le vois, la nature, dans la nature, il n'avait pas peur. Marianne marque un temps puis demande, incertaine : c'est ça, être généreux ? Je ne sais pas, peut-être – et maintenant elle pleure.

Ils parlent à l'imparfait, le père et la mère, ils ont amorcé le récit. Pour Thomas, c'est une avancée tangible, le signal que l'idée de la mort de leur enfant lentement cristallise. Il repose le dossier sur la table, place ses mains libres bien à plat sur ses cuisses, ouvre la bouche pour poursuivre, mais soudain, alors que rien ne le laissait prévoir, ça rebascule, un coup de gîte, car Sean s'est redressé d'un bond, et maintenant arpente la pièce de long en large, agité, brusquement déclare, c'est de la merde cette histoire de générosité, je ne vois pas en quoi le fait d'être généreux ou de faire des voyages vous autorise à penser qu'il aurait voulu faire don de ses organes, c'est trop facile, et par ailleurs si je vous dis qu'il était égoïste Simon alors ça s'arrête là l'entretien ? Soudain il s'approche de Thomas pour lui murmurer à l'oreille : dis-nous seulement si on peut dire non, allez vas-y. Marianne, surprise, se tourne vers lui, Sean !, mais il ne l'entend pas, s'est redressé, va et vient dans la pièce, sa vitesse s'emballe, il finit par s'appuyer dos à la fenêtre, noir et massif dans le contre-jour : allez, vas-y, dis-nous la vérité, on peut refuser ou pas ? Il souffle comme un bœuf. Thomas ne cille pas, colonne verticale stable et mains moites contre la toile du jean. Marianne s'est levée pour s'approcher de Sean, elle tend les bras mais il se détourne, trois pas le long du mur, une volte-face, et il flanque un coup de poing dans le mur, un coup de poing où s'engage sa force tout entière, la vitre de verre frémit au-dessus de l'affiche de Kandinsky, puis il gémit putain, c'est pas vrai !, et dévasté se retourne vers Thomas qui s'est levé à présent, blanc comme un linge, absolument figé, et déclare d'une voix décisive : le corps de Simon n'est pas un stock d'organes sur lequel il s'agit de faire main basse, la démarche s'interrompt si la recherche de l'expression de la volonté du défunt, que l'on a menée avec les proches, aboutit au refus.

Marianne saisit enfin la main de Sean, c'est malin elle murmure en la caressant, comme si on avait besoin de ça, elle l'entraîne vers le canapé où le couple se rassied, se reforme, c'est l'accalmie, chacun avale d'un trait un verre d'eau, bien que n'ayant pas forcément soif, mais il faut bien temporiser, continuer à bouger, retrouver la fréquence d'une parole possible.

À cet instant, Thomas pense que c'est foutu. Trop dur. Trop complexe, trop violent. La mère peut-être mais le père. Aucun recul, tout va trop vite. Ont à peine réalisé leur drame qu'ils doivent statuer sur le prélèvement. Il se rassied à son tour. Ramasse le dossier sur la table basse. Ne saurait insister, influencer, manipuler, jouer l'autorité, ne saurait incarner l'agent d'un chantage muet d'autant plus lourd, d'une pression d'autant plus forte sur les entourages que les donneurs jeunes et sains sont rares. Leur épargnera, par exemple, de s'entendre dire la loi qui, en cas de non-inscription au registre national des refus, choisit d'adopter le principe du consentement présumé – leur épargnera de se demander comment un consentement présumé pouvait être la règle quand le donneur était mort et que précisément il ne pouvait plus parler, ne pouvait plus consentir, leur épargnera d'entendre que n'avoir rien dit de son vivant équivalait à dire oui, soit une autre version du dicton douteux affirmant *qui ne dit mot consent*, oui, il tairait finalement ces textes qui auraient pulvérisé si facilement le sens de ce dialogue, devenu alors simple formalité, convention hypocrite, quand la loi induisait encore autre chose, une notion plus complexe qui tenait de la réciprocité, de l'échange : chaque individu étant un receveur présumé potentiel, était-il si illogique, si infondé, après tout, que chacun soit envisagé comme un donneur présumé après sa mort ? Désormais, il n'évoque le cadre légal que pour ouvrir une piste devant ceux pour qui la question du don n'évoque rien, ou pour conforter des familles dans leur geste, la loi les appuyant in fine comme la rampe soutient la main.

Il referme le dossier de Simon et le replace bien à plat sur ses genoux signalant de la sorte à Sean et Marianne Limbres qu'ils peuvent ajourner le dialogue s'ils le désirent, sortir de la pièce. C'est un refus, cela arrive. Il faut savoir lui faire une place, la possibilité du refus est aussi la condition du don. Il faut se saluer maintenant, se serrer la main. L'entretien est un échec, voilà, il faut s'y résoudre, Thomas s'est donné pour principe le respect absolu de l'expression des proches, et sait aussi le caractère indiscutable de ce qui rend le corps du défunt sacré pour ceux qui l'entourent – manière d'inscrire des butées à une démarche qui court le risque, confortée dans son bon droit par la loi et la pénurie de greffons, de se muer passage en force. Son regard balaye les murs de la pièce, derrière la fenêtre, un oiseau observe. Un passereau. Thomas sursaute en le voyant, se demande si Ousmane passera chez lui afin de nourrir Mazhar, le chardonneret, l'avitailler en eau claire et en graines biologiques, ces graines multicolores cultivées sur un balcon de Bab el-Oued. Il ferme les yeux.

Ok, on prélève quoi ? Sean a réattaqué tête baissée regard par-dessous et Thomas, surpris par ce changement de cap, fronce les sourcils et se cale illico sur ce nouveau tempo : il est question de prélever le cœur, les reins, les poumons, le foie, si vous consentez à la démarche, vous serez informés de tout, et le corps de votre enfant sera restauré – il a énuméré les organes sans flancher, dans cet élan qui le conduit toujours à préférer la précision sèche au flou de l'esquive.

Le cœur ? Marianne redemande. Oui, le cœur Thomas répète. Le cœur de Simon. Marianne est étourdie. Le cœur de Simon – des îlots de cellules sanguines confluent dans un petit sac pour former le réseau vasculaire initial au dix-septième jour, la pompe s'amorce au vingt et unième jour (des mouvements contractiles de très faible amplitude mais audibles sur des appareils hautement sensibles, paramétrés pour l'embryologie cardiaque), le sang s'écoule dans les conduits en formation, innervant tissus, veines, tubes et artères, les quatre cavités s'élaborent, le tout bien en place au cinquantième jour même si inachevé. Le cœur de Simon – un abdomen en boule qui se soulève doucement au fond d'un lit-parapluie ; l'oiseau des terreurs nocturnes affolé dans une poitrine d'enfant ; le tambour staccato calé sur le destin d'Anakin Skywalker ; le rif sous la peau quand se hausse la première vague – touche mes pecs lui avait-il dit un soir, muscles tendus, grimace de singe, il avait quatorze ans et dans l'œil la lueur neuve du garçon qui prend place dans son corps, touche mes pecs mam' – ; la fonte diastolique quand son regard capte Juliette à l'arrêt de bus sur le boulevard Maritime, robe tee-shirt à rayures, doc Martens et ciré rouge, le carton à dessin calé sous le bras ; l'apnée dans le papier bulle au soir de Noël, le surf déballé au milieu du hangar glacé, décacheté avec ce mélange de méticulosité et de fougue, comme on tranche l'enveloppe d'un message d'amour. Le cœur alors.

Mais pas les yeux, on ne prend pas les yeux, n'est-ce pas ? Elle étouffe son cri d'une paume plaquée sur sa bouche ouverte. Sean tressaille, s'écrie dans la foulée, quoi ? les yeux ? non, jamais, pas les yeux. Son râle stagne dans la pièce où Thomas a baissé les siens, je comprends.

C'est une autre zone de turbulence, et il frissonne, en nage, il sait que la charge symbolique diffère d'un organe à l'autre – Marianne, d'ailleurs, n'avait réagi qu'à l'évocation du prélèvement du cœur, comme si prélever les reins, le foie ou les poumons se concevait davantage, et de même elle a refusé le prélèvement des cornées qui, comme les tissus, la peau, font rarement l'objet d'un accord de la part de l'entourage – et comprend qu'il doit transiger, s'écarter de la règle, accepter les restrictions, respecter cette famille. C'est l'empathie. Car les yeux de Simon, ce n'était pas seulement sa rétine nerveuse, son iris de taffetas, sa pupille d'un noir pur devant le cristallin, c'était son regard ; sa peau, ce n'était pas seulement le maillage fileté de son épiderme, ses cavités poreuses, c'était sa lumière et son toucher, les capteurs vivants de son corps.

— Le corps de votre enfant sera restauré.

C'est une promesse et c'est peut-être aussi le glas de ce dialogue, on ne sait pas. Restauré.

Thomas regarde sa montre, calcule – le second électroencéphalogramme de trente minutes aura lieu dans deux heures –: souhaitez-vous prendre un temps seuls? Marianne et Sean se regardent, acquiescent de la tête. Thomas se lève et ajoute si votre enfant est donneur, cela permettra à d'autres personnes de vivre, d'autres personnes en attente d'un organe. Les parents ramassent leur manteau, leurs sacs, leurs gestes sont lents bien qu'ils soient pressés de sortir d'ici maintenant. Alors il ne sera pas mort pour rien, c'est ça? Sean remonte le col de sa parka et le regarde droit dans les yeux, on sait, on sait tout ça, les greffes sauvent des gens, la mort de l'un peut accorder la vie à un autre, mais nous, c'est Simon, c'est notre fils, est-ce que vous comprenez ça? Je comprends. Au moment de passer la porte, Marianne se retourne, regarde Thomas dans les yeux: on va prendre l'air, on revient.

Resté seul, Thomas s'effondre sur sa chaise, sa tête bascule dans ses mains, ses doigts s'enfoncent sous ses cheveux, dans son crâne, et il souffle longuement. Sûrement qu'il se dit que c'est dur, et peut-être qu'il voudrait parler lui aussi, flanquer des coups de poing dans les murs, shooter dans les poubelles, briser des verres. Ce sera peut-être un oui, plus sûrement un non, donc, cela arrive – un tiers des entretiens s'achèvent par l'expression d'un refus – mais pour Thomas Rémige, un refus limpide valait mieux qu'un consentement arraché dans la confusion, obtenu au forceps, et regretté quinze jours plus tard par des personnes que le remords ravageait, qui perdaient le sommeil et sombraient dans le chagrin, faut penser aux vivants dit-il souvent, mastiquant le bout d'une petite allumette, faut penser à ceux qui restent – dans son bureau, au revers de la porte, il a scotché la photocopie d'une page de *Platonov*, pièce qu'il n'a jamais vue, jamais lue, mais ce fragment de dialogue entre Voïnitzev et Triletzki, récolté dans un journal qui traînait au Lavomatic, l'avait fait tressaillir comme tressaille le gamin découvrant la fortune, un Dracaufeu dans un paquet de cartes Pokémon, un ticket d'or dans une tablette de chocolat. Que faire Nicolas ? Enterrer les morts et réparer les vivants.

Juliette est dans sa chambre. De sa fenêtre, si elle se place légèrement de profil et qu'elle se hausse sur la pointe des pieds, elle peut voir le toit de l'immeuble des Limbres – la première fois que Simon était venu ici, dans son antre de fille, il s'était collé à la vitre puis s'était soudain tourné vers elle, on peut se voir tu sais, et il avait longuement guidé son regard pour qu'elle puisse atteindre, parmi la marqueterie de surfaces grises qui s'étendait en contrebas, une portion couleur de zinc semée de cheminées où perchaient les mouettes : là-bas –, elle y jette un œil doux.

Ils se sont disputés cette nuit. Ils étaient pourtant là, nus, face à face sur le flanc et serrés l'un contre l'autre sous la couette chaude, si tendres qu'ils continuaient de se caresser après avoir fait l'amour, et se parlaient dans l'obscurité, étrangement volubiles, leurs paroles toujours plus limpides dans ces moments-là, puis la chute d'un texto avait percé le calme, et l'écho du sonar ne la fit pas rire cette fois-ci, elle le perçut comme une intrusion hostile, la session de surf se confirmait – 6 h en bas de chez toi. Elle n'avait pas attendu qu'il lise le message pour savoir de quoi il retournait, et comprendre qu'il attendait ce signal depuis le début de la soirée et quelque chose alors s'était crispé en elle, soudain jaillie hors du lit et se rhabillant lèvres serrées, culotte tee-shirt, qu'est-ce que t'as ? il avait demandé, dressé sur un coude, sourcils froncés – mais il savait ce qu'elle avait, ne fais pas l'innocent aurait-elle dû lui répondre alors qu'elle se contenta de murmurer rien, rien, j'ai rien, quand son visage se voilait d'amertume –, puis il avait lui aussi enfilé des vêtements avant de la rejoindre à la cuisine, où tout avait dégénéré.

Aujourd'hui, dans le silence de l'appartement vide, penchée sur ce début de labyrinthe en trois dimensions qu'elle réalise dans une caisse de plexiglas, elle y repense, comment elle avait pu endosser ainsi ce mauvais rôle, celui de la femme qui reste quand l'homme, lui, s'en va jouir du monde, cette posture conjugale, ce truc d'adulte, ce truc de vieux alors qu'elle avait dix-huit ans, et comment elle avait pu déraper à ce point en insistant, tour à tour aimante et violente, reste, reste avec moi, prenant des intonations qui n'étaient pas les siennes mais celles d'une actrice fragile et passionnée, un cliché, lui rappelant qu'elle était seule ce week-end, ses parents ne reviendraient que le dimanche soir si bien qu'ils pouvaient être ensemble, longtemps, mais Simon s'était braqué, c'est le surf, c'est comme ça, ça se décide toujours au dernier moment, c'est ça les sessions, lui aussi jouant à l'homme, et ils avaient stagné pieds nus sur le carrelage, le regard dur et la peau marbrée ; il avait essayé de l'enlacer, un élan, ses mains touchant sa taille fine sous le débardeur, les os des hanches un peu pointus, mais elle avait eu ce geste brutal, l'avait repoussé, c'est bon, vas-y, je te retiens pas, si bien qu'il était parti, ok, j'y vais, avait même claqué la porte après lui avoir dit, dans un dernier regard, je t'appelle demain, lui avait soufflé un baiser sur le seuil.

Elle élabore son labyrinthe avec régularité depuis la rentrée de Noël, les élèves inscrits en terminale option Arts plastiques devant présenter un projet personnel en fin d'année. Elle a commencé par bâtir le volume de plexiglas, un mètre cube dont deux faces ne seraient posées qu'à la fin – elle avait longuement étudié les échantillons de matière avant de choisir –, et maintenant elle construit l'intérieur. Des schémas à différentes échelles sont punaisés au-dessus de son bureau, elle les observe, s'approchant du mur, après quoi elle dispose sur le plan de travail une plaque de carton plume blanc, prépare les crayons à papier, deux règles de métal, les gommes propres, un taille-crayon et un pistolet à colle chaude, puis elle va se laver les mains dans la salle de bains avant d'enfiler les gants de plastique transparent que lui a donnés la coiffeuse de la rue – ils étaient rangés dans le chariot de la coloriste, sous les bacs à teinture, entre les bigoudis, les pinces multicolores, et les petites éponges.

Elle commence, entaille la plaque blanche et découpe au cutter des lamelles de formes variées qu'elle numérote ensuite suivant le patron qu'elle a tracé au millimètre et qui est censé, une fois la maquette achevée, faire apparaître cet étoilement en rhizome, cet entrelacs complexe où chaque chemin en croisera un autre, où il n'existera ni entrée, ni sortie, ni centre, mais une infinité de pistes, de connexions, d'embranchements, de points de fuite et de perspectives. Si absorbée dans son travail qu'elle finit par percevoir un léger bourdonnement, comme si le silence vibrait, saturé, et formait un écrin autour d'elle, placée alors au centre du monde – elle aime dessiner, manipuler, couper, coller, coudre, dessiner, a toujours aimé cela, son père et sa mère rappellent souvent les menus bricolages qu'elle réalisait avant même de savoir lire, ces petits papiers qu'elle déchirait et assemblait à longueur de journée, ces mosaïques de matières cousues avec de gros fils de laine, ces puzzles, ces mobiles de plus en plus sophistiqués qu'elle équilibrait avec de la pâte à modeler, ils évoquent alors l'enfant créative qu'elle était, minutieuse, passionnée, une petite fille extraordinaire.

La première fois qu'elle avait montré la caisse transparente à Simon, et lui avait présenté son projet, il lui avait demandé, perplexe : c'est un plan du cerveau ? Elle l'avait regardé, étonnée, et avait répondu, sûre d'elle, parlant vite : en quelque sorte, ouais, c'est ça, c'est plein de mémoire, de coïncidences, de questions, c'est un espace de hasard et de rencontre. Elle ne sut pas lui dire à quel point elle en faisait l'expérience, chaque séance de travail provoquant une sorte de décollement qui l'entraînait loin, bien loin, en tout cas de ses mains qui s'agitaient sous ses yeux, sa pensée s'échappant à mesure que les lamelles de carton s'amoncelaient sur la table puis prenaient place dans la caisse, collées sur la structure d'un geste répétitif – la pression de l'index sur la gâchette du pistolet dosant exactement la quantité de cette substance blanche et chaude dont l'odeur la défonçait doucement –, dérivant lentement vers l'entrée du labyrinthe, dans une zone mentale où se mélangeaient l'hyperprécision du souvenir et les spirales du désir, la grande rêverie, et revenant toujours à Simon en fin de trajectoire, retrouvant la trace de son tatouage, les lignes et les points, les volutes fines, calligraphiées à l'encre verte, finissant immanquablement par le rencontrer au gré d'une image, puisqu'elle était amoureuse.

Le jour s'étire dans la chambre de Juliette et le labyrinthe blanc ouvre peu à peu un passage à ce jour de septembre, ce premier jour, la matière de l'air se structurant progressivement alors qu'ils marchaient enfin côte à côte, comme si des particules invisibles s'agrégeaient autour d'eux sous l'effet d'une accélération soudaine, leurs corps s'étant signalés l'un à l'autre une fois franchie la grille du lycée dans ce langage aphone et archaïque qui était déjà celui du désir, et alors, laissant ses copines partir au-devant, elle avait raccourci son pas pour être seule sur le trottoir quand Simon viendrait se placer à sa hauteur, le devinant dans son rétroviseur mental dressé sur son vélo, pied droit sur pédale de gauche, puis glissant à terre pour l'escorter, poussant sa bécane d'une main posée sur le guidon, tout cela pour lui parler, tout cela pour qu'ils se parlent, t'habites loin ?, j'habite en haut, et toi ?, tout près, juste derrière le virage ; la lumière est follement limpide après l'averse et le trottoir est parsemé de feuilles jaunes que la pluie a détachées des arbres, Simon risque un regard sur le côté, la peau de Juliette est toute proche, finement grenée sous le blush, sa peau est vivante, ses cheveux sont vivants, sa bouche est vivante comme le lobe de son oreille percé de pacotille, elle a dessiné un trait d'eye-liner compact au ras des cils, un faon, tu connais François Villon, la *Ballade des pendus* ?, il secoue la tête, je crois que non, elle porte ce jour-là un rouge à lèvres framboise, Frères humains qui après nous vivez, N'ayez les cœurs contre nous endurcis, tu vois ou pas ?, oui, je vois, mais il ne voit rien, il est aveuglé, des milliers de miroirs se sont formés sur les gouttes d'eau qui vibrent, ils inclinent leur front vers le sol et slalomthe entre les flaques, le vélo tintant à l'unisson du reste, chaque parole et chaque geste lestés d'audace et de pudeur comme le recto et le verso d'un même événement, c'est l'éclosion, ils sont contenus dans une lumière de verrière et remontent l'avenue comme des princes, énervés mais allant le plus lentement possible, *pianissimo, pianissimo, pianissimo, allargando,* engloutis dans l'étonnement qu'ils sont l'un pour l'autre, leur délicatesse est inouïe, quasi moléculaire, et ce qui circule entre eux pulse un tempo tournoyant, si bien qu'au pied du funiculaire ils ont le souffle court, le sang qui tape dans les veines temporales et les mains moites, car tout est sur le point de se désagréger maintenant, et à l'instant où la sonnerie signale le départ du train, elle l'embrasse sur la bouche, un baiser ultrarapide, un battement de paupières, et hop, elle bondit dans la rame, où elle se retourne et se colle à la vitre, le front ventousé sur le verre crasseux, il la voit sourire puis embrasser la paroi, y écraser ses lèvres, les yeux clos, les mains bien à plat sur la paroi de verre, les lignes violacées codant les paumes bien visibles, puis elle se retourne tandis qu'il se fige, le cœur incroyablement dilaté, que s'est-il passé ?, le funiculaire s'éloigne et s'attaque à la pente, poussif, opiniâtre, et Simon décide de faire exactement la même chose en plus beau, embraye sa bécane et commence l'ascension de la côte, la grande boucle du virage étire la distance mais il pédale à toute allure, couché en position de vitesse comme un cycliste dans la course, son sac de classe formant une bosse dans son dos, alors le ciel devient sombre, les ombres au sol disparaissent, la pluie encore, une pluie maritime, lourde, en quelques minutes le bitume ruisselle et la chaussée glisse tandis que Simon change de plateau et se dresse en danseuse, gibbeux, aveuglé par les perles liquides en suspension le long de son arcade sourcilière, mais si heureux qu'il pourrait aussi en cet instant renverser la tête vers le ciel, ouvrir la bouche et boire tout ce qui s'écoule de là-haut, les muscles de ses cuisses et de ses mollets se sont tendus dans l'effort, ses avant-bras sont douloureux, il crache, souffle mais trouve en lui l'élan nécessaire pour décrire la bonne courbe dans le dernier virage, placé dans un angle si juste qu'il gagne en vitesse, atteint le plat de la côte en roue libre, fonce sur la station du funiculaire alors que les rames de la machine freinent dans un crissement strident, dérape devant les portes, trempé, dégoulinant, descend de son vélo, et ploie en avant, mains sur ses genoux, tête face au sol, bave aux lèvres, mèches de cheveux collées au pourtour du visage à la manière d'un jeune maréchal d'Empire, il gare son vélo contre un banc et reprend son souffle, ouvre son blouson, les premiers boutons de sa chemise, le rythme de son cœur ralentit graduellement sous le tatouage qui apparaît, c'est un cœur de nageur en haute mer, un cœur de sportif dont la fréquence peut descendre au repos sous les quarante battements par minute, bradycardie des extraterrestres, mais à peine Juliette a-t-elle passé le tourniquet de la sortie que tout accélère de nouveau, une vague, un emballement, mains dans les poches et tête rentrée dans les épaules, il se dirige droit sur elle, qui sourit, ôte son ciré et le lève à bout de bras en l'air, c'est un auvent, un parapluie, un ciel de lit, un panneau photovoltaïque capable de capter toutes les couleurs de l'arc-en-ciel, et une fois qu'ils se font face, elle se hausse sur la pointe des pieds pour le recouvrir, et elle avec lui, les deux contenus dans l'odeur douceâtre de plastique, et leur visage rougeoie sous l'étoffe cirée, leurs cils sont bleu marine, leurs lèvres violettes, leur bouche profonde et leur langue d'une infinie curiosité, ils sont sous la bâche comme sous un abri où tout résonne, le grain qui force au-dehors formant le tableau sonore où se greffent souffles et chuintements de salive, ils sont sous la bâche comme sous la surface du monde, immergés dans un espace humide et moite où coassent les crapauds, où rampent les escargots, où gonfle un humus de magnolias, de feuilles brunies, de boules de tilleul et d'aiguilles de pin, où stagnent les billes de chewing-gum et les mégots de cigarettes imbibés de flotte, ils y sont comme sous un vitrail qui recrée le jour terrestre, et le baiser dure.

Juliette relève la tête, essoufflée, la luminosité a baissé, elle allume la lumière et frissonne : devant elle, le labyrinthe s'est agrandi. Elle jette un œil sur sa montre, bientôt dix-sept heures. Simon ne va pas tarder à faire signe.

Une fois dehors, le ciel réfractaire les a éblouis, livide, des nuances de lait sale, si bien qu'ils ont baissé la tête, ont rivé les yeux à la pointe de leurs chaussures, et ont marché côte à côte jusqu'à la voiture, mains dans les poches, nez, bouches et mentons enfouis dans les écharpes, dans les cols. Bagnole glaciale, c'est Sean qui prend le volant et ils sortent lentement du parking – combien de fois cette connerie de barrière aujourd'hui ? Ils s'engagent aussitôt sur des axes mineurs, ne veulent pas s'éloigner de l'hôpital, seulement se soustraire au monde, passer sous la ligne de flottaison de ce jour impensable, disparaître dans un espace indéterminé, fibreux, dans une infragéographie diaphane, à l'image de leur accablement.

La ville s'étire, elle se détend, les derniers quartiers effilochent son contour, les trottoirs s'absentent, il n'y a plus de clôtures seulement de hauts grillages, quelques entrepôts et des résidus de vieilles implantations urbaines noircies sous les anneaux des échangeurs autoroutiers, puis les formes du relief terrestre conduisent leur trajectoire, guident leur dérive comme des lignes de force, ils roulent sur la route au bas des falaises, longent ce coteau grevé de cavernes où traînent vagabonds isolés et bandes de gosses – shit et bombes de peinture –, passent les baraques tapies au bas de la pente, la raffinerie de Gonfreville-l'Orcher, enfin obliquent vers le fleuve, comme si happés par l'échancrure soudaine de l'espace, et maintenant c'est l'estuaire.

Ils roulent encore deux ou trois kilomètres, puis sont à bout de bitume alors coupent le moteur : c'est vide autour d'eux, désaffecté, un espace entre zone industrielle et prés de pacage, et l'on comprend mal pourquoi ils s'arrêtent là sous un ciel parcheminé de fumées denses, rapides, tire-bouchonnées au-dessus des cheminées de la raffinerie puis dilatées en traînées mornes, distillant alors poussières et monoxyde de carbone, un ciel d'apocalypse. À peine sont-ils garés sur le bas-côté que Sean sort son paquet de Marlboro et commence à fumer sans même ouvrir sa vitre. Je croyais que t'avais arrêté, Marianne lui retire doucement son clope pour aspirer une taffe – elle fume d'une manière particulière, paume sur la bouche, doigts serrés et cigarette coincée à la jointure des métacarpiens –, exhale la fumée sans l'avaler, puis le replace entre les doigts de Sean qui murmure non, pas envie. Elle remue sur son siège : t'es toujours le seul type qui se lave les dents le clope au bec ou pas ? – été 1992, un bivouac dans le désert près de Santa Fe, l'aube *tie and dye*, entre rouge corail et rose paume de singe, un feu bleuté, une tranche de bacon qui craque dans une poêle, du café dans des quarts en fer-blanc, la peur des scorpions tapis dans l'ombre froide des cailloux, la chanson de *Rio Bravo, My Rifle, My Pony and Me*, chantée ensemble, et Sean, la queue d'une brosse à dents barbouillée de dentifrice calée au coin de la bouche tandis qu'à l'autre extrémité du sourire grille une première Marlboro –, il hoche la tête : yes – la tente canadienne ruisselait de rosée, Marianne était nue sous son poncho frangé, des cheveux longs jusqu'aux fesses, et lisait en exagérant le ton déclamatoire un recueil de poèmes de Richard Brautigan trouvé au fond du car Greyhound qui les avait déposés à Taos.

J'aurais pas dû lui fabriquer ce surf. Sean prend le temps d'écraser son clope dans le cendrier puis brusquement se penche sur le volant et le frappe d'un coup de tête, bang, son front rebondit violemment sur le caoutchouc, Sean !, Marianne crie, surprise, mais il recommence, accélère, des coups répétés, toujours au même endroit du front, bang, bang, bang, arrête, arrête ça tout de suite, Marianne le saisit à l'épaule pour l'immobiliser, pour le maintenir, mais il la repousse d'un coup de coude si bien que, déportée, elle heurte la portière de son flanc droit, et tandis qu'elle se replace, il s'accroche au volant par les dents, mord le caoutchouc, pousse un râle assourdissant, un râle sauvage et sombre, quelque chose d'insupportable, un cri qu'elle ne veut pas entendre, tout mais pas ça, elle veut qu'il se taise, alors elle le saisit par la nuque, enfonce ses doigts bien profondément sous sa tignasse, dans la peau de son crâne, elle serre les dents mais éructe d'une voix forte : arrête maintenant !, et le tire vers l'arrière jusqu'à ce que sa mâchoire lâche le volant, jusqu'à ce que son dos revienne cogner le dossier du fauteuil, que sa tête bute puis se stabilise contre l'appuie-tête, yeux fermés, front rouge brûlé par les chocs entre les deux yeux, jusqu'à ce que le râle devienne lamentation, après quoi elle lâche prise, tremblante, murmure, faut pas faire ça, faut pas se faire de mal, regarde déjà ta main, elle baisse la tête, ses doigts sont cramponnés à ses genoux comme des pinces : Sean, je veux pas qu'on devienne fous – en cet instant précis, il est possible qu'elle se parle à elle-même, mesurant la folie qui croît en elle, en eux, la folie comme seule forme de pensée possible, comme seule issue rationnelle dans ce cauchemar d'une magnitude inconnue.

Ils s'affaissent ensemble, se recroquevillent dans l'habitacle, mais ce qui semble être un retour au calme n'est qu'un leurre, car la plainte de Sean vrille dans l'oreille de Marianne, qui pense soudain à ce qu'aurait pu être ce dimanche sans l'accident, sans la fatigue, sans le surf, sans cette putain de passion pour le surf, et au bout de cette corde de causalités moulinée d'une main faible il y a Sean, oui, Sean, c'est ça, lui, c'est lui qui avait favorisé cette inclination, l'avait fait naître et l'avait nourrie, les canoës, les Maoris, les tatouages, les planches de bois, l'océan, la migration aux terres nouvelles, l'osmose avec la nature, tout ce fatras mythique qui avait su fasciner son petit garçon, tout cet imaginaire en cinémascope dans lequel il avait grandi – elle serrait les dents, elle aurait voulu battre cet homme à côté d'elle, cet homme qui gémissait – ; c'étaient les livraisons de yoles qu'ils partaient faire ensemble, elle y repense, Lou et elle restant « entre filles », mises de côté, c'était la Nuit de la glisse qu'ils ne rataient jamais, et plus tard Simon s'était mis à prendre des risques, sortant de plus en plus souvent dans des eaux à la fois trop froides et trop tempétueuses sans que son père ne trouve jamais rien à redire, car c'était un père laconique et solitaire, un père énigmatique, qui s'était isolé d'eux au point qu'elle lui avait dit un soir tu pars, je ne veux plus vivre avec toi, pas comme ça, un homme qu'elle aimait pourtant mais merde ; oui le surf, quelle folie, quelle folie dangereuse, et elle, Marianne, comment avait-elle pu à ce point laisser croître dans sa propre maison cette addiction aux sensations fortes, laisser son fils tomber dans cette spirale du vertige, la spirale du tube, cette connerie, oui, elle aussi n'avait rien fait, n'avait rien su dire quand son fils s'était mis à vivre au gré de la météo, laissant tout en plan à l'annonce de la houle, les devoirs et le reste, levé parfois à cinq heures du matin pour aller chercher une vague à cent kilomètres, elle n'avait rien fait, amoureuse de Sean, et sans doute elle-même fascinée par cet imaginaire pourri, l'homme qui construit des bateaux et des feux sous la neige, connaît les noms de chaque étoile et de chaque constellation du ciel, siffle des mélodies complexes, émerveillée que son fils puisse vivre aussi intensément, orgueilleuse qu'il se distingue, voilà, ils n'avaient rien fait, ils n'avaient pas su protéger leur enfant.

La buée qui s'est formée sur les vitres commence à dégouliner quand Marianne déclare : le surf, c'est ce que tu lui as donné de plus beau. Il a soufflé, j'en sais rien, et ils se sont tus. Ce qu'il y avait eu de plus beau, c'étaient les gestes de la fabrication eux-mêmes, ce qu'ils avaient déplacé en lui, l'usage des mousses et des résines en lieu et place des bois souples acheminés pour construire les canoës. Début décembre, il était descendu dans les Landes chercher des plaques de polystyrène chez un *shaper* de la côte – l'homme, un cinquantenaire au corps de fakir, ceignait son front d'un foulard rouge apache, portait barbe et queue-de-cheval grises, bermuda tahitien, polaire technique et tongs fluo, un type réchauffé donc, qui parlait peu et ne le regardait pas, surfait dès qu'une session était possible, l'écran luminescent d'une station météo portative livrant en continu les prévisions des vents et celles de la houle –, il avait réfléchi avant de choisir ces matériaux qui lui étaient inconnus, étudié leur densité, leur résistance, avait opté pour le pain de mousse en polystyrène extrudé plutôt que pour le polyuréthane, avait choisi la résine époxy plutôt que la résine polyester pourtant meilleur marché, avait longuement observé le travail du *shaper*, les vitesses du rabot et le toucher de la ponceuse, avait tout chargé dans son break, filant la nuit sur l'autoroute, cogitant à la fabrication de la planche, traçant mentalement sa forme, s'obsédant de sa solidité, il avait agi en secret.

Ils sont sortis marcher, viens dehors – c'est Marianne qui a parlé, ouvrant déjà la portière. Ils ont laissé la voiture dans le chemin, contre des taillis de ronces qui croisaient leurs arceaux épineux dans le sol, et ont coupé à travers champ, passant l'un après l'autre sous la clôture de fils barbelés – elle, puis lui, un pied, l'autre, dos plat, chacun écartant les fils au-dessus de la tête de l'autre, au-dessous de son ventre, attention les cheveux, le nez, les yeux, attention l'étoffe du manteau.

Bocage hivernal. Le fond du pré est une soupe froide qui flocfloque sous leurs semelles, l'herbe est cassante et les bouses de vache que le givre a durcies forment çà et là des dalles noires, les peupliers lancent leurs serres dans le ciel, et il y a ces corbeaux dans les taillis, gros comme des poules – c'est un peu beaucoup tout cela, Marianne songe, c'est trop, on va crever.

Ils arrivent enfin en vue du fleuve, largeur de ciel dingue, ils sont surpris, ont le souffle court, les pieds trempés, mais avancent vers la berge, approchent tout près du bord comme si aimantés, ne freinent que lorsque le pré commence à verser lentement dans l'eau, noire ici, congestionnée de branches molles, de souches en décomposition, de cadavres d'insectes que l'hiver aura tués et pourris, une fange saumâtre, immobile, un étang de conte au-delà duquel l'estuaire est lent, mat, la pâleur de la sauge, le drapé d'un linceul, le franchir semble possible mais dangereux, pas le moindre ponton de bois pour en suggérer le rêve, pas la moindre barque amarrée là pour braver la menace, ni le moindre gosse aux poches emplies de galets plats venu faire des ricochets, tracer ce sillage rebondissant et léger à la surface des eaux, faire danser les génies aquatiques qui peuplent la surface, ils sont piégés là, devant les eaux hostiles, enfoncent leurs mains dans leurs poches et leurs pieds dans la boue, se placent face au fleuve, abaissent leur menton dans leur col – qu'est-ce qu'on fout là ? pense Marianne qui voudrait crier quand sa bouche grande ouverte n'émet aucun son, rien, le pur cauchemar – mais il y a ce bateau à coque sombre qui se présente au loin sur leur gauche, unique embarcation visible en amont et en aval du cours d'eau, un bateau solitaire qui désigne à lui seul l'absence de tous les autres.

Je ne veux pas qu'ils ouvrent son corps, qu'ils le dépiautent, je ne veux pas qu'ils le vident – pureté chromatique de la voix de Sean, blanche, que le froid aiguise comme la cendre sur la lame. Marianne introduit sa main gauche dans la poche droite de la parka de Sean, l'index et le majeur atteignent le creux noir de son poing, l'ouvrent, s'y introduisent en élargissant le passage, y creusant assez de place pour que l'annulaire et l'auriculaire entrent à leur tour, tout cela sans que Sean tourne la tête, le bourdonnement du vraquier se rapproche par la gauche, la couleur de la coque se précise, un rouge huileux, l'exacte couleur du sang séché, c'est un bateau chargé de grain, il descend la rivière, descend vers la mer, descend en tenant son chenal quand tout s'évase ici, les eaux et les consciences, tout conflue vers le large, vers l'informe et l'infini de la disparition, il est énorme soudain, hors d'échelle et si proche qu'ils imaginent pouvoir le toucher d'un doigt tendu, il passe en projetant sur eux son ombre froide, tout s'ébranle, tout se plisse et se trouble, Marianne et Sean le suivent des yeux, longue coque, cent quatre-vingts mètres, trente mille tonnes au moins, il défile, rideau rouge coulissant progressivement sur la réalité – et ce qu'ils pensent en cette seconde je l'ignore, sans doute pensent-ils à Simon, où était-il avant de naître, où est-il désormais, ou peut-être qu'ils ne pensent à rien, captés par la seule vision de ce monde qui se dérobe graduellement pour apparaître de nouveau, tangible, absolument énigmatique –, et la proue qui fend l'eau affirme le présent fulgurant de leur douleur.

Le sillage bouillonne et s'apaise, se lisse, le vraquier s'éloigne et avec lui son bruit et son mouvement, le fleuve reprend sa texture initiale, l'estuaire s'embrase tout entier, un rayonnement. Marianne et Sean se sont tournés l'un vers l'autre, se sont tenus par les mains, bras tendus écartés loin du corps et se sont caressés avec leur visage – rien de plus tendre que ce ponçage, rien de plus doux que les arêtes osseuses du massif facial qui coulissent sous la peau –, finissent par se tenir en équilibre front contre front, et les mots de Marianne forment une empreinte dans l'air statique.

Ils ne lui feront pas mal, ils ne lui feront aucun mal. La voix de Marianne est prise dans un filtre textile, et Sean lâche ses mains pour la prendre dans ses bras, ses sanglots prolongent les souffles de la nature, il acquiesce, d'accord, il faut retourner là-bas maintenant.

— Il est donneur.

C'est Sean qui fait cette déclaration et Thomas Rémige se lève brusquement de sa chaise, chancelant, rouge, le thorax en expansion sous l'effet d'un influx de chaleur, comme si son sang prenait de la vitesse, il s'avance vers eux, pile. Merci. Marianne et Sean baissent les yeux, sont plantés comme des piquets sur le seuil du bureau, interdits, leurs chaussures salissent le sol, y déposent de la gadoue et des herbes noires, eux-mêmes dépassés par ce qu'ils viennent de faire, par ce qu'ils viennent d'annoncer – donneur, donneur, donner, abandonner, les mots s'entrechoquent au creux de leurs tympans, ils vrillent en série. Le téléphone sonne, c'est Révol, Thomas lui annonce rapidement que c'est bon, trois mots rapides dans un langage crypté que Sean et Marianne ne captent pas, les acronymes et la vitesse d'élocution destinés à brouiller la compréhension, et bientôt ils quittent le bureau de la coordination pour regagner la salle où ils se sont entretenus. Révol est là qui les attend, ils sont quatre à présent et le dialogue se réinstaure aussitôt car Marianne, d'emblée, souffle : maintenant, il se passe quoi maintenant ?

Il est dix-sept heures trente. La fenêtre de la pièce est ouverte comme s'il avait fallu la recharger en atmosphère vierge, le dialogue précédent l'ayant épuisée, gâtée – souffles, larmes, sueurs. Au-dehors, une bande de pelouse à l'aplomb du mur, une chaussée de bitume, et entre les deux, une haie à hauteur d'homme. Thomas Rémige et Pierre Révol prennent place sur les chaises vermillon tandis que Marianne et Sean retournent sur le canapé vert pomme, leur angoisse est palpable – toujours cet écarquillement des yeux qui plisse le front et augmente le blanc autour de la pupille, toujours ces lèvres entrouvertes, prêtes à crier, et l'attention de tout le corps durcie dans l'attente, dans la crainte. Ils n'ont pas froid, pas encore.

Nous allons procéder à une évaluation intégrale des organes, et transmettre ces éléments au médecin de l'Agence de la biomédecine qui, en fonction de ces informations, peut proposer un ou plusieurs prélèvements, après quoi nous organiserons l'intervention elle-même au bloc opératoire. Le corps de votre enfant vous sera présenté demain matin. Révol a parlé, accompagnant chaque ressaut de phrase d'un geste de la main, décalquant dans l'atmosphère les étapes de la prochaine séquence. Il y a beaucoup d'informations dans cette phrase pourtant trouée en son milieu, une zone opaque qui catalyse leur peur : l'intervention elle-même.

Sean soudain prend la parole : qu'est-ce qu'on va lui faire, concrètement ? il a dit « concrètement » – n'a pas émis ce balbutiement étranglé mais a tendu sa question, courageux en cet instant, soldat qui monte au feu, poitrail offert à la mitraille quand Marianne serre les dents sur la manche de son manteau. Ce qui aura lieu cette nuit dans l'enclave du bloc, l'idée qu'ils s'en font, ce morcellement du corps de Simon, sa dispersion, tout cela les épouvante mais ils veulent savoir. Rémige inspire longuement avant de répondre : on incise le corps, on prélève, on referme. Des verbes simples, des verbes d'action, des informations atonales pour contrecarrer la dramatisation liée à la sacralité du corps, à la transgression de son ouverture.

C'est vous qui opérez ? Sean a relevé le front – toujours cette impression qu'il va charger par le dessous, comme un boxeur. Révol et Rémige, en osmose, discernent dans cette interrogation la partie émergée d'un continent de terreur archaïque : être déclaré mort, de la bouche même des médecins, alors que l'on est vivant – dans son bureau, on s'en souvient, Révol conserve un exemplaire du polar de Mary Higgins Clark *La maison du clair de lune*, qui évoque une pratique funéraire courante en Angleterre : on passait un anneau au doigt de la personne que l'on enterrait, anneau relié à une cordelette permettant d'actionner une clochette en surface si jamais elle se réveillait sous terre –; or la définition « sur mesure » des critères de la mort, élaborée afin de permettre les prélèvements, se confond à cette peur immémoriale. L'infirmier se tourne face à Sean, du pouce et de l'index il inscrit dans l'air un signe solennel : les médecins qui constatent la mort du patient ne participent jamais à la démarche de prélèvement, jamais ; en outre – il affermit chaque son et sa voix se creuse –, il y a toujours une double procédure, deux médecins observent un même protocole et deux signatures distinctes sont requises sur le procès-verbal qui acte le décès – démolir sans attendre le scénario du docteur criminel qui décrète sciemment la mort de son patient pour mieux le dépouiller ensuite, anéantir les rumeurs qui associent mafia médicale et trafic international d'organes, dispensaires invisibles insérés dans les banlieues filandreuses de Pristina, Dacca ou Mumbai et cliniques discrètes protégées par des caméras, ombragées de palmiers, implantées dans les quartiers huppés des métropoles occidentales. Rémige conclut, doucement : les chirurgiens qui prélèveront arriveront des hôpitaux où se trouvent les patients en attente de greffe.

Coulée de silence, puis de nouveau la voix de Marianne, sourde, comme issue d'une poche membraneuse : mais qui alors sera avec Simon ? – « qui » accentué, nu comme une pierre. Moi, Thomas répond, je suis là, je suis là tout le temps que dure l'intervention. Marianne verse lentement son regard dans le sien – transparence du verre pilé –, alors c'est vous qui leur direz pour les yeux, qu'on ne veut pas, vous le leur direz. Thomas acquiesce, je le leur dirai, oui. Il se lève mais Sean et Marianne attendent sans bouger, une force pèse sur leurs épaules et les rabat vers le sol, cela dure un temps au bout de quoi Marianne reprend : on ne sait pas qui va recevoir le cœur de Simon n'est-ce pas, c'est anonyme, on ne saura jamais, hein ?, et Thomas souscrit à ces affirmations qui questionnent, à ces questions qui affirment, il comprend l'oscillation, mais précise : vous pourrez connaître le sexe et l'âge du receveur, oui, mais vous ne connaîtrez jamais son identité ; cependant, si vous le souhaitez, vous pourrez avoir des nouvelles de la greffe. Puis, il déplie davantage : le cœur, s'il est finalement transplanté, sera greffé sur un patient selon des critères médicaux, et des critères de compatibilité qui n'ont rien à voir avec le sexe, mais compte tenu de l'âge de Simon, ses organes devraient prioritairement être proposés à des enfants. Sean et Marianne écoutent puis se concertent à voix basse. Sean prend la parole : nous voulons à présent retourner auprès de Simon.

Révol se lève, requis dans d'autres lieux du service, Thomas accompagne Marianne et Sean jusqu'au seuil de la chambre, ils marchent sans parler, je vous laisse avec Simon, je vous retrouve plus tard.

Le soir qui tombe a obscurci la pièce, et le silence, semble-t-il, s'est encore épaissi. Ils s'approchent du lit aux plis immobiles. Sans doute s'étaient-ils imaginé qu'une altération de l'apparence de Simon suivrait l'annonce de sa mort, ou du moins que quelque chose dans son aspect se serait modifié depuis la fois précédente – couleur de peau, texture, luisance, température. Mais non, rien, Simon est là, inchangé, les micromouvements de son corps soulèvent toujours faiblement le drap, si bien que ce qu'ils ont subi ne correspond à rien, ne trouve là aucune réplique, et c'est un coup si violent que leur pensée se détraque, ils s'agitent et balbutient, un rodéo, parlent à Simon comme s'il pouvait les entendre, se parlent de lui comme s'il ne pouvait plus les entendre, semblent se débattre pour se maintenir dans la langue quand les phrases se désarticulent, les mots s'entrechoquent, se fragmentent et se court-circuitent, quand les caresses se heurtent, se changent en souffles, sons et signes s'amenuisant bientôt en un vrombissement continu dans les cages thoraciques, une vibration imperceptible comme s'ils étaient désormais expulsés de tout langage, et leurs actes ne trouvent plus ni temps ni lieu où s'inscrire, et alors, perdus dans les crevasses du réel, égarés dans ses failles, eux-mêmes faillés, brisés, désunis, Sean et Marianne trouvent la force de se hisser l'un et l'autre sur le lit afin d'approcher au plus près le corps de leur enfant, Marianne finissant par s'étendre sur la tranche au bord de la couche, ses cheveux dans le vide quand Sean, lui, une fesse posée sur le matelas, s'incline et repose sa tête sur son torse, la bouche à l'exact emplacement du tatouage, et les parents ferment les yeux ensemble et se taisent, comme s'ils dormaient eux aussi, la nuit est tombée et ils sont dans le noir.

Deux étages en dessous, Thomas Rémige apprécie d'être seul pour se concentrer, faire le point sur la démarche et appeler l'Agence de la biomédecine : on procède en ce moment à une évaluation poussée des organes – la femme au bout du fil est une pionnière de l'organisme, Thomas reconnaît sa voix basse, râpeuse, la visualise au centre d'une salle de cours, tables configurées en U, les cordons chaînés de ses lunettes à gros maillons de plastique couleur ambre masquant son visage – puis il s'assied devant l'ordinateur, et suivant un cheminement labyrinthique impliquant d'entrer un bon nombre de numéros d'identification et de mots de passe cryptés, il ouvre un logiciel dans la base informatique, crée un nouveau document où il reporte avec attention l'intégralité des données concernant le corps de Simon Limbres : c'est le dossier Cristal, archive et outil du dialogue qui se tisse à présent avec l'Agence de la biomédecine, garant de la traçabilité du greffon et de l'anonymat du donneur. Il lève la tête : un oiseau sautille sur le rebord de la fenêtre, toujours le même oiseau, il a l'œil fixe et rond.

Le jour où Thomas fit l'acquisition du chardonneret, la chaleur effaçait Alger sous un nuage de vapeur, et à l'intérieur de son appartement aux volets indigo Hocine s'éventait, jambes nues sous une djellaba rayée, étendu sur un sofa.

La cage d'escalier était peinte en bleu, elle sentait la cardamome et le ciment, Ousmane et Thomas gravirent les trois étages dans la pénombre, des plaques de verre dépoli posées sur le toit filtraient une lumière jaune et tremblée qui perçait difficilement jusqu'au rez-de-chaussée. Les retrouvailles des cousins – une forte accolade puis une rapide conversation en arabe que scande le cliquetis des pistaches cassées sous les dents – laissent Thomas de côté. Il ne reconnaît pas le visage d'Ousmane qui se déforme autrement alors qu'il parle sa langue – mâchoire qui se rétracte, gencives qui se découvrent, yeux qui roulent et des sons venus du fond de sa gorge, issus d'une zone compliquée loin derrière les amygdales, des voyelles nouvelles retenues puis claquées sous le palais – : c'est presque quelqu'un d'autre, c'est presque un étranger, et Thomas se trouble. La visite prend tout autre tournure quand Ousmane annonce en français le motif de leur visite : mon ami voudrait entendre les chardonnerets. Ah, Hocine se tourne vers Thomas, et peut-être en adopter un ? il demande, il lui adresse un clin d'œil, outrant la roublardise. Peut-être. Thomas sourit.

Arrivé la veille et traversant la Méditerranée pour la première fois, le jeune homme est subjugué par la baie d'Alger, incurvée à la perfection, et par la ville qui s'étage à l'arrière, les blancs et les bleus, la jeunesse en force, l'odeur des trottoirs aspergés, les dragonniers qui entrecroisent leurs branches au Jardin d'Essai, créant une voûte de conte fantastique. Une beauté peu voluptueuse, mais décapée. Il est grisé, des sensations nouvelles le sollicitent et le chamboulent, mélange d'excitation sensorielle et d'hyperconscience de tout ce qui l'entoure : la vie est là sans filtre, et il y est aussi. Les billets en rouleau dans le petit mouchoir forment à hauteur de sa poche une bosse qu'il tapote en signe d'excitation euphorique.

Hocine s'avance sur son balcon, pousse les volets et se penche dans la rue, frappe des mains, lance des ordres, Ousmane se récrie en arabe, l'air de dire, non, je t'en prie, n'en fais rien, suppliant, mais voilà que l'on monte des soupes et des brochettes, des assiettes de graine légère comme de la mousse, des salades d'oranges à la menthe et des gâteaux au miel. Après le repas, Hocine installe les cages sur les carreaux de céramique qui tapissent le sol, prenant des repères sur leurs motifs pour bien les aligner. Les oiseaux sont minuscules – douze à treize centimètres –, et tout en gorge, l'abdomen disproportionné, le plumage peu spectaculaire, les pattes allumettes et toujours cet œil fixe. Ils sont postés sur de petits trapèzes de bois qu'ils balancent faiblement. Thomas et Ousmane se tiennent accroupis à un mètre des cages tandis que Hocine se ramasse sur un pouf dans le fond de la pièce. Il émet un cri comparable au yodle et le récital commence : les oiseaux chantent, à tour de rôle, puis ensemble – un canon. Les deux garçons n'osent se regarder, se toucher.

Pourtant, il se disait partout que le chardonneret disparaissait. Celui de la forêt de Baïnem, celui de Kaddous et de Dély Ibrahim, celui de Souk Ahras. Il ne s'en trouvait plus. Une chasse intensive menaçait d'extinction ces peuplades autrefois si denses. Aux portes des habitations de la Casbah, les cages suspendues grinçaient, vides, quand celles des marchands se garnissaient désormais de canaris et de perruches, mais de chardonneret point, sinon planqué dans l'obscurité de l'arrière-boutique, et gardé comme un trésor, la valeur de l'oiseau enflant avec sa rareté – loi du capitalisme. On pouvait peut-être encore en acheter le vendredi soir à El-Harrach, à l'est de la ville, mais chacun savait que les spécimens exhibés là, tout comme ceux du marché de Bab el-Oued, n'avaient jamais voleté dans les coteaux algérois, niché dans les branches de pins et de chênes-lièges qui s'élevaient là, et n'avaient pas été capturés de manière traditionnelle, à la glu, les femelles non chanteuses illico relâchées pour assurer la reproduction : ils n'en possédaient pas le chant. Ils venaient de la frontière marocaine, de la région de Maghnia où ils étaient chassés par milliers, le filet ornithologique raflant sans distinction mâles et femelles, puis acheminés dans la capitale suivant des filières où grenouillaient des types qui n'avaient pas vingt ans, de jeunes chômeurs qui abandonnaient leurs boulots de crevards et se livraient une compétition féroce pour s'immiscer dans ce trafic, sûrs de revenus plus juteux, des types qui ne connaissaient rien aux oiseaux – d'ailleurs la plupart des spécimens, emmaillotés dans les filets, mourraient de stress durant le transport.

Hocine élevait des oiseaux de prix derrière la place des Trois-Horloges, des chardonnerets d'Alger, des vrais. Il en possédait toujours au moins une dizaine et n'avait jamais eu d'autre métier, ayant statut d'expert dans tout Bab el-Oued et au-delà. Reconnaissait chaque espèce, ses caractéristiques et son métabolisme, pouvait citer à l'oreille la provenance de l'oiseau, voire le nom de sa forêt natale ; on venait de loin pour requérir ses services, pour authentifier, estimer, lever les escroqueries – les spécimens marocains vendus pour algériens parfois dix fois plus chers, les femelles vendues pour mâles. Hocine ne travaillait pas avec les réseaux mais chassait lui-même, seul, à la glu, partait en randonnée plusieurs jours, prétendait avoir « ses » coins dans les vallées de Bejaia et de Collo, et de retour passait le plus clair de son temps à chérir ses prises. La supériorité d'un chardonneret sur un autre se mesurant à la beauté de son chant, il œuvrait à leur apprendre des airs – ceux de Souk Ahras avaient la réputation de pouvoir en mémoriser une quantité –, usant alors d'un vieux magnétocassette qui diffusait au matin sa mélodie en boucle, ne souscrivant guère aux méthodes des éleveurs plus jeunes – couvrir la cage, y faire deux fentes, y inciser des écouteurs MP3 qui fonctionnaient toute la nuit. Mais l'émotion du chardonneret excédait la musicalité de son chant et tenait surtout de la géographie : son chant matérialisait un territoire. Vallée, cité, montagne, bois, colline, ruisseau. Il faisait apparaître un paysage, éprouver une topographie, tâter d'un sol et d'un climat. Un morceau du puzzle planétaire prenait forme dans son bec, et comme la sorcière du conte crachait des crapauds et des diamants, comme le corbeau de la fable se délestait du fromage, le chardonneret expectorait une entité solide, odorante, tactile et colorée. Les onze de Hocine, une variété, livraient ainsi la cartographie sonore d'une zone immense.

Ses clients, des hommes d'affaires cravatés aux lunettes de soleil cerclées de métal doré, souvent engoncés dans des costumes gris clair ou beiges, débarquaient chez lui au beau milieu de l'après-midi comme des drogués en manque. Les oiseaux chantaient, les acquéreurs se souvenaient des courses en sandales dans les aiguilles de pin, des brassées de cyclamens et des lactaires roses, ils se déboutonnaient, buvaient de la citronnade et, le chant déterminant la valeur d'un oiseau sur un autre, les prix s'échelonnaient. Hocine vivait bien. Un jour, le jeune héritier d'une firme pétrolière échangea sa voiture, une 205 GTI, contre le dernier chardonneret de Baïnem qu'il ait jamais tenu entre ses mains, coup d'éclat qui fonda la légende de l'éleveur par ailleurs stoïque : l'oiseau valait bien ça, plus fabuleux que le djinn des contes ou l'esprit de la lampe merveilleuse, ce n'était pas seulement un oiseau, mais une forêt menacée, et la mer qui la borde, et tout ce qui les peuple, la partie pour le tout, la Création soi-même, c'était l'enfance.

Après le concert, commencèrent les palabres. Lequel aimes-tu ? Hocine interrogea Thomas – il lui parlait tout près du visage. Ousmane regardait son ami, amusé, se délectait de la situation. Lequel aimes-tu, dis-le, n'aie crainte, moi je les aime tous ! Thomas pointa une cage – à l'intérieur la bestiole cessa de se balancer. Hocine jeta un coup d'œil à Ousmane et hocha la tête. Ils échangèrent quelques mots en arabe. Ousmane se mit à rire. Thomas se crut joué, il recula d'un pas, en arrière des cages. Le silence se dilata dans la pièce, la main de Thomas glissa dans sa poche, ses doigts fouillèrent le mouchoir. Il piétinait ostensiblement, n'osant dire on y va. Hocine lui annonça le prix de l'oiseau qu'il avait désigné. Ousmane précisa doucement, c'est un oiseau de Collo, frênes, ormes, eucalyptus, il est jeune, tu vas pouvoir l'élever, lui apprendre, c'est un oiseau de mon village. Thomas, émerveillé soudain, caressa le dos de la bestiole à travers les barreaux de la cage, réfléchit longuement, puis déroula le rouleau de billets – j'espère que tu as eu ta commission, dit-il à Ousmane en redescendant les escaliers.

Sean et Marianne sortent de la chambre. Thomas est là, sur le seuil, qui les attend. Ils ouvrent la bouche mais demeurent muets, semblent vouloir parler, des mots concertés, Thomas les y engage, je vous écoute, je suis là pour cela, et Sean articulant avec peine dépose leur requête : le cœur de Simon, au moment de, dire à Simon, quand vous arrêterez le cœur, je, pour, il faut lui dire, nous sommes là, avec lui, que nous pensons à lui, notre amour, et Marianne poursuit : et Lou, et Juliette aussi, et Mamé ; puis Sean, encore : le bruit de la mer, pour lui faire entendre, il tend à Thomas des écouteurs et un baladeur numérique, piste 7, c'est prêt, c'est pour qu'il entende la mer – étranges loopings dans leur cerveau – et Thomas accepte d'accomplir ces rites, en leur nom, ce sera fait.

Ils vont s'éloigner mais Marianne se retourne une dernière fois vers le lit et ce qui la fige sur place est la solitude qui émane de Simon, désormais aussi seul qu'un objet, comme s'il s'était délesté de sa part humaine, comme s'il n'était plus relié à une communauté, inséré dans un réseau d'intentions et d'émotions mais errait, métamorphosé en une chose absolue, Simon est mort, elle se prononce ces mots pour la première fois, épouvantée soudain, cherche Sean qu'elle ne voit pas, se précipite dans le couloir, le découvre prostré accroupi contre le mur, lui aussi irradié par la solitude de Simon, lui aussi certain de sa mort à présent. Elle s'accroupit devant lui, cherche à soulever sa tête en plaçant ses mains en coupe sous sa mâchoire, viens, viens, partons d'ici – ce qu'elle voudrait lui dire c'est : c'est fini, viens, Simon n'existe plus.

Le portable sonne, Thomas déchiffre l'écran, hâte le pas en direction de son bureau, soudain voudrait foncer sans attendre, et Sean et Marianne qui marchent à ses côtés captent cette accélération, comprennent d'instinct qu'ils doivent faire de la place et ils ont froid soudain, ces mêmes couloirs surchauffés qui desséchaient leur peau et assoiffaient leur bouche sont devenus des allées glacées où ils reboutonnent leur veste, remontent leur col. Le corps de Simon va être escamoté, il va disparaître en un lieu secret aux accès contrôlés, le bloc, le théâtre des opérations, il va être ouvert, dépouillé de ses organes, refermé, recousu et pour un laps de temps – la durée d'une nuit –, ils n'ont plus aucune prise sur le cours des événements.

La situation bascule soudain dans une autre

urgence, la pression chute dans leurs mouvements, dans leurs gestes, elle n'insiste plus dans leur conscience, mais fuite ailleurs, dans le local de la coordination hospitalière où déjà Thomas Rémige dialogue avec le médecin de l'Agence de la biomédecine, dans les gestes des brancardiers qui emportent le corps de leur fils, fuite dans ces regards qui analysent les images apparues sur les écrans, fuite au loin, dans d'autres hôpitaux et dans d'autres services, sur d'autres lits mêmement blancs, dans d'autres maisons mêmement accablées, et désormais ils ne savent plus quoi faire, sont désemparés, certes ils pourraient rester dans le service, s'asseoir devant les journaux usés, devant les magazines cornés aux tranches sales, attendre jusqu'à dix-huit heures cinq la fin du second électroencéphalogramme qui constatera légalement la mort de Simon, ou descendre chercher des cafés au distributeur automatique, ils font ce qu'ils préfèrent, mais on les prévient doucement que caler un prélèvement multi-organes prend plusieurs heures, ils doivent le savoir, après quoi l'intervention dure, cela ne se fait pas comme ça, si bien qu'on leur conseille plutôt de rentrer chez eux, vous devriez peut-être aller vous reposer, vous allez avoir besoin de toutes vos forces, nous prenons soin de lui – et quand ils passent de nouveau le portail automatique de la grande nef de l'hôpital, ils sont seuls au monde, la fatigue déferle, c'est un raz de marée.

Elle est sortie à l'aube de la station de RER La Plaine-Stade de France et a marché dans un sens exactement inverse à celui que prend maintenant la multitude dégorgée à flux continu, de plus en plus compacte à mesure que l'heure du match approche, et amalgamée dans une fébrilité collective – excitation et conjectures d'avant match, révision des chants et des insultes, oracles delphiques. Elle a tourné le dos au stade énorme et nu, indifférente à son ancrage massif, hors d'échelle, aussi saugrenu et incontestable qu'une soucoupe volante atterrie dans la nuit, a accéléré le pas dans le court tunnel qui passe sous les rails, puis, de nouveau à l'air libre, elle a remonté l'avenue du Stade-de-France sur deux cents mètres, a longé les sièges des sociétés de service, des banques, des compagnies d'assurances et autres organismes, leurs parois lisses, blanches, métalliques, transparentes, et parvenue devant le numéro 1, elle a fouillé dans son sac un bon moment, finissant par ôter ses gants pour mieux chercher, puis par tout vider au sol devant l'entrée, à genoux sur le trottoir gelé, sous le regard indifférent du type qui, à l'intérieur, décalottait une bouteille de yaourt liquide avec infinie précaution, afin d'éviter la moindre tache sur son beau costume marine, puis comme par miracle, elle a palpé sa carte magnétique au fond d'une poche, a ramassé ses affaires, est entrée dans l'atrium. Je suis de garde, je suis médecin à l'Agence de la biomédecine, elle s'est adressée à lui sans le regarder, rogue, a traversé le hall quand son œil exercé a repéré le paquet de Marlboro Light posé à côté de la tablette numérique sur laquelle il avait dû regarder des films durant la nuit, du foot et des navets a-t-elle songé, énervée, et une fois au premier étage, au bout d'une vingtaine de mètres à gauche dans le couloir, elle a poussé la porte du Pôle national de répartition des greffons.

Marthe Carrare est une petite femme d'une soixantaine d'années, mate et ronde, chevelure auburn, seins volumineux et abdomen bourrelé dans un cardigan couleur ventre-de-biche porté à même la peau, un fessier sphérique au large dans un pantalon de laine marron, puis ce sont des jambes plutôt fines et des pieds minuscules bombés dans des mocassins plats ; elle est nourrie de cheeseburgers et de chewing-gums à la nicotine, et à cette heure son oreille droite est rouge et enflée à force d'y avoir appuyé toute la journée divers combinés téléphoniques – portable professionnel, cellulaire perso, bip, combiné fixe –, et mieux vaut ne pas la déranger pour rien, mieux vaut se faire invisible et silencieux tandis qu'elle s'enquiert de la situation auprès de Thomas : alors, on en est où ? Thomas répond : c'est bon. Elle est calme : ok, envoie-moi son PV de décès pour que je puisse consulter le fichier, et l'on entend la voix de Thomas qui confirme : je viens de te le faxer, j'ai également complété le dossier Cristal du donneur.

Marthe raccroche, se dirige vers le fax, front creusé à la verticale au-dessus de l'attache du nez, lunettes à monture épaisse et cordon en forme de chaînes, rouge à lèvres fuyant dans les ridules, parfum capiteux et vapeurs de tabac froid piégés sous le col, la feuille est bien là – le procès-verbal attestant le décès de Simon Limbres à 18 h 36 –, et gagne maintenant le bureau mitoyen, qui recèle le registre national des refus de dons d'organes, fichier hautement sécurisé qu'une dizaine de personnes seulement sont habilitées à interroger, ce qu'elles ne peuvent faire qu'une fois la mort du sujet attestée par un document légal.

De retour à son bureau, Marthe Carrare prévient Thomas que c'est bon, puis rive ses yeux à l'écran de l'ordinateur, ouvre le dossier Cristal, clique sur les différents documents qui le composent, fiche d'informations générales, évaluation médicale de chaque organe, scanners, échographies, analyses diverses, étudie l'ensemble, repère immédiatement le groupe sanguin relativement rare de Simon Limbres (B négatif). Le dossier est complet. Marthe valide et lui attribue un numéro d'identification, matricule qui garantit l'anonymat du donneur : désormais le nom de Simon Limbres n'apparaîtra plus dans les échanges à venir entre l'Agence et les différents hôpitaux qu'elle interroge. Commence le protocole de répartition des greffons. Soit un foie, deux poumons, deux reins. Et un cœur.

La nuit tombe. Au bout de l'avenue, le stade est éclairé et sa forme d'anneau oblong – un haricot – décalque dans le ciel un halo grisâtre que traversent les avions du dimanche soir. Il est temps, maintenant, de se tourner vers ceux qui attendent, dispersés sur le territoire et parfois au-delà des frontières du pays, des gens inscrits sur des listes selon l'organe à transplanter, et qui chaque matin au réveil se demandent si leur rang a bougé, s'ils sont remontés sur la feuille, des gens qui ne peuvent concevoir aucun futur et ont restreint leur vie, suspendus à l'état de leur organe. Ce truc d'avoir une épée de Damoclès au-dessus de la tête, faut imaginer ça.

Leurs dossiers médicaux sont centralisés dans l'ordinateur que Marthe Carrare consulte à présent, tandis qu'elle suce un comprimé de nicotine, songeant après avoir regardé sa montre qu'elle a oublié de décommander ce dîner prévu d'ici deux heures chez sa fille et son gendre, elle n'aime pas aller chez eux, se le formule clairement à l'instant, je n'aime pas y aller, fait froid là-bas – ne saurait dire pourtant si ce sont les murs de l'appartement talochés d'une belle peinture blanche à la caséine qui la font frissonner, ou bien l'absence de cendrier et de balcon, de viande, de désordre, de tension, ou encore les tabourets maliens et la méridienne design, les soupes végétariennes servies dans des coupelles mauresques, les bougies parfumées *Foin coupé, Feu de bois, Menthe sauvage*, la satiété stylée de ceux qui se couchent avec les poules sous des édredons de velours indien, la tendre atonie distillée partout dans leur royaume, ou peut-être est-ce ce couple qui l'effraye, ce couple qui avait avalé en moins de deux ans sa fille unique, l'avait désintégrée dans une conjugalité sûre, émolliente, un baume après des années de nomadisme solitaire : sa fille fougueuse et polyglotte désormais méconnaissable.

Dans un logiciel spécialement programmé, Marthe Carrare entre l'intégralité des données médicales concernant le cœur, les poumons, le foie, les reins de Simon Limbres, puis lance le moteur de recherche afin qu'il trie dans les listes d'attente les patients aptes à les recevoir – les scores d'appariements plus affinés s'il s'agit du foie et des reins. Les receveurs compatibles identifiés, la transplantation se combine à une réalité géographique, lieux de prélèvements et lieux de greffes dessinant une cartographie sous tension impliquant des distances à couvrir dans un temps limité, celui de la viabilité des organes, et induisant de penser logistique, d'évaluer kilomètres et durées, de localiser aéroports et autoroutes, gares, pilotes et avions, véhicules spécialisés et chauffeurs expérimentés, si bien que la dimension territoriale de l'entreprise ajoute un nouveau paramètre à l'identification d'une poignée de patients.

La première compatibilité entre donneur et receveur est celle des sangs, c'est la compatibilité ABO. La transplantation cardiaque nécessitant l'isogroupe et l'isorhésus, et Simon Limbres étant de sang B neg, un premier écrémage s'effectue qui raccourcit d'un coup la liste initiale comptant près de trois cents patients en attente de greffe – Marthe Carrare augmente sa vitesse de frappe sur le clavier, et on la sent qui fonce à la recherche du receveur, grisée peut-être en cet instant, oubliant tout. Elle examine ensuite la compatibilité tissulaire avec le système HLA, également essentielle : le code HLA (*Human Leukocyte Antigen*) est la carte d'identité biologique du sujet, il intervient dans sa défense immunitaire et, s'il est quasiment impossible de trouver parmi les donneurs un sujet dont l'identité HLA soit rigoureusement identique à celle du receveur, ces codes doivent être le plus proches possible pour que la transplantation du greffon se fasse dans les meilleures conditions, et diminuer les risques de rejet.

Marthe Carrare a entré dans le logiciel l'âge de Simon si bien que la liste des receveurs pédiatriques est interrogée en priorité. Puis elle vérifie s'il existe un patient compatible en état de super urgence (SU), soit un patient dont la vie est en danger, qui pourrait mourir d'un instant à l'autre et s'est donc trouvé inscrit en priorité sur cette liste – elle aussi applique avec attention un protocole sophistiqué où chaque étape s'enchaîne à la précédente et détermine la suivante. Pour le cœur, outre la compatibilité du sang et des systèmes immunitaires, la conformation physique de l'organe, sa morphologie, son envergure, entrent en jeu, des critères de taille et de poids réduisant encore la sélection précédente – le cœur d'un adulte grand et fort ne pouvant être greffé dans le corps d'un enfant, par exemple, et inversement – quand la géographie de la transplantation, elle, est paramétrée par une donnée intangible : entre l'instant où le cœur est arrêté dans le corps du donneur et le moment où il redémarre dans celui du receveur, l'organe se conserve quatre heures.

La recherche cristallise et Marthe avance son visage vers l'écran, ses yeux énormes et anamorphosés derrière les verres de ses lunettes. Brusquement, ses doigts jaunis à l'intérieur de la troisième phalange immobilisent la souris : pour le cœur, une urgence est identifiée, une femme, cinquante et un ans, groupe sanguin B, 1,73 m, 65 kg, soignée à la Pitié-Salpêtrière, service du professeur Harfang. Elle prend le temps de bien lire et de relire les données qui s'affichent, sait que l'appel qu'elle s'apprête à effectuer va provoquer une accélération générale de toutes les vitesses à l'autre bout de la ligne, un influx d'électricité dans les cerveaux, une injection d'énergie dans les corps, autrement dit l'espoir.

Allô, c'est l'Agence de la biomédecine – surcroît de diligence et d'attention au secrétariat du service –, les appels rebondissent de centrales téléphoniques en extensions de ligne jusqu'au bloc opératoire, puis une voix toute droite, Harfang j'écoute, et Marthe Carrare démarre, speed et carrée, docteur Carrare, Agence de la biomédecine, j'ai un cœur – c'est fou, elle le dit en ces termes, cordes vocales patinées par quarante ans de cigarettes et boules de nicotine valdinguant à coups de langue dans sa cavité palatine –, j'ai un cœur pour une patiente de votre service en attente de greffe, un cœur compatible. Réaction immédiate – pas le moindre éclat de silence –: ok, envoyez-moi le dossier. Et Carrare conclut: c'est fait, vous avez vingt minutes.

Après quoi, Marthe Carrare descend d'une ligne sur la liste des receveurs apparue à l'écran et appelle le CHU de Nantes, un autre service de chirurgie cardiaque où le même dialogue a lieu concernant une enfant de sept ans en attente depuis près de quarante jours, Marthe Carrare précise, on attend la réponse de la Pitié, puis, de nouveau: vous avez vingt minutes. Un troisième service est ensuite contacté à l'hôpital de la Timone, à Marseille.

L'attente commence, cadencée par les appels

téléphoniques qui se poursuivent entre le médecin à Saint-Denis et le coordinateur au Havre, afin de synchroniser la réflexion et le montage de l'opération, d'anticiper l'organisation du bloc, et de renseigner au plus près l'état hémodynamique du donneur – pour l'heure d'une bonne stabilité. Marthe Carrare connaît bien Thomas Rémige, l'a croisé à plusieurs reprises dans des cycles de formation organisés par l'Agence, des séminaires où elle intervenait à la fois comme médecin anesthésiste et comme pionnière de la création de l'organisme, et elle apprécie qu'il soit aujourd'hui son interlocuteur, elle a confiance en lui, le sait sûr, technique et délicat, c'est un type qui tient la route dit-on, et sûrement apprécie-t-elle plus encore que sa concentration contienne sa fébrilité, ne laissant jamais affleurer autre chose qu'une intensité pondérée, et qu'il dédaigne les parages spectaculaires de l'hystérie quand il serait souvent si facile d'abuser de la tragédie humaine qui tient lieu d'amorce à chaque démarche de greffe – c'est une chance pour le monde entier, un type pareil.

Les réponses concernant le foie, les reins et les poumons tombent les unes à la suite des autres après ces mêmes procédures – Strasbourg prend le foie (une fillette de six ans), Lyon les poumons (une adolescente de dix-sept ans), Rouen les reins (un garçon de neuf ans) –, alors que là-bas, dans les virages du stade, on dézippe les blousons d'un geste sec comme on déclenche un plan, pfuittt – ce sont des perfectos de cuir, des bombers kaki à doublure orange –, alors que l'on rabat les foulards sur les visages comme font les brigands à l'instant d'attaquer la diligence, ou les étudiants en manif devant les lacrymos, et que des centaines de mains expertes sortent les fumigènes planqués sous les pulls, calés dans le dos à la ceinture, rentrés dans les pantalons – mais comment ces objets ont-ils pu passer les contrôles ? Les premiers feux sont dégoupillés alors que les cars de joueurs sont annoncés Porte de la Chapelle, fumées rouges, fumées vertes, fumées blanches, la clameur s'intensifie dans les gradins tandis qu'une longue banderole est déployée, « Dirigeants, joueurs, coachs, tous dehors ! », la tribune ultra impressionne, compacte, tassée, un bloc de puissance et d'agressivité, une masse hostile, si bien que ceux qui la rejoignent hâtent le pas, fascinés, tandis que le front des hommes de la sécurité se couvre de rides et qu'ils commencent à galoper, engoncés dans leur costard, vestes déboutonnées et cravates voltigeant sur les bides, ça gueule dans le talkie-walkie, le virage nord s'énerve, faut pas que ça déborde, des noms d'oiseaux fusent, les cars aux vitres teintées viennent juste de quitter l'autoroute, des véhicules confortables et merveilleusement silencieux engagés à présent dans les circuits VIP qui enlacent l'arène pour s'immobiliser devant les entrées réservées aux joueurs. Marthe s'est levée, elle a ouvert la fenêtre : des silhouettes passent devant l'immeuble de l'Agence et remontent l'avenue au pas de course en direction du stade, des jeunes du quartier qui connaissent le territoire, elle envoie un texto laconique à sa fille – urgence à l'abm, te rappelle demain, mam –, après quoi elle tapote la boîte de chewing-gums contre la rambarde du balcon, creuse une main sous le bec verseur, découvre la boîte vide et se mord les lèvres – elle sait qu'elle a dispersé des cigarettes dans ce bureau, inventant des caches qu'elle n'est plus sûre de retrouver, mais pour l'heure décide de mâcher encore.

Elle imagine les milliers de personnes rassemblées en cercle, là-bas, autour d'une pelouse d'un vert si étincelant qu'on pourrait la croire vernie au pinceau, chaque brin d'herbe enluminé d'une substance mélangeant résine et essence de térébenthine ou de lavande et qui, après évaporation du solvant, aurait formé ce film solide et transparent comme un reflet argenté, comme un apprêt sur un coton neuf, un voile de cire, et songe qu'à l'heure d'apparier les organes vivants de Simon Limbres, à l'heure de les répartir dans des corps malades, des milliers de poumons se gonflent ensemble là-bas, des milliers de foies se gorgent de bière, des milliers de reins filtrent à l'unisson les substances du corps, des milliers de cœurs pompent dans l'atmosphère, et soudain elle est frappée de la fragmentation du monde, de la discontinuité absolue du réel sur ce périmètre, l'humanité pulvérisée en une divergence infinie des trajectoires – une sensation d'angoisse qu'elle avait déjà éprouvée, ce jour de mars 1984, alors qu'elle était assise dans le bus 69 et se rendait dans une clinique du 19e arrondissement pour avorter, moins de six mois après la naissance de sa fille qu'elle élevait seule, la pluie ruisselait sur les vitres, elle avait regardé un à un les visages des quelques passagers qui l'entouraient, des visages que l'on croise dans les bus parisiens en milieu de matinée, des visages aux yeux fuyant vers le lointain ou rivés à une consigne de sécurité contenue dans un pictogramme, fixés sur le bouton d'appel, égarés à l'intérieur du pavillon d'une oreille humaine, des yeux qui s'évitaient entre eux, vieilles dames à cabas, jeunes mères de famille avec enfant en kangourou, retraités en chemin vers la bibliothèque municipale pour la lecture de leur périodique quotidien, chômeurs de longue durée en costume cravate douteux, plongés dans leur journal sans parvenir à le lire, sans que jaillisse sur la page la moindre étincelle de sens, mais accrochés au papier comme pour se maintenir dans un monde où ils n'avaient pourtant plus de place, où ils ne trouveraient bientôt plus de quoi subsister, des personnes parfois situées à moins de vingt centimètres d'elle, et qui toutes ignoraient ce qu'elle allait faire, cette décision qu'elle avait prise et qui dans deux heures serait irréversible, des gens qui vivaient leur vie et avec lesquels elle ne partageait rien, rien, hormis ce bus pris dans une giboulée, ces banquettes usagées et ces poignées de plastique poisseuses qui pendaient du plafond comme des cordes préparées pour se pendre, rien, chacun sa vie, chacun la sienne, voilà, elle avait senti que ses yeux se baignaient de larmes, avait serré plus fort la barre métallique pour ne pas tomber, et sans doute fit-elle en cet instant l'expérience de la solitude.

Les premières sirènes des cars de police se font entendre vers dix-neuf heures trente. Elle referme la fenêtre – le froid –, encore une heure avant le coup d'envoi, contenir l'excitation des supporters s'annonce difficile, tous ces cœurs ensemble c'est trop, c'est quoi l'affiche ce soir ? Le temps passe. Marthe Carrare examine de nouveau ce premier dossier, étrangement satisfaite de sa concordance avec le dossier du donneur, on ne trouvera pas mieux, qu'est-ce qu'ils foutent à la Pitié ? À cette seconde le téléphone sonne, c'est Harfang : on prend.

Marthe Carrare raccroche et rappelle aussitôt Le Havre, prévient Thomas qu'une équipe de la Pitié-Salpêtrière va le contacter pour organiser avec lui son arrivée, le receveur est une patiente du service d'Harfang, tu le connais ? De nom. Elle sourit. Ajoute : l'équipe là-bas est bien formée, ils savent faire. Thomas vérifie l'heure à sa montre, déclare : c'est bon, on va mettre en place le prélèvement, on prévoit d'entrer au bloc d'ici trois heures environ, on se rappelle. Ils raccrochent. Harfang. Marthe prononce ce nom à voix haute. Harfang. Elle aussi, elle connaît. Le connaissait avant de le connaître, ce beau nom, ce nom étrange courant les couloirs des hôpitaux parisiens depuis plus d'un siècle si bien que l'on disait simplement c'est un Harfang pour conclure un échange qui avait relevé l'excellence d'un praticien, ou que l'on parlait de « dynastie Harfang » pour décrire la famille qui avait donné à la faculté professeurs et praticiens par dizaines, des Charles-Henri et des Louis, des Jules, puis des Robert et des Bernard, aujourd'hui des Mathieu, des Gilles et des Vincent, des médecins qui tous avaient œuvré, œuvraient dans les établissements publics – on est des serviteurs de l'État, aiment-ils penser alors qu'ils courent le marathon de New York, skient l'hiver à Courchevel ou régatent dans le golfe du Morbihan sur des monocoques en carbone, se distinguant alors de la plèbe médicale cupide quand nombre d'entre eux, parmi les plus jeunes, complétaient leur consultation hospitalière en ouvrant des cabinets privés dans des quartiers calmes et feuillus, s'associant parfois entre Harfang afin de couvrir tout le spectre des pathologies du corps humain, et proposer des check-up rapides à des hommes d'affaires en surcharge pondérale, des types pressés que souciaient les surcroîts de cholestérol, la désertification capillaire, les emmerdes de prostate et le déclin de la libido – parmi quoi cinq générations de pneumologues déclinées selon une filiation patrilinéaire qui privilégia la primogéniture mâle à l'heure de transmettre des chaires et de diriger des services ; parmi quoi une fille, Brigitte, classée première à l'internat de Paris en 1952, mais qui abandonna deux ans plus tard, persuadée d'être amoureuse d'un poulain de son père quand elle cédait en vérité à une pression subreptice qui lui intimait de faire de la place, d'accroître l'espace vital des jeunes mâles du clan ; dont lui, Emmanuel Harfang, le chirurgien.

Elle se souvient avoir traîné un temps de son internat avec une bande tenue par un duo de cousins Harfang. L'un était en cardiologie pédiatrique, l'autre en gynécologie. Ils possédaient la « plume Harfang », une même mèche de cheveux blancs poussée en épi au milieu de leur front et qu'ils plaquaient en arrière sur leur chevelure sombre, sceau familial et signe de reconnaissance, un sillage de légende, ralliez-vous à mon panache blanc et toute l'épate ad hoc destinée à ramollir la vigilance des filles ; ils portaient des jeans 501 et des chemises en oxford, des impers beiges à doublure écossaise dont ils relevaient le col, ne sortaient pas en baskets mais se chaussaient de Church's bien que dédaignant les mocassins à glands, ils étaient de taille moyenne, noueux, la peau pâle et les yeux dorés, les lèvres fines, des pommes d'Adam si proéminentes que, les voyant coulisser sous la peau de leur gorge, Marthe commençait aussitôt à déglutir ; ils se ressemblaient entre eux et ressemblaient aussi à cet Emmanuel Harfang qui répare et transplante des cœurs à la Pitié-Salpêtrière, de dix ans plus jeune.

Celui-là descendait les escaliers de l'auditorium à l'heure pile lors des symposiums, regardant droit devant lui, finissant par sauter la dernière marche afin d'être porté par son élan et de gagner le pupitre d'un bond athlétique, un papier à la main qu'il ne lirait pas, commençant sa communication sans même saluer l'assistance, privilégiant les entames sèches, les attaques abruptes, manière d'aller droit au but sans souscrire aux usages, sans décliner son patronyme, comme si chacun dans la salle était censé savoir qui il était, à savoir Harfang, fils d'Harfang, petit-fils d'Harfang, et manière aussi, sans doute, de redresser un auditoire qui avait tendance à s'assoupir en début d'après-midi, quelque peu ensuqué après ces fameux repas pris dans des restaurants proches réservés pour l'occasion, cantines improvisées où les carafes de vin rouge s'alignaient sur des nappes en papier, toujours ce vin de Corbières modeste et charpenté qui convenait aux viandes saignantes, et dès les premiers mots d'Harfang la salle sortait de sa torpeur digestive, chacun se rappelant, à le voir si fin et si athlétique, qu'il était le pilier d'une formation cycliste de premier ordre, une écurie qui portait les couleurs de l'hôpital dans divers critériums, des types capables de rouler deux cents kilomètres le dimanche matin pour peu que cela se combine avec la vie du service, des types prêts à se lever pour le faire, même s'ils se désespéraient de ne pouvoir dormir davantage, de ne pouvoir caresser leur femme, faire l'amour, jouer avec leurs enfants ou simplement traînasser en écoutant la radio, la salle de bains toujours plus lumineuse et l'odeur du pain grillé toujours plus désirable ces matins-là, des types qui espéraient en être, donc, de cette étrange amicale, et qui auraient payé cher, voire joué des coudes pour être choisis par Harfang – « désignés » était le terme ad hoc, puisque Harfang, s'avisant soudain de leur présence, pointait sur eux l'index, et inclinait la tête sur le côté afin d'évaluer leur constitution physique, s'assurant d'un rival possible, et tandis qu'un drôle de sourire tordait son visage, il leur demandait : vous aimez le vélo ?

Pédaler au flanc d'Harfang, rouler dans sa roue pour quelques heures valaient de braver leurs épouses furieuses de se retrouver seules avec les gosses le dimanche jusqu'en milieu d'après-midi, leurs remarques méchamment narquoises – ne t'inquiète pas chéri, je sais que tu te sacrifies pour ta famille –, valaient d'essuyer leurs reproches – tu ne penses qu'à toi – et leurs phrases vexantes quand elles les toisaient évaluant leur bedaine – fais gaffe de ne pas faire un infarctus ! –, valaient de rentrer cramoisis, cassés, les jambes ne supportant plus leur corps et le fondement si douloureux qu'ils rêvaient d'un bain de siège mais s'affaissaient dans le premier canapé qui se trouvait sur leur passage, voire dans leur lit, la sieste méritée – et ce repos arrogé, bien entendu, déclenchait de nouveau le courroux des femmes reparties en boucle sur l'égoïsme des hommes, leur ambition débile, leur soumission, leur peur de vieillir, elles levaient les bras au ciel en déclamant à voix forte, ou plaquaient leurs mains à plat sur leur reins en écartant les coudes, le ventre en avant, et les tourmentaient, une comédie italienne –, et une fois remis de leur effort, valaient de se traîner sur les ordinateurs pour acheter d'urgence une chamoisine sur un site spécialisé, un cuissard assorti et tout l'équipement idoine, finissant par crier ta gueule ! à celle qui râlait à l'autre bout de l'appartement, finissant par la faire pleurer, et, c'est tout de même curieux, il ne s'en trouva pas une seule pour soutenir cette entreprise masculine, pas une seule qui, carriériste ou simplement docile, encourageât son homme à enfourcher un vélo pour suivre Harfang sur les routes de la vallée de Chevreuse, et parader véloce, léger, endurant, oui, pas une seule ne fut dupe, et quand elles parlaient entre elles, déplorant la réquisition sournoise de leurs maris, il arrivait qu'elles citent Lysistrata, projetant de faire la grève du sexe afin que les hommes cessent leurs simagrées serviles, ou bien qu'elles se gondolent en se décrivant les unes aux autres leur compagnon défait après la course, et puis finalement c'était drôle, qu'ils y aillent si cela leur faisait plaisir, qu'ils y aillent, qu'ils s'y s'épuisent, alliés et adversaires, favoris et concurrents, et bientôt plus une seule d'entre elles ne se leva à six heures du matin pour préparer un café et le tendre à son mari d'une main amoureuse, elles restaient au lit, lovées dans les couettes, ébouriffées, tièdes et gémissantes.

La dernière fois que Marthe Carrare avait entendu Harfang, il avait livré un exposé étincelant sur les modalités d'usage de la Ciclosporine dans les traitements antirejet qui avaient révolutionné transplantations et greffes au début des années quatre-vingt, ramassant en douze minutes l'historique de cet immunosuppresseur – un produit dont l'emploi diminue les défenses immunitaires de l'organisme du receveur et permet de réduire les risques de rejet de l'organe transplanté –, au terme de quoi il passa une main dans ses cheveux et repoussa de son front la fameuse mèche blanche qui le dispensait de décliner son patronyme, s'enquit, abrupt, des questions ?, compta un, deux, trois dans sa tête, et conclut sa communication en évoquant la fin des transplantations cardiaques, leur obsolescence prochaine puisque l'heure était venue de considérer enfin les cœurs artificiels, merveilles de technologie inventées et mises au point dans un laboratoire français, l'autorisation de procéder aux premiers essais ayant été délivrée en Pologne, en Slovénie, en Arabie saoudite, ou en Belgique. La bioprothèse de neuf cents grammes, élaborée pendant vingt ans par un chirurgien français de renommée internationale, sera implantée sur des patients atteints d'insuffisance cardiaque sévère et dont le pronostic vital est engagé. Cette conclusion déconcerta la salle, une rumeur flotta sur l'assistance, qui réveilla les somnolents, l'idée de la prothèse cardiaque achevant de purger l'organe de sa puissance symbolique, et même si la plupart des têtes opinaient vers des carnets à spirale afin d'y consigner les paroles d'Harfang en style télégraphique, il s'en trouva quelques-unes pour dodeliner, émues et vaguement contrariées, et l'on vit quelques individus attentifs glisser une main dans leur veste, derrière leur cravate, sous leur chemise et la porter contre leur cœur pour le sentir battre.

Le coup d'envoi a eu lieu et la rumeur qui émane du stade est devenue un grondement continu qui force à intervalles irréguliers – un tir cadré, la course d'un contre qui soudain menace, une figure de style, un accrochage violent, un but. Marthe Carrare se laisse aller contre le dossier de son fauteuil, les organes du donneur sont répartis, les trajectoires établies, les équipes constituées, tout est sur des rails. Et Rémige maîtrise. Pourvu qu'il n'y ait pas de mauvaise surprise lors du prélèvement, elle pense, pourvu que la physionomie des organes ne révèle rien que les scanners, échographies et analyses n'aient pu voir ou seulement suspecter. Elle fumerait bien un petit clope, avec une petite bière et un bon cheeseburger sauce barbecue, active sa mastication afin de soutirer de la gomme un dernier atome de nicotine, le souvenir d'un goût, d'une fragrance, même atténués, pense au vigile de la sécurité qui doit suivre le match penché sur un écran portable, son paquet de Marlboro Light à portée de main.

Cordélia Owl agite justement un paquet de cigarettes devant Révol alors que se referment les portes de l'ascenseur, je descends faire une pause, cinq minutes, elle lui fait un signe dans l'entrebâillement qui s'étrécit progressivement, puis son propre visage lui apparaît, flouté sur la paroi métallique qui ne fait pas tout à fait miroir ici mais décalque un masque – fini la peau souple et les yeux brillants, l'effet de traîne de la nuit blanche, cette beauté excitée encore : son visage a tourné comme tourne le lait, traits affaissés, teint brouillé, un gris olive tirant sur le kaki dans le fond des cernes, et les marques dans son cou ont noirci. Une fois seule dans la cabine, elle replonge les cigarettes dans sa poche, ressort de l'autre son téléphone portable, coup d'œil, toujours rien, vérifie les indicateurs de l'appareil, tressaille, regarde mieux, ah, pas de réseau, pas le plus petit ruisseau, la plus petite étincelle, elle retrouve aussitôt de l'espoir, il aura essayé d'appeler sans y parvenir, et une fois descendue au rez-de-chaussée, gagne en courant une porte de sortie latérale réservée au personnel de l'hôpital, pousse la barre transversale, la voilà dehors, ils sont trois ou quatre à fumer là en sautillant sur place dans la zone blanchâtre que l'enseigne lumineuse trace sur le froid compact, des aides-soignants et un infirmier qu'elle ne connaît pas, et l'air est si glacé qu'il est impossible de distinguer la fumée tabagique du gaz carbonique qu'ils exhalent ensemble. Elle éteint son portable puis de nouveau rallume l'appareil, histoire de reprendre de zéro tout le processus, d'en avoir le cœur net. Ses bras nus bleuissent à vue d'œil, et bientôt elle tremble de tous ses membres. Ça capte ici ? Elle se tourne vers le groupe, les voix qui répondent se superposent, oui, c'est bon, moi j'en ai, moi aussi, et une fois son appareil réactivé, elle l'interroge – elle effectue ces opérations sans y croire, certaine, maintenant, que rien n'a été déposé pour elle dans sa boîte, certaine qu'il faudrait cesser d'y penser pour que quelque chose advienne.

Réseau à foison, zéro signe. Elle allume une cigarette. Un des types présents devant elle lui lance vous êtes en réa, c'est ça ? C'est un grand rouquin, coiffé en brosse avec un anneau à l'oreille gauche et de longues mains aux doigts cramoisis, aux ongles ras. Oui, Cordélia répond en abaissant son petit menton qui tremble, elle est sans force, transie chair de poule, ventre douloureux à force de grelotter sous la blouse fine, elle se cramponne à sa cigarette, fume comme une perdue, les yeux brûlants soudain, les yeux qui pleurent, le type la regarde en souriant, oh ça va ? qu'est-ce qui vous arrive ? Rien, elle répond, rien, j'ai froid c'est tout, mais le type s'est approché d'elle, c'est dur la réa, hein, on voit de drôles de trucs, pas vrai ? Cordélia renifle et tire une taffe, non, ça va, c'est le froid, je vous assure, la fatigue. Les larmes coulent sur ses joues, lentes, teintées de rimmel, des larmes de gamine qui dégrise.

Tout ce qui cinglait en elle de vif et d'ardent, cette légèreté à pleine vitesse, joueuse et féroce, ce pas de reine qu'elle avait encore cet après-midi dans les couloirs de la réa, tout cela prend l'eau à toute allure, et pendouille dans son cerveau, lourd, détrempé : à force d'avoir vingt-trois ans elle en avait vingt-huit, à force d'en avoir vingt-huit, elle en a trente et un, le temps cavale tandis qu'elle jette sur son existence un regard froid, un regard qui dézingue l'un après l'autre les différents secteurs de sa vie – studio humide où prolifèrent les cafards et le cresson de la moisissure sur le joint du carrelage, emprunt bancaire suceur de superflu, amitiés à la vie à la mort reconfigurées en périphérie des familles nouvellement créées, polarisées sur des berceaux qui la laissent de marbre, journées saturées de stress et soirées de nanas sur la touche mais épilées nickel, caquetant dans des *lounge bars* sinistres, brochette de femelles disponibles et rires forcés auxquels elle finit toujours par s'agréger, pusillanime, opportuniste, sinon de rares épisodes sexuels sur des matelas merdiques, contre la suie graisseuse d'une porte de parking, des types souvent gauches, pressés, radins, finalement peu aimants, l'alcool en quantité nécessaire pour lustrer le tout, voilà ; la seule rencontre qui mette son cœur en jeu est un type qui lui relève sa mèche de cheveux pour lui allumer sa cigarette, lui effleure la tempe et le lobe de l'oreille, et porte au plus haut l'art de surgir, et de fait, celui-là apparaît n'importe quand, sans qu'il soit possible de prédire ce mouvement, comme s'il s'était tenu caché derrière un poteau et soudain passait une tête pour la surprendre dans la lumière dorée d'une fin de journée, appelant dans la nuit d'un café proche, ou s'avançant vers elle un matin depuis le coin de la rue, et s'éclipsant toujours de même à la fin, la grande maestria, avant de faire retour –, c'est le grand décapage auquel rien ne résiste, pas même sa gueule, pas même son corps qu'elle soigne pourtant – hebdomadaires, des tubes de crème amincissante et cette heure de barre au sol dans une salle glacée des Docks Vauban –, elle est seule et disgraciée, elle est déçue, trépigne et claque des dents quand sa désillusion ravage ses territoires et son arrière-pays, assombrit les visages, pourrit les gestes, biaise les intentions, elle enfle, prolifère, pollue les fleuves et les forêts, contamine les déserts, infecte les nappes phréatiques, déchire les pétales des fleurs et ternit le poil des animaux, elle macule la banquise au-delà du cercle polaire et souille l'aube grecque, barbouille les poèmes les plus beaux d'une poisse chagrine, elle saccage la planète et tout ce qui la peuple depuis le Big Bang jusqu'aux fusées du futur, et brasse le monde entier, ce monde qui sonne creux : ce monde désenchanté.

Je vais y aller, elle jette son clope au sol, l'écrase de la pointe de sa ballerine de toile, le grand rouquin l'observe, ça va mieux ? Elle hoche la tête, c'est bon, salut, fait demi-tour, se précipite à l'intérieur du bâtiment, et la trajectoire du retour est un intermède dont elle use pour se ressaisir avant de regagner le service, où le travail s'intensifie à cette heure : nervosité du soir, patients agités, derniers soins avant la nuit, dernières perfusions, dernières pilules, et ce prélèvement qui aura lieu dans quelques heures – Révol était passé lui demander si elle pouvait assurer un remplacement de dernière minute, prolonger sa garde afin de reprendre du service au bloc, une demande exceptionnelle qu'elle avait acceptée.

Elle fait un détour par la cafète pour prendre un potage à la tomate au distributeur de boissons chaudes, on la voit remonter le grand hall glacé, petite chose maigrichonne aux mâchoires serrées, et plus tard taper du poing dans la machine pour accélérer le débit, le breuvage est infect, si bouillant que le gobelet se déforme sous ses doigts, mais elle le boit d'un trait, sitôt réchauffée quand brusquement elle les voit qui passent devant elle, le père et la mère, les parents du patient de la chambre sept, ce jeune homme auquel elle a posé une sonde dans l'après-midi, celui qui est mort et sera prélevé cette nuit de ses organes, ce sont eux ; elle suit des yeux leur marche lente vers les hautes portes de verre, s'adosse contre un pilier pour mieux les voir : la verrière est devenue miroir à cette heure, ils s'y reflètent comme se reflètent les fantômes à la surface des étangs les nuits d'hiver ; ils sont l'ombre d'eux-mêmes aurait-on dit pour les décrire, la banalité de l'expression relevant moins la désagrégation intérieure de ce couple que soulignant ce qu'ils étaient encore le matin même, un homme et une femme debout dans le monde, et à les voir marcher côte à côte sur le sol laqué de lumière froide, chacun pouvait saisir que désormais ces deux-là poursuivaient la trajectoire amorcée quelques heures auparavant, ne vivaient déjà plus tout à fait dans le même monde que Cordélia et les autres habitants de la Terre, mais effectivement s'en éloignaient, s'en absentaient, et se déplaçaient vers un autre domaine, qui était peut-être celui où survivaient un temps, ensemble et inconsolables, ceux qui avaient perdu un enfant.

Cordélia contient dans son regard leurs silhouettes qui s'amenuisent à l'entrée du parking, s'effacent dans la nuit, puis elle pousse un cri, s'arrache du pilier, s'ébroue comme un poulain, saisit son téléphone, son visage se redessine et reprend des couleurs, et dans un mouvement de balancier d'une force inouïe, elle effectue cette volte-face intérieure qui la relance, cet élan qui signe la reprise, compose à toute allure le numéro de cet homme disparu à cinq heures du matin, se surprend à agir, pianote sur les touches avec adresse, comme si elle voulait à la fois se débarrasser du truc et braver la soumission où la confine sa tristesse, comme si elle voulait contrer la morbidité qui l'assaille et rappeler la possibilité de l'amour. Une, deux, trois sonneries, et puis c'est la voix du type qui demande en trois langues qu'on lui laisse un message, je t'aime, et elle raccroche, curieusement revigorée, délestée d'un poids : soudain, elle a de nouveau toute la vie devant elle, se dit qu'elle pleure toujours quand elle est fatiguée, et qu'elle manque de magnésium.

Lou. Ils n'avaient pas appelé Lou, n'avaient pas cherché à lui parler, n'avaient pas pensé à elle, sauf pour demander que son prénom soit prononcé à l'oreille de son frère à l'instant de lui arrêter le cœur. Mais Lou, cette petite fille de sept ans, son angoisse d'avoir vu sa mère partir en urgence à l'hôpital, son attente, sa solitude, tout cela, ils n'y avaient pas songé, et ils avaient beau avoir été confrontés à la charge cyclonique de la mort, enrôlés dans le drame, ils ne se trouvent pas d'excuses et s'affolent en découvrant le numéro des voisins sur le portable de Marianne, assorti de la notification d'un message vocal qu'ils n'ont pas la force d'écouter, et maintenant Marianne appuie sur l'accélérateur, murmurant face au pare-brise, on arrive, on rentre à la maison.

Les cloches sonnent au faîte de l'église Saint-Vincent et le ciel a pris l'aspect fripé d'un cierge mou. Il est dix-huit heures vingt quand ils gravissent les virages de la côte d'Ingouville, s'engouffrent dans le parking souterrain de l'immeuble, c'est le retour, on reste ensemble ce soir, avait dit Marianne coupant le moteur – mais auraient-ils seulement eu la force de se séparer cette nuit, Marianne demeurant ici avec Lou, Sean retournant dans ce deux-pièces loué à la hâte en novembre dernier, à Dollemard ? Marianne peine à introduire la clé dans la serrure, ne trouve pas à enclencher le mécanisme, le cliquètement métallique se prolonge dans l'orifice tandis que Sean piétine derrière elle, et quand enfin la porte s'ouvre, ils sont déséquilibrés et basculent à l'intérieur. N'allument aucune lumière mais s'affalent côte à côte dans ce canapé qu'ils ont trouvé sur le bord d'une route de campagne un jour de pluie, emballé comme un bonbon dans une bâche transparente, et autour d'eux les murs virent buvard à présent, absorbent ce café de ferraille qui signe le déclin du jour : les quelques tableaux font apparaître d'autres figures, d'autres formes, les meubles enflent, les motifs du tapis s'effacent, la pièce est comme une feuille de papier argentique oubliée dans un bac de liquide révélateur, et cette métamorphose – cet ensablement progressif, le noircissement de ce qui les entoure – les hypnotise à mesure que le monde autour d'eux se défausse ; la sensation de souffrance physique qu'ils éprouvent ne suffit pas à les arrimer au réel, c'est un cauchemar, on va finir par se réveiller, c'est ce que se dit Marianne qui fixe le plafond – et d'ailleurs si Simon rentrait chez lui, là, maintenant, s'il faisait à son tour cliqueter la serrure puis pénétrait dans l'appartement en claquant la porte derrière lui, de ce geste mal ajusté et bruyant qui caractérisait ses entrées justement, déclenchant immanquablement le cri de sa mère, Simon cesse de claquer cette porte !, s'il débarquait en cet instant, son surf sous le bras crissant dans sa housse, cheveux humides, mains et visage bleuis par le froid, épuisé par la mer, Marianne y croirait la première, se lèverait, s'avancerait vers lui pour lui proposer des œufs au paprika, des pâtes, quelque chose de chaud et de roboratif, oui, elle ne verrait pas un fantôme mais bien le retour de son enfant.

La main de Marianne s'avance pour toucher celle de Sean, ou son bras, ou sa cuisse, n'importe quel lieu de son corps qu'elle peut atteindre, mais cette main s'avance dans le vide, car Sean vient de se lever, a ôté sa parka, je descends chercher Lou. Il a marché vers la porte mais on sonne, il ouvre, Marianne pousse un cri, c'est la petite.

Elle est excitée, entre en courant dans l'appartement, a revêtu un long tee-shirt bariolé par-dessus ses vêtements, noué un foulard dans ses cheveux et quelqu'un lui aura accroché dans le dos deux ailes de papillon en tulle irisé à l'aide d'un ruban de scratch – elle aussi les cheveux noirs, raides, la peau mate, et les yeux métisses, délicatement bridés –, soudain elle pile devant son père, s'étonnant de le voir en pull à l'intérieur de l'appartement, t'es revenu ? Derrière elle, la voisine demeure sur le palier mais avance une tête à l'intérieur de l'appartement – gestuelle de la girafe –, son visage est une interrogation à ciel ouvert : Sean, vous êtes rentrés ? On vient d'arriver – il ferme sa phrase, n'a pas envie de parler. Devant lui, Lou sautille en fourrageant dans son sac, finit par lui tendre une feuille de papier blanc, j'ai fait un dessin pour Simon, elle s'avance dans le salon, et découvrant sa mère renversée dans le canapé, demande brusquement : il est où Simon ?, il est toujours à l'hôpital ? Sans attendre de réponse, elle fait demi-tour, fonce dans le couloir, les ailes vibratiles et le pas martelé, on l'entend qui ouvre une pièce, appelle son frère, puis ce sont d'autres portes qui claquent, et ce même prénom qui revient, alors l'enfant réapparaît dans l'entrée, devant ses deux parents debout, décomposés, qui attendent sans pouvoir parler, sans pouvoir articuler autre chose que doucement, Lou, tandis que la voisine, blême, recule dans la cage d'escalier, de l'index fait signe qu'elle comprend, ne veut pas déranger, referme la porte.

L'enfant est face à ses parents tandis que le jour décline à l'ouest, plongeant peu à peu la ville dans l'obscurité, et maintenant ils ne sont plus que des silhouettes. Marianne et Sean s'approchent, la petite ne bronche pas, garde le silence quand ses yeux dévorent l'obscurité – le blanc de ses pupilles comme du kaolin –, Sean la soulève, puis Marianne les enlace – les trois corps amalgamés paupières closes comme sur les monuments à la mémoire des naufragés érigés dans les ports au sud de l'Irlande –, puis ils regagnent le canapé, se déplacent en diagonale sans se décoller, une triade romaine qui se protège de l'extérieur, là se recroquevillent dans leur haleine et dans les odeurs de leur peau – la petite sent la brioche et les Haribo – et c'est la première fois qu'ils reprennent leur respiration depuis l'annonce de la catastrophe, la première fois qu'ils nidifient une cavité de repli au sein de leur anéantissement, et pour peu que l'on s'approche, pour peu que l'on soit doux et silencieux, on entend leurs cœurs qui pompent ensemble la vie qui reste, et tapent, tumultueux, comme si des capteurs sensibles étaient placés sur les valves ou contre les clapets, et qu'ils émettaient des lignes infrasonores, ces lignes qui filaient dans l'espace, fonçaient à travers la matière, sûres, précises, ralliant le Japon, la mer de Seto, une île, une plage sauvage et cette cabane de bois où l'on archive les battements des cœurs humains, ces empreintes cardiaques collectées dans le monde entier, déposées ou enregistrées là par ceux qui auront fait tout le voyage, et alors que les cœurs de Marianne et Sean marquent un tempo commun, celui de la petite tambourine, jusqu'à ce qu'elle se redresse brusquement, la peau du front vaporisée de sueur : pourquoi on est dans le noir ? Chat, elle se glisse hors de l'étreinte de ses parents, fait le tour de la pièce pour allumer toutes les lampes, une à une, puis se tourne vers ses parents, et déclare : j'ai faim.

Les alertes sonores se multiplient, signalant les messages qui chutent dans les boîtes vocales – il faut songer à parler maintenant, à prévenir, c'est une autre épreuve qui se profile. Marianne sort sur le balcon – elle a gardé son manteau –, allume une cigarette, s'apprête à rappeler pour avoir des nouvelles de Chris et Johan, découvre un signe de Juliette, subitement ne sait plus quoi faire, peur de parler et peur d'entendre, peur que ça se rétracte dans sa gorge, car Juliette, c'était spécial – Simon la lui avait présentée de mauvaise grâce en décembre dernier, un mercredi, ils étaient dans la cuisine quand elle était rentrée à une heure inhabituelle, il n'avait pas dit « ma mère » justement mais « Juliette, Marianne », marmonnant aussitôt on y va, on a des trucs à faire, quand Marianne engageait déjà la conversation avec la jeune fille, alors vous êtes dans le même lycée que Simon ?, sidérée de découvrir à quoi ressemblait la fille qui logeait dans le cœur de son fils, et celle-là était d'un modèle assez original pour qu'elle s'en étonne, ne ressemblait à personne, du moins pas à une groupie des plages puisque frêle, pas de seins, et un minois étrange, des yeux qui lui mangeaient le visage, des oreilles percées de trous multiples, les dents du bonheur et ces cheveux d'un blond pâle coupés à la Jean Seberg dans *À bout de souffle*; ce premier jour, elle portait un jean slim en velours côtelé rose pâle sur des baskets montantes vert gazon, un twin-set jacquard sous un ciré rouge ; Simon avait patienté avec agacement le temps qu'elle réponde à Marianne, puis l'avait entraînée vers la porte en la tirant par le coude, et plus tard il avait commencé à laisser traîner son prénom ici et là, à le disséminer au sein des rares récits auxquels il consentait, occurrences qui finirent par rivaliser avec celles de ses copains et celles des spots du Pacifique ; il change, avait pensé Marianne, car désormais Simon délaissait le McDo pour ce pub irlandais qui sentait le chien mouillé, lisait des romans japonais, allait ramasser des bois flottés sur la plage, et travaillait parfois avec elle, la chimie, la physique, la biologie, des matières où il excellait, elle non, et un soir Marianne l'entendit lui décrire la formation de la vague : regarde (il devait tracer un schéma), la houle se déplace vers le rivage, elle se raidit à mesure que la profondeur d'eau diminue, on appelle ça la zone de levée, c'est là que les vagues se cambrent, c'est parfois très brutal, puis la houle atteint la zone de déferlement, qui peut couvrir une centaine de mètres si le fond du spot est rocheux, ce sont les *point break*, après quoi les vagues cassent dans la zone de surf interne mais continuent d'évoluer vers le rivage, ça va ? (elle avait dû acquiescer, hochant son petit menton), et au bout du voyage, si on a vraiment du bol, il y a une fille qui est là, sur la plage, une fille pas mal, en ciré rouge ; ils se parlaient tard dans la nuit quand la maison dormait, et peut-être même alors qu'ils se chuchotaient je t'aime, ne sachant pas ce qu'ils se disaient mais seulement qu'ils se le disaient l'un à l'autre, là était l'essentiel – car Juliette, c'était le cœur de Simon.

Marianne se tient au balcon, doigts que le froid scelle contre la rambarde métallique. De ce promontoire, elle surplombe la ville, l'estuaire, la mer. Des lampadaires à bulbes coqués électrifiés par des ampoules orange surlignent les grands axes, le port et le littoral, flammes froides créant dans le ciel des auréoles poudreuses d'un gris Payne, les feux signalant l'entrée du port au bout de la grande jetée, tandis qu'au-delà du front littoral c'est noir ce soir, pas un seul bateau en rade, pas un clignotement mais une masse lente, pulsatile, les ténèbres. Que deviendra l'amour de Juliette une fois que le cœur de Simon recommencera de battre dans un corps inconnu, que deviendra tout ce qui emplissait ce cœur, ses affects lentement déposés en strates depuis le premier jour ou inoculés çà et là dans un élan d'enthousiasme ou un accès de colère, ses amitiés et ses aversions, ses rancunes, sa véhémence, ses inclinations graves et tendres ? Que deviendront les salves électriques qui creusaient si fort son cœur quand s'avançait la vague ? Que deviendra ce cœur débordant, plein, trop plein, ce cœur *full* ? Marianne regarde dans la cour, les pins immobiles, les taillis rétractés, les voitures à l'arrêt sous les réverbères, les fenêtres des habitations d'en face qui versent dans le noir leur lumière chaude, des rougeoiements de salons et des jaunes de cuisines – topaze, safran, mimosa et ce jaune de Naples plus éclatant encore derrière la buée des vitres –, et le rectangle vert de la pelouse d'un stade, fluorescent, c'est bientôt le repas du dimanche soir, ce repas différent, self-service et plateau-télé, du pain perdu, des crêpes, des œufs à la coque, un rituel qui signifiait que ce soir-là elle ne cuisinait rien, puis voilà qu'ils se vautraient pour un match de foot justement, ou un film qu'ils regardaient ensemble, et le profil de Simon se découpait nettement dans la lampe. Elle se retourne, Sean est là, qui la regarde, front collé à la baie vitrée, tandis que Lou, sur le canapé, s'est endormie.

Encore un appel, encore un téléphone qui tremble sur une table et une main qui prend – celle-là est baguée d'or, un anneau large et mat, nervuré de spirales –, encore une voix qui succède au grondement vibratile – celle-là est passée au hachoir, on comprend bien pourquoi, on a lu « Harfang chir. » sur l'écran du portable – : allô ? Et encore une annonce – on peut lire celle-ci sur le visage de la femme qui écoute, l'émotion file sous l'épiderme, après quoi les traits se contractent de nouveau, ferlés.

— On a un cœur. Un cœur compatible. Une équipe part immédiatement prélever. Venez maintenant. La transplantation aura lieu cette nuit. Vous entrerez au bloc autour de minuit.

Elle raccroche, elle est essoufflée. Se tourne vers l'unique fenêtre de la pièce et se lève pour aller l'ouvrir en s'appuyant des deux mains sur la table du bureau pour se dresser, les trois pas qui suivent sont pénibles, et plus encore l'effort auquel elle doit consentir pour tourner la crémone. L'hiver se masse dans le cadre – un panneau induré, translucide et glacial. Il vitrifie les bruits de la rue qui sonnent, isolés, comme la rumeur du soir dans une ville de province, neutralise le cri du métro aérien freinant à l'entrée de la station Chevaleret, garrotte les odeurs et plaque un film glacé sur son visage, elle tressaille, porte lentement les yeux de l'autre côté du boulevard Vincent-Auriol, juste en face, touchant les fenêtres du bâtiment qui loge le service de cardiologie de l'hôpital de la Pitié-Salpêtrière, où trois jours auparavant elle s'était rendue pour des examens qui avaient montré que l'état de son cœur s'était fortement détérioré, justifiant que le cardiologue fasse une demande à l'Agence de la biomédecine pour l'inscrire en priorité sur la liste des receveurs. Elle pense à ce qu'elle est en train de vivre, là, en cette seconde ; elle se dit : je suis sauvée, je vais vivre ; elle se dit : quelqu'un quelque part est mort brutalement ; elle se dit : c'est maintenant, c'est cette nuit ; elle éprouve cet événement de l'annonce ; elle voudrait que jamais cet éclat de présent ne s'éloigne dans une représentation, qu'il trouve sa rémanence ; elle se dit : je suis mortelle.

Elle inhale longuement l'hiver, yeux fermés : la planète bleutée dérive dans un pli du cosmos, suspendue en silence dans une matière gazeuse, la forêt est étoilée de trouées rectilignes, les fourmis rouges remuent au pied des arbres en une gelée gluante, le jardin se dilate – mousses et pierres, herbe après la pluie, branchages lourds, griffe du palmier –, la ville bombée couve la multitude, les enfants ouvrent les yeux dans le noir dans des lits superposés ; elle se figure son cœur, morceau de chair rouge sombre, suintante, fibreuse, tuyautée de toute part, cet organe gagné par la nécrose, cet organe qui défaille. Elle referme la fenêtre. Il faut qu'elle se prépare.

Près d'un an que Claire Méjan habite ce deux-pièces loué sans même y avoir jeté un œil, les mentions Pitié-Salpêtrière et premier étage suffisant pour signer sur-le-champ un chèque d'un montant exorbitant au type de l'agence – c'est sale, petit et sombre, la corniche du balcon du deuxième étage obscurcissant sa fenêtre comme une visière de casquette. Mais elle n'a pas le choix. C'est cela être malade, se dit-elle, ne pas avoir le choix – son cœur ne lui laisse plus le choix.

C'est une myocardite. Elle l'a su il y a trois ans, lors d'une consultation en cardiologie à la Pitié-Salpêtrière. Huit jours auparavant, c'était encore une grippe et elle tisonnait l'âtre qui crépitait, une couverture sur les épaules, tandis qu'à la fenêtre, dans le jardin, les gueules-de-loup et les gants de bergère se couchaient sous le vent. Elle avait vu un médecin à Fontainebleau, arguant de fièvre, de courbatures et de fatigue, mais avait négligé de lui faire part de ces palpitations passagères, de cette douleur dans la poitrine, de cet essoufflement, éprouvé dans l'effort, confondant ces signes avec la lassitude, l'hiver, le manque de lumière, une sorte d'épuisement général. Elle était ressortie de la consultation munie d'un traitement antigrippal, elle garderait la chambre et travaillerait au lit. Quelques jours plus tard, alors qu'elle s'est traînée à Paris pour voir sa mère, elle tombe en état de choc : son débit sanguin chute, sa peau devient pâle, froide, et suante. On la conduit aux urgences sirènes hurlantes – un cliché de feuilleton américain –, on la réanime, puis commencent les premières investigations. D'emblée l'analyse du sang confirme l'existence d'une inflammation, puis le cœur est scruté. Puis, les examens se succèdent : l'électrocardiogramme détecte une anomalie électrique, la radiographie fait voir un cœur légèrement dilaté, l'échographie établit enfin l'insuffisance cardiaque. Claire reste à l'hôpital, on la transfère en cardiologie, où les examens se précisent. La coronarographie est normale, ce qui écarte l'hypothèse d'un infarctus, si bien que l'on décide de procéder à une biopsie du cœur : Claire est piquée à l'intérieur du muscle cardiaque par voie jugulaire. Quelques heures plus tard, le résultat de l'examen dépose un octosyllabe hostile : inflammation du myocarde.

Le traitement se déploie sur deux fronts : l'insuffisance cardiaque – le cœur s'essouffle, il ne pompe plus de manière efficace – et les troubles du rythme. On prescrit à Claire un repos obligatoire, zéro effort physique, la prise d'antiarythmiques et de bêtabloquants, on lui implante en outre un défibrillateur afin de prévenir toute mort subite. Dans le même temps on traite l'infection virale en prescrivant immunosuppresseurs et anti-inflammatoires puissants. Mais la maladie persiste sous sa forme la plus grave, elle se diffuse dans le tissu musculaire, le cœur se distend toujours davantage, et chaque seconde suspend un risque mortel. La destruction de l'organe est jugée irréversible : il faut transplanter. Une greffe. Qu'un autre cœur humain soit implanté en lieu et place du sien – les gestes du médecin, là encore, miment l'acte chirurgical. C'est, à terme, la seule solution pour elle.

Le soir même, elle rentre chez elle, le plus jeune de ses fils est venu la chercher à l'hôpital, c'est lui qui conduit sur la route du retour. Tu vas accepter n'est-ce pas ?, il lui murmure doucement. Elle approuve machinalement – elle est écrasée. Arrivée dans sa maison en lisière de forêt, cette maison de conte où elle vit seule désormais, ses enfants ayant grandi, elle monte se coucher dans sa chambre, sur le dos, les yeux au plafond : la peur la cloue au lit, irradiant les jours futurs sans ménager d'échappatoire possible – c'est la peur de la mort et la peur de la douleur, la peur de l'opération, celle des traitements postopératoires, la peur du rejet et que tout recommence, la peur de l'intrusion d'un corps étranger dans le sien, et de devenir une chimère, de ne plus être elle-même.

Il faut qu'elle déménage – elle prend un risque à vivre dans ce village à soixante-quinze kilomètres de Paris, à l'écart des grands axes.

Claire déteste immédiatement ce nouvel appartement. Surchauffé hiver comme été, l'électricité en plein jour, le bruit. Dernier sas avant le bloc opératoire, elle l'envisage davantage comme l'antichambre de la mort, pensant qu'elle y crèvera sans avoir pu sortir car bien que non grabataire, elle y est piégée, toute exfiltration appelant un effort surhumain, chaque marche de l'escalier déclinant sa douleur, chaque mouvement provoquant la sensation que son cœur se dissocie du reste de son corps, se décroche dans sa cage thoracique, y chute en pièces détachées, dislocation qui fait d'elle cette créature branlante, claudicante, au bord de la rupture. Si bien que l'espace jour après jour se restreint autour d'elle, contingente ses gestes, cantonne son mouvement, un rétrécissement de tout comme si sa tête était prise dans un sac en plastique, un bas, quelque chose de fibreux qui étouffe sa respiration et empoisse sa vie. Elle devient sombre. À son plus jeune fils qui passe la voir un soir, elle déclare qu'attendre d'héberger le cœur d'un mort la perturbe, c'est une drôle de situation, tu sais et cela me fatigue.

Au début, elle renâcle à s'installer vraiment, qu'elle meure ou qu'elle survive, elle ne resterait pas, c'était du provisoire – elle crânait cependant.

Les premières semaines passées dans cet appartement modifient son rapport au temps. Ce n'est pas qu'il ait changé de vitesse, ralenti par la paralysie, l'angoisse du sursis, ou tout ce qui empêche, ce n'est pas non plus qu'il stagne comme stagne le sang dans les poumons de Claire, non, il se désagrège dans une morne continuité. L'alternance de la nuit et du jour n'opère bientôt plus de césure – la pénombre continuelle des lieux y contribue – et elle ne fait que dormir, au prétexte de canaliser le choc de ce déménagement forcé. Les deux aînés instaurent peu à peu le dimanche comme jour de visite, ce qui l'attriste sans qu'elle sache précisément pourquoi. Ils lui reprochent parfois son manque d'enthousiasme – en face de la Pitié, quand même, on ne peut pas faire mieux, lui disent-ils sans rire. Le plus jeune en revanche débarque n'importe quand, et la prend dans ses bras pendant de longs moments – il la dépasse d'une tête.

Hiver sinistre, printemps cruel – elle ne voit pas la reverdie dans la forêt, les couleurs qui de nouveau éclatent, franches, et le sous-bois lui manque, les souches dorées et les fougères, la lumière qui sonde l'espace en rayons verticaux, la multitude de bruits, les digitales semées à mi-ombre en arrière des massifs sur des sentiers secrets –, été désespéré. Elle dépérit – il te faut un cadre, des repas à heures fixes, une armature quotidienne, lui serinent ceux qui passent la voir, et la trouvent déprimée, ailleurs, incertaine et pour tout dire flippante, sa beauté de blonde aux yeux noirs s'altérant, corrodée par l'anxiété et le manque du dehors –, elle a le cheveu terne, ses yeux sont vitreux, elle a mauvaise haleine et vit en vêtements mous. Ses deux aînés cherchent quelqu'un qui puisse s'en occuper, une aide à domicile qui vienne pour le ménage, les courses, le suivi des traitements. Apprenant cette intrigue, elle se redresse, la rage, s'agit-il de lui sabrer le peu de liberté qui lui reste ? Elle balbutie résidence surveillée, blanche et amère, ne supporte plus le point de vue de la santé sur la maladie.

Un premier appel la touche le soir du 15 août, la fenêtre est ouverte, il est vingt heures, on étouffe dans la pièce – c'est la Pitié, nous avons un cœur, c'est cette nuit, c'est maintenant, toujours la même antienne –; elle n'est pas préparée, repose sa fourchette dans son assiette intacte, regarde sa famille tassée autour d'elle, réunie pour son anniversaire, cinquante ans ça se fête, ils ont replié leurs coudes le long du corps comme des ailes d'oiseaux, sa mère, ses trois garçons, la jeune femme qui vit avec l'aîné et leur petit garçon, tous figés sauf l'enfant aux yeux en escarboucle, j'y vais, il faut que j'y aille, les chaises se bousculent, les flûtes à champagne vibrent, ça gicle et ça se renverse, une valise est bouclée avec du dentifrice et un brumisateur, les marches sont descendues avec cette lenteur précipitée qui fait que l'on trébuche et que l'on s'engueule – oubli des sorbets dans la cuisine, oubli de la carte Vitale, oubli du téléphone –, puis c'est la chaussée poisseuse, le ciel fumée, les gens pendus aux fenêtres, un type torse nu qui promène son chien, le petit garçon qui court sur le trottoir, rattrapée par sa mère, les touristes qui consultent leur plan au sortir du métro, et enfin l'hôpital frangé de loupiotes, l'admission, la chambre récurée où elle attend encore, assise sur le rebord de ce lit qu'elle n'ouvrira pas, car finalement on s'agite dans le couloir, des pas martèlent le sol et Harfang apparaît, il est là devant elle, pâle et sec, les yeux cernés de rouge : nous avons finalement refusé le greffon.

Elle l'écoute détailler sa décision sans rien manifester – le cœur n'est pas beau, petit et mal vascularisé, c'est un risque inutile, il faut encore attendre. Harfang la croit sous le choc de la déception, effondrée par la fausse joie, mais elle est ahurie, sonnée, bientôt plus qu'une idée en tête, sortir d'ici, ses pieds pendent dans le vide, ses fesses glissent insensiblement vers le bord de la couche, elle atterrit doucement sur le sol, puis se redresse, je rentre. Dehors, ses fils shootent dans des buissons qui éventent illico leur poussière brûlante, sa mère fond en larmes dans les bras du plus jeune, la compagne de l'aîné continue de poursuivre le petit garçon qui ne veut pas dormir, et tout se décompose. Le groupe repart en sens inverse, sans plus d'appétit, impossible de reprendre le repas où on l'avait laissé, mais boire oui, un champagne rosé dans des coupes bulleuses et Claire qui finit par tendre son verre plein au-dessus de la table en souriant, en beauté maintenant, haut les cœurs ! Tu n'es pas drôle, tu sais, son plus jeune fils murmure.

Après quoi, le temps change de nature, il reprend forme. Ou plutôt il prend exactement la forme de l'attente : il se creuse et se tend. Désormais les heures n'ont d'autre usage que d'être disponibles, que l'événement de la greffe puisse y surgir, un cœur peut apparaître à tout instant, je dois être en vie, je dois me tenir prête. Les minutes deviennent souples, les secondes ductiles et finalement c'est l'automne, et Claire se résout à importer dans ces trente mètres carrés ses livres et ses lampes, son plus jeune garçon lui installe le wifi, elle achète un fauteuil modulable, une table de bois, rassemble quelques objets : elle voudrait reprendre la traduction.

À Londres, son éditeur salue ce retour, lui envoie le premier recueil de Charlotte Brontë, des poèmes publiés avec ses sœurs sous les pseudonymes masculins : Currer, Ellis and Acton Bell. L'automne se passe dans un cottage glacé battu par les vents où trois sœurs et un frère écrivent et lisent ensemble à la lueur des bougies, communient dans les livres, génies fébriles, exaltés, torturés, qui inventent des mondes, battent la lande, boivent des litres de thé, et fument de l'opium. Leur intensité gagne Claire qui se requinque. Chaque jour travaillé livre son lot de tentatives, dépose quelques pages et les semaines passant, un rythme de travail s'instaure, comme s'il s'agissait de synchroniser l'attente – qui se précise, l'état de son cœur se dégradant – sur une autre temporalité, celle des poèmes à traduire. Elle a parfois la sensation de substituer aux contractions pénibles de son organe malade un va-et-vient fluide, celui qui s'accomplit entre le français de sa naissance et l'anglais qu'elle a appris, et que ce mouvement rotatif creuse en elle une anfractuosité en forme de berceau, une cavité nouvelle – il avait fallu qu'elle apprenne une autre langue pour connaître la sienne, aussi se demandait-elle si cet autre cœur lui permettrait de se connaître encore : je te fais de la place, mon cœur, je crée de l'espace pour toi.

La nuit de Noël, un homme refait surface, dépose sur son lit une brassée de digitales pourpres. Elle le connaît depuis l'enfance, ils ont grandi ensemble – amoureux, amis, frère et sœur, complices, ils sont presque tout ce qu'un homme et une femme peuvent être l'un pour l'autre.

Claire sourit, les surprises c'est risqué, je suis cardiaque tu sais. De fait, elle doit s'asseoir et reprendre ses esprits tandis qu'il ôte son manteau. Les fleurs viennent de chez elle, elle le sent. Elles sont toxiques, sais-tu ? dit-elle en les pointant du doigt. De celles que l'on interdit aux enfants de toucher, de respirer, de cueillir, de goûter – elle se souvient de ses doigts poudrés de fuchsia qu'elle contemplait, fascinée, seule dans le chemin, et du mot « poison » qui enflait au-dessus de sa tête d'enfant alors qu'elle les portait à sa bouche. L'homme détache lentement un pétale qu'il dépose au creux de sa main : tiens, regarde. Le pétale est d'une couleur si vive qu'on le dirait artificiel, moulage de plastique, il tremble sur sa paume et se couvre de fripures microscopiques tandis qu'il lui déclare : la digitaline contenue dans les fleurs ralentit et régularise les mouvements du cœur, elle renforce la contraction cardiaque, c'est une bonne molécule pour toi.

Cette nuit-là, elle s'endort avec les fleurs. L'homme la déshabille avec précaution, déplie un par un les pétales puis les dispose sur sa peau nue comme les écailles d'un poisson, puzzle végétal formant un manteau de cérémonie qu'il prend soin de parfaire, murmurant de temps à autre, ne bouge pas tu veux, alors qu'elle avait sombré depuis longtemps dans un délice cataleptique, ornée et soignée comme une reine. À son réveil, il faisait encore nuit mais les enfants s'excitaient déjà dans l'appartement au-dessus du sien, poussaient des cris, leurs talons martelant le plancher, ils filaient déchirer les papiers cadeau apparus dans la nuit auprès d'un sapin de Noël ectoplasmique. Son ami était parti. Elle secoua les pétales de son corps et s'en fit une salade qu'elle assaisonna à l'huile de truffe et au vinaigre balsamique.

Un tee-shirt, quelques culottes, deux chemises de nuit, une paire de chaussons, des produits de beauté, l'ordinateur portable, le téléphone, les différents chargeurs. Son dossier médical – les imprimés administratifs, les derniers examens, et ces grandes enveloppes rigides qui contiennent les radios, les scanners, les IRM. Elle apprécie d'être seule à l'heure de faire son sac, de descendre l'étage à pas précautionneux, de prendre son temps au-dehors. Elle traverse le boulevard en diagonale, cherchant à capter le regard des conducteurs qui freinent devant elle, écoute les rails brûlants vibrer au-dessus de sa tête, elle aimerait croiser un animal, un tigre dans l'idéal, ou une chouette effraie, le disque facial en forme de cœur, mais un chien errant ferait très bien l'affaire, ou des abeilles simplement merveilleuses. Elle est terrifiée comme jamais, elle est anesthésiée par la terreur. Il faudrait quand même appeler se dit-elle en entrant sur le territoire de l'hôpital, elle affiche le numéro de ses fils, leur envoie un texto – c'est maintenant, c'est cette nuit –, appelle sa mère qui déjà doit dormir, enfin son ami aux digitales à l'autre bout du monde, des signaux qui sont des émanations de cet instant présent et s'étirent longtemps dans la matière du temps, elle se retourne encore une fois, appuie son regard sur la fenêtre de son appartement, et subitement toutes les heures qu'elle a passées à attendre derrière cette paroi de verre se condensent en un éclat de temps et convergent dans son occiput à l'instant même où elle passe la grille de l'hôpital, chiquenaude fulgurante qui la projette dans l'enceinte, sur le ruban goudronné qui longe les bâtiments, puis c'est un virage à gauche, elle entre dans l'Institut de cardiologie, un hall, deux ascenseurs – elle se défend de penser à choisir celui qui lui portera chance –, le troisième étage et ce couloir éclairé comme une station spatiale, le poste de travail cloisonné de verre, et Harfang debout, la blouse propre et boutonnée, la mèche blanche plaquée à l'arrière du front : je vous attendais.

La margarita s'écrase sur le mur du studio, puis, une fois échouée sur la moquette, décalque au-dessus de la télévision un coucher de soleil napolitain. La jeune femme juge son lancer d'un œil satisfait puis se retourne vers la pile de boîtes blanches posée sur le bar de la cuisine américaine, ouvre lentement un deuxième carton parfaitement quadrangulaire, fait glisser le disque brûlant de l'americana sur sa paume, puis se place face au mur, bras replié, main en plateau, et d'une rapide extension du bras, effectue une autre projection entre les deux fenêtres de la pièce, nouvelle empreinte, les rondelles de chorizo dessinant sur la paroi une curieuse constellation. Alors qu'elle s'apprête à décacheter la troisième boîte, une quatre-fromages cloquée, tablant sur le mélange jaunâtre de fromages fondus comme sur une possible pâte adhésive, un homme sort de la salle de bains, lustré, marque un arrêt sur le seuil de la pièce soupçonnant une menace, et voyant la jeune femme armer un troisième geste de propulsion dans sa direction, roule au sol, un pur réflexe, puis ventre à terre passe bientôt sur le dos pour observer la jeune femme en contre-plongée, elle sourit, se détourne de lui, ses yeux scannent les lieux, et prenant soin de cibler une nouvelle zone de réception, elle balance la pizza contre la porte de l'entrée. Après quoi, elle enjambe le jeune homme médusé et passe se laver les mains derrière le bar. Le type aussi se relève, vérifie l'absence de taches sur ses vêtements puis constate les dégâts tournant sur lui-même, un scope circulaire qui retourne à la jeune femme postée devant l'évier.

Elle boit un verre d'eau, ses épaules nacrées émergent d'un maillot aux couleurs de la Squadra Azzurra dont le décolleté arrondi laisse deviner de petits seins libres et légers, ses jambes immenses prolongent un flottant de tissu bleu satiné, une fine pellicule de sueur perle au-dessus de sa bouche, elle est belle comme le jour quand ses maxillaires pulsent sous la peau de sa mâchoire – la colère –, et n'a pas un regard pour lui quand elle croise et décroise du bas vers le haut ses longs bras d'une beauté antique afin d'ôter son débardeur, désormais inutile, dénudant un buste splendide que composent différents cercles – seins, aréoles, mamelons, tétons, ventre, nombril, double amorce des globes fessiers –, que modèlent différents triangles pointés vers le sol – l'isocèle du sternum, le convexe du pubis et le concave des reins –, que creusent différentes lignes – la médiane dorsale qui souligne la division du corps en deux moitiés identiques, sillon qui rappelle en la femme la nervure de la feuille et l'axe de symétrie du papillon –, le tout ponctué d'un petit losange à l'endroit de la crête sternale – le bréchet sombre –, soit une recollection de formes parfaites dont il admire l'équilibre des proportions et l'agencement idéal, son œil professionnel prisant plus que tout l'exploration anatomique du corps humain, et de celui-là en particulier, se délectant de son auscultation, décelant avec passion la moindre dysharmonie dans l'échafaudage, le plus petit défaut, le plus infime décalage, un virage de scoliose au-dessus des lombaires, ce grain de beauté sporulant, là, sous l'aisselle, ces durillons entre les orteils à l'endroit où le pied se comprime dans le pointu de l'escarpin, et ce léger strabisme dans les yeux, coquetterie dans l'œil accusée quand le sommeil lui manque, et dont elle tire cet air dissipé, cet air de fille échappée qu'il aime tant chez elle.

Elle enfile un col roulé, ôte son short pour se glisser un jean seconde peau, c'est la fin du spectacle en quelque sorte, puis chausse des boots à talons aiguilles et se dirige vers la porte d'entrée qui dégouline de graisse, l'ouvre et la claque derrière elle sans se retourner vers ce jeune homme debout au beau milieu de l'appartement souillé, qui la regarde partir, soulagé.

Vous partez prélever à l'hôpital du Havre. C'est un cœur, c'est maintenant. Quand il a entendu cette phrase dans la bouche d'Harfang, énoncée comme il se l'était imaginée depuis des mois, courte et sèche, Virgilio Breva a manqué de s'étrangler, la joie et la déception formant dans sa gorge une boule amère. Certes il était d'astreinte, et bien qu'excité par sa mission, l'annonce, il est vrai, ne pouvait tomber plus mal – conjonction rarissime de deux événements immanquables : un France/Italie + une Rose désirante à domicile. Tout de même, il se demanda longtemps pourquoi Harfang avait pris la peine de l'appeler en personne, détectant là une intention perverse visant à l'humilier lors d'une soirée historique, sachant qu'il était footeux, les entraînements du dimanche matin lui ayant fourni de quoi légitimement lui épargner les randonnées cyclistes – torture, murmurait Virgilio, éberlué, à l'heure de voir s'ébranler l'essaim de têtards casqués pointu et de cuissards bariolés au sein duquel Harfang jouait la reine.

Virgilio est assis à l'arrière du taxi qui roule vers la Pitié-Salpêtrière, il rabat sur ses épaules sa capuche liserée de fourrure et reprend ses esprits. Les tensions de la dernière heure l'ont troublé alors qu'il se doit d'être d'attaque, d'attaque comme jamais. Car cette nuit sera sa nuit, cette nuit sera une grande nuit. De la qualité du prélèvement dépend la qualité de la greffe, c'est la loi principielle, et ce soir il est en première ligne.

Il est temps de se reprendre, il pense, entrecroisant ses doigts gantés de cuir, il est temps d'en finir avec cette fille, avec cette dingue, et de faire valoir son instinct de conservation, même s'il doit pour cela se priver d'elle, de son corps hyperactif et des éclats de sa présence. Il revisite l'heure précédente avec effarement, Rose le surprenant chez lui alors qu'il avait prévu de sortir voir le foot avec d'autres, puis exigeant, adorable mais vaguement menaçante, qu'ils restent le regarder chez lui et commandent des pizzas, se dotant pour cela d'un argument ludique – cette tenue de footeuse *azzurra* –, la tension érotique se lovant graduellement dans celle, guerrière et majuscule, du match à venir, un enlacement suintant un bonheur possible, et follement intrigant, auquel l'appel d'Harfang sur les coups de vingt heures avait ajouté un surcroît de fébrilité, les curseurs de l'agitation perforant le plafond. Aussitôt, il avait bondi sur ses pieds et répondu je suis là, je suis prêt, je viens, fuyant les yeux de Rose mais outrant une mine tragique – sourcils en accents circonflexes et lèvre inférieure retroussée sur lèvre supérieure, ovale du menton tristement allongé –, une mine qui signifiait catastrophe, guigne, mal bol, et qu'il destinait à Rose, grimaçant pour elle en cet instant, la main ventilant l'air, guignol, tragédien de bazar, quand son regard, lui, irradiait d'allégresse – un cœur ! –: elle ne s'y trompa pas. Il s'éclipsa à reculons pour se doucher, se rhabiller de propre et de chaud et, au sortir de la salle de bains, la situation était partie en vrille. Un spectacle merveilleux et accablant mais qui, à présent qu'il le visualise au ralenti, à présent qu'il en perçoit la majesté logique, ne fait qu'exacerber la précellence de Rose, sa beauté incomparable et son tempérament de feu, la jeune femme soldant sa colère dans une gestuelle souveraine et conservant un mutisme royal là où tant d'autres n'auraient fait que geindre. Splash ! Splash ! Splash ! Et plus il y pense, moins il est question de rompre avec cette créature hautement inflammable et par ailleurs unique au monde, jamais il n'y renoncera, quoi qu'en disent les autres, ceux qui la tiennent pour folle, ceux qui la tiennent pour « limite-limite » comme ils disent, l'air entendu, quand ils auraient donné cher pour toucher ce trapèze de peau tiède au creux de son genou.

Elle avait poussé la porte des cours que suivaient les étudiants hospitaliers de la Pitié-Salpêtrière au début de l'année universitaire, l'enseignement magistral dispensé pendant les années d'externat prenant la forme de travaux dirigés d'un genre particulier : l'étude de cas cliniques. Durant de longues séances, des situations vécues dans les services ou des scénarios imaginés en fonction de questions précises à travailler étaient « rejoués » pour les étudiants, afin qu'ils puissent s'initier à l'écoute du patient, apprendre les gestes de l'auscultation, s'entraîner à poser un diagnostic, à identifier une pathologie et à déterminer un protocole de prise en charge. Ces travaux pratiques, élaborés autour du duo soigné / soignant, avaient lieu en public et nécessitaient parfois la mise en place de collectifs plus larges, afin de favoriser l'aptitude à la concertation et le dialogue entre les différentes disciplines – il était question de lutter contre le cloisonnement des spécialités médicales, qui découpaient le corps humain en un ensemble de savoirs et de pratiques étanches les unes aux autres, se révélant incapables d'envisager le patient comme un tout. Cependant, fondée sur la simulation, cette pédagogie nouvelle suscita la méfiance : l'usage de la fiction dans le processus d'acquisition d'un savoir scientifique, l'idée même d'une mise en situation en forme de jeu – on dirait que toi tu serais le docteur, et toi tu serais le malade – avaient de quoi rendre sceptiques les maîtres de la faculté. Pourtant ils y consentirent, convinrent que ce dispositif brassait un matériau d'une grande richesse, incluant la subjectivité, l'émotion, et travaillant, dans le dialogue patient/médecin, cette parole fragile, faussée ou déplacée, qu'il fallait entendre et savoir décrypter. Dans ce jeu de rôle, on convint que les étudiants, s'exerçant à leur fonction future, tiendraient le rôle des docteurs, en conséquence de quoi on se résolut à embaucher des acteurs pour jouer les patients.

Ils se présentèrent après la parution d'une petite annonce dans un hebdomadaire destiné aux professionnels du spectacle. La plupart comédiens sur le carreau, débutants pleins de promesses ou éternels seconds couteaux de productions télévisuelles, arpenteurs de spots publicitaires, doublures, figurants, silhouettes, courant les castings pour amasser des heures, gagner de quoi payer un loyer – le plus souvent une colocation dans un arrondissement du nord-est parisien ou de la proche banlieue –, ou reconvertis coachs pour des journées de formation aux techniques de vente – à domicile ou autres –, et finissant parfois par intégrer des panels de cobayes où ils louaient leur corps, goûteurs de yaourt, testeurs de crème hydratante ou de shampooing antipoux, expérimentateurs de pilules diurétiques.

Ils furent une multitude, on les sélectionna. Des professeurs de médecine par ailleurs praticiens constituèrent un jury – certains d'entre eux prisant le théâtre et le faisant savoir. Quand Rose entra dans la salle de l'audition et longea les paillasses, chaussée de baskets à semelles compensées, vêtue d'un bas de survêtement Adidas bordeaux et d'un pull en lurex aux couleurs du soleil, il y eut du remous – son corps et son visage ne leur disaient-ils pas quelque chose ? On lui donna une liste de gestes à faire et de paroles à prononcer afin de s'improviser patiente accourue en consultation gynécologique après découverte d'une boule suspecte au sein gauche et, durant le quart d'heure qui suivit, son engagement força l'admiration : on la vit s'allonger *topless* à même le sol de la pièce – encore du carrelage ici –, guidant la main de l'étudiant, là, là, j'ai mal, oui, là, puis la scène s'éternisant un trouble s'installa, l'étudiant exagérant, il est vrai, son temps de palpation, passant d'un sein à l'autre, recommençant toujours, indifférent aux termes du dialogue, sourd aux informations essentielles qu'elle lui donnait pourtant, parmi quoi l'intensification de la douleur en fin de cycle menstruel, si bien qu'elle finit par se redresser soudain, le visage empourpré, et lui flanqua une gifle. Bravo mademoiselle ! Elle fut félicitée, on l'embaucha direct.

Dès les premiers jours, Rose retourna en secret les termes du contrat, considérant que cet emploi de « patiente », décroché pour la durée de l'année universitaire, serait une formation pour elle-même, l'occasion d'accroître la gamme de son jeu, la puissance de son art. Elle dédaigna bêtement les pathologies banales – celles qu'elle se représentait comme telles –, préférant s'accaparer la folie, l'hystérie ou la mélancolie, un registre où elle excellait, héroïne romantique ou perverse à énigmes, s'autorisant parfois des bifurcations inattendues dans le scénario original – un culot qui stupéfiait les psychiatres et neurologues pilotant les séances et créait la confusion parmi les étudiants, si bien qu'on finit par la prier d'en faire juste un peu moins – ; elle goûta les noyées, les suicidaires, les boulimiques, les érotomanes, les diabétiques, aima les boiteuses, les tordues – un cas de coxalgie bretonne fut l'occasion d'un beau dialogue sur la consanguinité dans le Finistère Nord –, les bossues – elle réussit à mimer la rotation des vertèbres dans la cage thoracique –, et tout ce qui lui demandait de perturber son corps ; elle se plut à interpréter une femme enceinte aux contractions prématurées mais fut moins brillante dans l'incarnation d'une jeune mère de famille décrivant les symptômes d'un nourrisson de trois mois – le stress perlait au front de l'apprenti pédiatre ; superstitieuse, elle déclina les cancers.

Cependant, jamais elle ne fut meilleure que ce jour de décembre où elle dut simuler une angine de poitrine. La cardiologue de renom qui dirigeait l'étude lui avait décrit la douleur en ces termes : un ours s'est assis sur votre thorax. Rose avait arrondi des yeux en amande, éblouie, un ours ? Elle dut rameuter des émotions enfantines, la vaste cage malodorante aux rochers de plastique crème grossièrement modelés, et l'animal énorme, cinq à sept cents kilos, le museau triangulaire et les yeux rapprochés, faussement bigleux, la fourrure rubigineuse empoussiérée de sable et les cris des enfants quand il s'était levé sur ses pattes arrière, atteignant deux mètres de hauteur ; elle repensa aux scènes de chasse de Ceauşescu dans les Carpates – les ours rabattus par les paysans et appâtés par de la nourriture déposée dans des seaux, sortant du fond de la clairière devant une cabane de bois montée sur pilotis, s'avançant pile dans le cadre de la lucarne de tir, derrière quoi un agent de la Securitate armait le fusil pour le tendre ensuite au dictateur une fois la bête assez proche pour qu'il ne puisse la manquer –, elle se souvint enfin d'une scène de *Grizzly Man.* Rose prit son élan depuis le fond de la salle, marcha vers l'étudiant qui lui tenait lieu de partenaire, puis s'immobilisa. Discerna-t-elle l'animal à l'orée d'un sous-bois, passant une tête entre les bambous, ou se déhanchant sur quatre pattes, nonchalant, le pelage cachou, grattant paresseusement une souche de ses griffes non rétractiles avant de se tourner dans sa direction et de se redresser comme un homme ? Perçut-elle le monstre cavernicole au sortir des mois d'hivernation, s'étirant, réchauffant les fluides à l'arrêt dans son corps, et réactivant la goutte de sang dans son cœur ? Le distingua-t-elle qui farfouillait au crépuscule dans les poubelles d'un supermarché, grognant d'allégresse sous une lune énorme ? Ou bien pensa-t-elle à tout autre poids – un homme ? Elle bascula en arrière de tout son long – le bruit de son corps chuté d'un coup provoqua un murmure dans la salle – et dans un raidissement convulsif, étira un cri de douleur, bientôt étouffé en râle muet, après quoi elle cessa de respirer, absolument immobile. Sa cage thoracique parut s'aplatir et se creusa en vasque, tandis que son visage enfla, évoluant vers le rouge, lèvres serrées bientôt incolores, yeux renversés dans les orbites, tandis que ses membres, eux, commençaient à fibriller comme traversés par une décharge d'électricité, un tel réalisme dans la composition n'était pas si courant, si bien que dans la salle certains se dressèrent pour mieux voir, s'alertèrent du visage cramoisi, de l'abdomen concave, une silhouette dévala les escaliers de l'amphithéâtre pour se porter auprès de Rose, bouscula l'étudiant qui commençait d'ânonner, imperturbable, les premières lignes de son questionnaire et se pencha sur elle pour la ranimer tandis que la cardiologue éminente se précipitait à son tour, ciblant l'iris des pupilles à l'aide d'un stylo-lampe. Rose fronça un sourcil, ouvrit un œil, puis l'autre, se redressa dans une ruade énergique, interrogea l'attroupement autour d'elle, et pour la première fois, connut le plaisir d'être applaudie – elle s'inclina dos plat devant les étudiants debout dans les gradins.

Le jeune homme accouru, furieux de s'être laissé abuser, lui reprocha un manque de retenue dans sa proposition, une angine de poitrine n'est pas un arrêt cardiaque, vous confondez les deux, ce n'est pas la même chose, il eût fallu plus de délicatesse et de complexité, vous faussez l'exercice. Pour bien se faire comprendre, il énumère un à un les symptômes de l'angine de poitrine – douleur thoracique constrictive, sensation d'être écrasé sur toute la largeur de la poitrine, d'être serré dans un étau, avec parfois d'autres douleurs typiques dans la mâchoire inférieure, l'un des deux avant-bras, ou plus rarement le dos, la gorge, mais voilà : on ne s'effondre pas – puis détaille ceux de l'arrêt cardiaque – emballement du rythme cardiaque à plus de trois cents battements par minute, une fibrillation ventriculaire qui entraîne un arrêt respiratoire, ce qui provoque la syncope, le tout en moins d'une minute –, il pourrait maintenant détailler les traitements, lister les médicaments, les antiagrégants plaquettaires qui facilitent la circulation du sang et la trinitrine qui soulage la douleur en dilatant les voies coronariennes, il est subjugué, ne sait plus ce qu'il dit, ne peut plus s'arrêter de parler, lance des phrases comme des lassos pour la retenir près de lui, bientôt son cœur s'emballe sur un rythme anormalement rapide, une tachycardie qui approche les deux cents battements minute, il risque la fibrillation ventriculaire qu'il vient de lui décrire, il risque la syncope, franchement n'importe quoi, Rose s'est tournée vers lui, lente, une morgue de star juste éclose, le considère de haut en bas, lui annonce tout sourire qu'un ours est venu s'asseoir sur son thorax, le savait-il seulement, et lui précise fine mouche qu'elle est prête à recommencer l'expérience pour peu qu'il fasse l'ours, il en a le physique et la délicatesse, j'en mets ma main au feu.

Virgilio Breva tient effectivement de l'ours par sa souplesse et sa lenteur, son explosivité. C'est pourtant un blond ténébreux, barbe chaume et chevelure souple rejetée en arrière, moutonnant sur la nuque, nez droit, les traits fins d'un Italien du nord (Frioul). Sinon la démarche digitigrade du danseur de sardane quand il frôle le quintal, une corpulence d'ex-obèse le calibrant dans l'épais, dans le plein, mais sans excroissance visible, autrement dit sans plis et sans grosseur, c'est un corps tout simplement charnu, une couche de graisse d'égale compacité l'enrobe, et s'affine aux extrémités des membres, qu'il a très belles – les mains. Stabilisé en un colosse séduisant et charismatique, en une stature fameuse raccordée à l'éloquence d'une voix chaude, à des humeurs enthousiastes quoique marquées d'excès, à un appétit de savoir boulimique et à une force de travail peu commune, son corps connaît pourtant des fluctuations douloureuses, une élasticité qui le fait souffrir, logeant son lot de honte et de hantise – traumatismes d'avoir été moqué rondouillard, dodu, replet ou tout simplement gros, colères d'avoir été dédaigné pour cela et ramé sexuellement, méfiances de toutes natures –, et tenant ramassé en boule dans l'estomac ce dégoût de soi comme un supplice. Placé sous contrôle permanent, scruté des heures pour une poussière dans l'œil, hydraté longuement pour un coup de soleil, interrogé intensément pour une voix cassée, un torticolis, une sensation de fatigue, ce corps est le grand tourment de Virgilio, son obsession et son triomphe – car désormais il plaît, c'est incontestable, fallait voir se promener sur lui les yeux de Rose –, si bien que des peaux de vaches, jaloux de sa réussite, n'hésitent plus à affirmer, ricanant, qu'il s'est fait médecin uniquement pour apprendre à le maîtriser, équilibrer ses humeurs, dompter son métabolisme.

Major à l'internat de Paris, éclusant les années d'études au pas de charge, les réduisant à douze, clinicat universitaire et assistanat de chirurgie inclus, quand la plupart des étudiants ayant fait les mêmes choix les étiraient sur quinze – mais aussi je n'ai pas les moyens, moi, se plaisait-il à dire, charmeur, je ne suis pas du sérail, et il outrait en lui le rital obscur, le fils d'immigrés, l'illégitime, le boursier laborieux, il en faisait des tonnes –, aussi créatif dans la théorie que prodigieusement doué dans la pratique, flamboyant et orgueilleux, porté par une ambition atlantique et une énergie inépuisable, il énerve beaucoup, c'est vrai, et demeure bien souvent incompris – sa mère, paniquée par ses succès, indexant les hiérarchies intellectuelles sur les hiérarchies sociales, finissait par le regarder de travers, se demandant comment il avait fait, de quoi il était fait, pour qui se prenait-il, ce gamin, quand lui piquait des colères noires à la voir se tordre les mains puis les essuyer sur son tablier, à l'entendre gémir le jour de sa soutenance de thèse que sa présence à elle était bien inutile, qu'elle ne comprendrait rien, que ce n'était pas sa place, qu'elle préférait rester cuisiner un festin pour lui seul, ces pâtés, ces gâteaux qu'il aimait.

Il choisit le cœur, donc, puis la chirurgie cardiaque. On s'en étonna, pensant qu'il aurait pu faire fortune en scrutant des nævus, en injectant de l'acide hyaluronique dans les rides du lion et du botox sur l'arrondi des pommettes, en remodelant les ventres flagada des femmes multipares, en radiographiant les corps, en élaborant des vaccins dans des laboratoires suisses, en donnant des conférences en Israël et aux États-Unis sur les maladies nosocomiales, en devenant nutritionniste de haut vol. Ou qu'il aurait pu se couvrir de gloire en optant pour la neurochirurgie, voire pour la chirurgie hépatique, des spécialités qui étincelaient par leur complexité, leur haute teneur en technologie de pointe. Au lieu de quoi le cœur. Le bon vieux cœur. Le cœur moteur. La pompe qui couine, qui se bouche, qui déconne. Un boulot de plombier, aime-t-il dire : écouter, faire résonner, identifier la panne, changer les pièces, réparer la machine, tout cela me convient parfaitement – cabotin en cet instant, se dandinant d'un pied sur l'autre, minimisant le prestige de la discipline quand tout cela flatte sa mégalomanie.

Or, Virgilio a choisi le cœur pour exister au plus haut, tablant sur l'idée que l'aura souveraine de l'organe rejaillirait sur lui, comme elle rejaillissait sur les chirurgiens cardiaques qui blindaient dans les couloirs des hôpitaux, plombiers et demi-dieux. Car le cœur excède le cœur, il l'a bien compris. Même déchu – le muscle en exercice ne suffisant plus à séparer les vivants et les morts –, il est pour lui l'organe central du corps, le lieu des manifestations les plus cruciales et les plus essentielles de la vie, et sa stratification symbolique à ses yeux est intacte. Plus encore, à la fois mécanique de pointe et opérateur d'imaginaire surpuissant, Virgilio l'envisage comme la clé de voûte des représentations qui ordonnent la relation de l'homme à son corps, aux humains, à la Création, aux dieux, et le jeune chirurgien s'émerveille en cela de son inscription dans la parole, de sa présence récurrente en ce point magique du langage toujours situé à l'exacte intersection du littéral et du figuré, du muscle et de l'affect, il se délecte des métaphores et des figures qui le font apparaître comme l'analogie même de la vie et répète à l'envi qu'apparu le premier le cœur serait aussi le dernier à disparaître. Une nuit à la Pitié, attablé avec d'autres en salle de garde devant la grande fresque peinte par les internes – un enchevêtrement spectaculaire de scènes sexuelles et d'actes chirurgicaux, sorte de partouze gore, rigolarde et morbide où surgissaient entre les culs, les seins et les bites énormes quelques figures de pontes, parmi quoi un ou deux Harfang, le plus souvent portraiturés à la tâche dans des postures obscènes, levrettes ou missionnaires, bistouri à la main –, il donna le récit de la mort de Jeanne d'Arc, théâtral en cet instant, les yeux miroitant comme des boules d'obsidienne, et lentement conta comment la captive fut acheminée en charrette de sa prison à la place du Vieux-Marché où l'on s'était massé pour la voir, il décrivit la silhouette menue dans la tunique que l'on avait soufrée pour qu'elle brûle plus vite, le bûcher trop élevé, le bourreau Thérage qui monte l'attacher au poteau – Virgilio, galvanisé par l'attention de ceux qui l'écoutaient, mimait la scène, nouant dans l'air des liens solides – avant d'enflammer les fagots en homme d'expérience, le bras qui abaisse la torche sur les charbons et les bois huileux, la fumée qui monte, les cris, les appels de Jeanne avant l'étouffement, puis l'échafaudage embrasé comme une torchère, et ce cœur que l'on découvrit intact une fois le corps consumé, rouge sous les cendres, entier, si bien qu'il fallut ranimer le feu pour en finir avec lui.

Étudiant d'exception, interne hors norme, Virgilio intrigue la hiérarchie hospitalière et peine à nicher dans des groupes aux destinées communes, professant avec égale radicalité un anarchisme orthodoxe et une haine des « familles », castes incestueuses et connivences biologiques – quand pourtant, comme tant d'autres, il est fasciné par tous les Harfang de service, attiré par les héritiers, captivé par leur règne, leur santé, la force de leur nombre, curieux de leurs propriétés, de leurs goûts et de leurs idiomes, de leur humour, de leur court de tennis en terre battue, si bien qu'être reçu chez eux, partager leur culture, boire leur vin, complimenter leur mère, coucher avec leurs sœurs – une dévoration crue –, tout cela le rend dingue, il intrigue comme un malade pour y parvenir, aussi concentré qu'un charmeur de serpents, puis se hait au réveil à se voir dans leurs draps, grossier soudain, méchamment insultant, ours mal léché faisant rouler sous le lit la bouteille de Chivas, saccageant la porcelaine de Limoges et les rideaux de chintz, et toujours il finit par s'enfuir, paumé.

Son entrée dans le service de chirurgie cardiaque à la Pitié-Salpêtrière augmente d'un cran son émotivité : conscient de sa valeur, il méprise d'emblée les rivalités de basse-cour, ignore dauphins et dauphines dociles, et œuvre à approcher Harfang, à l'approcher intimement, pour l'entendre penser, douter, trembler, pour capter à la seconde près l'instant de sa décision et le percevoir dans l'élan de son geste, il sait que c'est auprès de lui qu'il va désormais apprendre ce qu'il ne pourra jamais apprendre ailleurs.

Virgilio affiche sur l'écran de son *telefonino* la composition de la sélection italienne, vérifie que Balotelli joue, Motta aussi, yes, c'est bon ça, et Pirlo, et on a Buffon, puis il échange pronostics et insultes avec deux autres chefs de clinique qui iront ce soir s'attabler devant un écran plasma géant et boiront à sa santé, des Français qui haïssent le jeu de défense italien et soutiennent une équipe mal préparée physiquement. Le véhicule file le long de la Seine, plate et lisse comme une piste, et à mesure qu'il se rapproche de l'entrée de l'hôpital côté Chevaleret, il s'applique à faire décroître sa fièvre et son tourment. Bientôt il ne fait plus que sourire, sans répondre aux messages des deux autres, laisse tomber la surenchère des parieurs. Le visage de Rose réapparaît, il s'apprête à lui écrire un texto galant – un truc comme : la courbe de tes yeux fait le tour de mon cœur –, se ravise, cette fille est barge, barge et dangereuse, et rien, ce soir, ne doit venir troubler sa concentration, sa maîtrise, affecter la réussite de son travail.

Les équipes de prélèvement arrivent les unes après les autres à partir de vingt-deux heures. Ceux de Rouen débarquent en voiture, une heure de route seulement séparant le CHU de la cité hospitalière du Havre, quand ceux de Lyon, Strasbourg et Paris auront pris l'avion.

Les équipes ont organisé leur transport, appelé une compagnie d'aviation acceptant la mission ce dimanche, et se sont assurées de l'ouverture nocturne du petit aéroport d'Octeville-sur-Mer, formalisant tous les détails logistiques. À la Pitié, Virgilio piaffait d'impatience aux côtés de l'infirmière de garde qui appelait tous azimuts et ne calcula pas immédiatement la jeune fille en manteau blanc, également postée là, silencieuse, et qui se décolla du mur quand leurs regards se croisèrent pour s'avancer vers lui, bonjour, Alice Harfang, je suis la nouvelle interne du service, je suis de prélèvement avec vous. Virgilio la dévisagea : aucune mèche blanche ne lui poussait en épi au beau milieu du front mais c'en était une, et laide, sans âge, les yeux jaunes et le nez en bec d'aigle, une pistonnée. Il s'assombrit. Le beau manteau blanc à col de fourrure, surtout, lui déplut. Pas franchement la tenue idoine pour crapahuter dans les hostos. C'est le genre de nana qui débarque en touriste et croit que le pognon pousse dans les arbres, il pensa, irrité. Ok, vous n'avez pas peur de l'avion au moins ? Il l'interrogea sèchement puis s'en détourna tandis qu'elle lui répondait non, pas du tout, l'infirmière de garde lui tendait une feuille de route tout juste imprimée, allez-y, l'avion est sur le tarmac, le départ est fixé dans quarante minutes. Virgilio ramassa son sac et se dirigea vers la sortie du service sans un regard pour Alice, qui lui emboîta le pas, puis ce fut l'ascenseur, le taxi, les grands axes et l'aéroport du Bourget où ils croisèrent des hommes d'affaires jetlagués, vêtus de longs pardessus de cashmere, serrant contre eux des sacoches luxueuses, et bientôt on les vit grimper tous les deux dans un Beechcraft 200 et boucler leur ceinture sans avoir échangé un seul mot.

La météo est favorable : peu de vent et pas de neige, pas encore. Le pilote, une trentenaire bien campée, aux dents parfaitement alignées, annonce de bonnes conditions de vol et un parcours estimé à quarante-cinq minutes, puis disparaît dans le cockpit. À peine assis, Virgilio se plonge dans un magazine financier abandonné sur son siège tandis qu'Alice se tourne vers le hublot et observe Paris tramé dans son scintillement à mesure que le petit avion prend de l'altitude – la forme d'amande, le fleuve et les îles, les places et les grandes artères, les zones claires des quartiers à vitrines, les zones sombres des cités, les bois, le tout s'obscurcissant si l'on déplace son regard du cœur vers les confins de la capitale, au-delà l'anneau lumineux du boulevard périphérique; elle suit la course de ces minuscules points rouges et jaunes qui coulissent sur des axes invisibles, animation silencieuse de la croûte terrestre. Après quoi, le Beechcraft s'élève au-dessus d'une matière hydrophile et c'est la nuit céleste, alors sans doute qu'ainsi déconnecté du sol, projeté hors de tout cadastre social, Virgilio considère autrement celle qui l'accompagne – peut-être commence-t-il à la trouver moins repoussante –: c'est ton premier prélèvement? il demande. La fille sursaute, se détourne du hublot et le regarde: oui, premier prélèvement, et première greffe. Virgilio referme son magazine et la prévient: la première partie de la nuit peut impressionner, c'est un prélèvement multi-organes, le môme a dix-neuf ans, on risque de tout lui prendre, les organes, les vaisseaux, les tissus, schlak, on va tout racler – sa main s'ouvre et se referme en une contraction du poing ultrarapide. Alice le regarde – son expression, énigmatique, pourrait tout aussi bien signifier «j'ai peur» que «je suis une Harfang, t'as déjà oublié?» – puis elle se redresse, attache de nouveau sa ceinture, tandis que Virgilio, déstabilisé, agit de même: c'est la descente sur Octeville.

Le petit aéroport a été ouvert spécialement pour eux, la piste est signalée par des repères lumineux, la tour éclairée en son sommet, l'appareil se pose, agité de secousses spasmodiques, la porte coulisse et la passerelle se déplie, Alice et Virgilio descendent sur le tarmac, et à partir de cet instant c'est un seul et même mouvement qui les emporte comme s'ils se mouvaient sur un tapis roulant, trajectoire sans rupture et d'une fluidité magique, traversant un extérieur paumé – ce périmètre de bitume où l'on entend la mer –, un intérieur mobile et cosy – le taxi –, un extérieur glacé – le parking de l'hôpital –, un intérieur dont ils reconnaissent les codes – le service de chirurgie.

Thomas Rémige les attend comme le maître de maison en son domaine. Poignées de main, cafés express, on se présente, des connexions se créent et toujours le nom d'Harfang répand son aura. Il dénombre ceux qui se rassemblent : chaque équipe est un tandem que composent un chirurgien senior et un interne, auxquels s'ajoutent le médecin anesthésiste, l'infirmière anesthésiste, l'infirmière de bloc, l'aide-soignant et lui-même, treize donc, cela va finir par faire du monde dans l'enceinte du bloc, la citadelle imprenable, zone du secret accessible aux seuls détenteurs des digicodes multiples, putain la surpopulation là-dedans, songe Thomas.

Le bloc est prêt. Le scialytique projette sur la table d'opération une lumière blanche, verticale et sans ombre portée, les spots rassemblés en bouquet circulaire convergeant leurs faisceaux sur le corps de Simon Limbres que l'on vient d'amener sur son lit, et qui présente toujours la même animation – on s'émeut encore de le voir ainsi. Il est placé au centre de la pièce – il est le cœur du monde. Un premier cercle autour de lui délimite une zone stérile que les étrangers à l'opération ne peuvent pas franchir : rien ne doit être touché, souillé, infecté, les organes que l'on s'apprête à recueillir ici sont des objets sacrés.

Dans un coin de la pièce, Cordélia Owl appréhende. Elle s'est changée, a laissé son portable dans un casier du vestiaire et s'en être séparée, ne plus éprouver contre sa hanche la forme dure du boîtier noir, vibratile et sournoise comme un parasite, tout cela la fait basculer dans une autre réalité, oui, c'est ici que ça se passe, pense-t-elle les yeux rivés sur celui qui est étendu devant elle, c'est là que je suis. Formée au bloc, elle reconnaît les lieux mais n'a jamais vécu que des mobilisations intenses destinées à sauver les patients, à les maintenir dans la vie, et peine à se représenter l'opération qui se profile, puisque le jeune homme est déjà mort, n'est-ce pas, et que l'intervention vise à la guérison d'autres que lui. Elle a préparé le matériel, disposé les ustensiles, et maintenant se récapitule à voix basse l'ordre de préparation des organes, murmure derrière son masque : 1/les reins ; 2/le foie ; 3/les poumons ; 4 / le cœur ; puis elle recommence en sens inverse, se récite la marche du prélèvement établi en fonction de la durée d'ischémie que tolère l'organe – autrement dit sa durée de survie une fois interrompue la vascularisation – : 1 / le cœur ; 2 / les poumons ; 3 / le foie ; 4 / les reins.

Le corps est étendu, nu, les bras en croix, afin de bien dégager la cage thoracique et l'abdomen. Il est préparé, rasé, badigeonné. Puis recouvert d'un champ stérile qui délimite une fenêtre de peau sur son corps, un périmètre cutané couvrant le thorax et l'abdomen.

On y va. On commence. Première équipe présente au bloc, les urologues, donc, ouvrent la marche – ce sont eux qui ouvrent le corps et ce sont eux qui le refermeront à la fin. Deux hommes s'affairent, binôme dépareillé Laurel et Hardy, le long maigre étant le chirurgien et le petit rond l'interne. C'est le long maigre, d'ailleurs, qui le premier se penche et incise l'abdomen – une laparotomie bi-sous-costale si bien qu'une sorte de croix se dessine sur l'abdomen. Le corps est alors scindé en deux zones distinctes à hauteur du diaphragme : la zone de l'abdomen où logent le foie et les reins, et celle du thorax où logent les poumons et le cœur. Après quoi, on pose sur l'incision les écarteurs à crémaillère que l'on tourne à la main pour élargir l'ouverture – on observe que la force des bras s'invite ici, alliée à une technicité méticuleuse, et l'on entrevoit soudain la dimension manuelle de l'opération, la confrontation physique avec la réalité exigée en ce lieu. L'intérieur du corps, un dedans trouble et suintant, rougeoie sous les lampes.

Les praticiens vont tour à tour préparer leur greffon. Des lames rapides et rigoureuses font le tour des organes afin de les libérer de leurs attaches, de leurs ligaments, de leurs différentes enveloppes – mais rien n'est sectionné encore. Les urologues, placés de chaque côté de la table, dialoguent durant cette séquence, le chirurgien trouvant dans cette intervention l'occasion de former l'interne, il est penché sur les reins, il décompose ses gestes et décrit sa technique tandis que l'élève acquiesce, parfois questionne.

Une heure plus tard, les Alsaciennes font leur entrée, duo de femmes de même taille et de même corpulence ; la chirurgienne, une des étoiles montantes dans le milieu relativement sélect de la chirurgie hépatique, s'abstient de toute parole, maintient un regard impassible derrière de petites lunettes cerclées de fer et travaille son foie avec une détermination qui tient de la bagarre, engagée tout entière dans une action qui semble trouver sa plénitude dans son exercice même, dans sa pratique, et l'équipière qui l'accompagne ne quitte pas des yeux ses mains d'une adresse inouïe.

Trente-cinq minutes s'écoulent encore et les thoraciques pénètrent le bloc. C'est à Virgilio de jouer, c'est à lui, c'est son heure. Il prévient les

Alsaciennes qu'il s'apprête à inciser, puis dans la foulée réalise la section longitudinale du sternum. À l'inverse des autres il ne se penche pas mais demeure le dos droit, nuque inclinée et bras tendus au-devant – manière de maintenir une distance avec le corps. Le thorax est ouvert et Virgilio, alors, découvre le cœur, son cœur, considère son volume, détaille les ventricules, les oreillettes, observe son beau mouvement contractile et Alice l'observe apprécier l'organe. Le cœur est magnifique.

Il procède avec une rapidité stupéfiante, bras de catcheur et doigts de dentellière, dissèque l'aorte puis, une à une, les veines caves : il éclaircit le muscle. Alice, située face à lui de l'autre côté de la table d'opération, est saisie par ce qu'elle voit, par le défilé autour de ce corps, par la somme d'actions dont il est l'objet ; elle observe le visage de Virgilio, se demande ce que cela signifie pour lui d'intervenir sur un mort, ce qu'il éprouve et à quoi il pense, l'espace tangue soudain autour d'elle, comme si la séparation entre les vivants et les morts n'existait plus ici.

La dissection achevée, on canule. Les vaisseaux sont percés avec une aiguille afin d'y introduire de petits cathéters par lesquels transitera le liquide destiné à refroidir les organes. L'anesthésiste surveille sur les écrans l'état hémodynamique du donneur, absolument stable, tandis que Cordélia avitaille les praticiens en ustensiles ad hoc, prenant soin de répéter le nom de la compresse, le numéro de la pince ou de la lame à l'instant de la poser au creux de la main qui se tend ouverte devant elle, gantée de plastique, et plus elle distribue, plus sa voix s'affermit, plus elle a le sentiment de conquérir sa place. C'est prêt maintenant, la canulation est faite, on va pouvoir clamper l'aorte – et chacun des praticiens présents au bloc repère sur la cartographie anatomique ce qu'il est venu prendre, reconnaît la pièce qui lui est destinée.

On peut clamper ? La voix de Virgilio, haussée dans le bloc bien qu'étouffée par le masque, fait sursauter Thomas. Non, attendez ! Il a crié. Les regards se tournent vers lui, les mains s'immobilisent au-dessus du corps, bras cassés en angle droit, on suspend l'intervention tandis que le coordinateur se faufile pour accéder au lit, et s'en approcher à hauteur de l'oreille de Simon Limbres. Ce qu'il lui murmure alors, de sa voix la plus humaine, bien qu'il sache que ses mots s'abîment dans un vide létal, est la litanie promise, celle des prénoms de ceux qui l'escortent ; il lui chuchote que Sean et Marianne sont avec lui, et Lou aussi, et Mamé, il lui murmure que Juliette l'accompagne – Juliette qui sait maintenant, pour Simon, un appel de Sean vers vingt-deux heures après qu'elle a laissé des messages de plus en plus affolés sur le portable de Marianne, un appel incompréhensible, car le père de Simon semblait errer hors du langage, sans plus pouvoir formuler aucune phrase, mais des râles oui, des syllabes hachées, des phonèmes bégayés, des étouffements, alors Juliette comprit qu'il n'y avait rien d'autre à entendre, qu'il n'y avait pas de mots, que c'était cela qu'il fallait entendre, lui avait répondu je viens, dans un souffle, puis s'était élancée dans la nuit, ralliant à la course l'appartement des Limbres, dévalant la grande côte, sans manteau, sans écharpe ni rien, un elfe en baskets, ses clés dans une main son téléphone dans l'autre, et bientôt le froid de verre devint une brûlure, elle se consumait dans la pente, figurine démantibulée manquant de chuter plusieurs fois tant elle peinait à coordonner sa foulée, et respirant mal, pas du tout comme Simon lui avait appris à respirer justement, n'observant aucune régularité, et oubliant d'expirer, le devant des tibias douloureux et les talons brûlants, les oreilles lourdes comme lors des atterrissages, et des points de côté qui lui clouaient l'abdomen, elle se plia en deux mais continua de courir sur le trottoir bien trop étroit, s'éraflant le coude contre le haut mur de pierre qui ceinturait la courbe, elle dévalait cette route qu'il avait grimpée pour elle il y a cinq mois, le même virage en sens inverse, ce jour de la *Ballade des pendus* et de la capsule amoureuse de plastique rouge qui les avaient soulevés ensemble, ce jour-là, ce premier jour, elle courait à perdre haleine maintenant, et les voitures qui la croisaient en montant, la saisissant dans les faisceaux blancs de leurs phares, ralentissaient, les conducteurs interloqués continuant de l'observer longtemps dans leur rétroviseur, une gamine en tee-shirt dans la rue, à cette heure, par ce froid, et cet air paniqué qu'elle avait !, puis elle fut en vue de la baie vitrée du salon, éteint, et accéléra encore, pénétra la résidence, traversant un espace acéré de massifs et de haies qui lui fit l'effet d'une jungle hostile, puis elle s'élança encore dans le petit escalier où elle se rétama, le tapis de feuilles que le froid coagulait formant une patinoire, elle s'écorcha le visage et se couvrit de boue la tempe et le menton, puis ce fut la cage d'escalier, les trois étages, et quand elle arriva sur le palier, défigurée comme les autres, méconnaissable, Sean lui ouvrit la porte avant même qu'elle sonne, et la prit dans ses bras, la serra, quand derrière lui, dans le noir, Marianne en manteau fumait près de Lou endormie, oh Juliette, alors vinrent les larmes –, puis Thomas sort de sa poche les écouteurs qu'il a stérilisés, et les insère dans les oreilles de Simon, allume le baladeur, piste 7, et la dernière vague se forme à l'horizon, en avant des falaises, elle monte, jusqu'à envahir tout le ciel, se forme et se déforme, déployant dans sa métamorphose le chaos de la matière et la perfection de la spirale, elle racle le fond de l'océan, remue les couches sédimentaires et secoue les alluvions, elle découvre les fossiles et renverse les coffres, divulgue ces invertébrés qui approfondissent l'épaisseur du temps, ces ammonites à coquille de cent cinquante millions d'années et ces bouteilles de bière, ces carcasses d'avions et ces armes de poing, ces ossements blanchis comme des écorces, le fond sous-marin aussi passionnant qu'un gigantesque dépotoir et une pellicule ultrasensible, une pure biologie, elle lève la peau de la Terre, retourne la mémoire, régénère le sol où vécut Simon Limbres – la dune douce au creux de laquelle il partagea une barquette de frites à la moutarde avec Juliette, la pinède où ils s'abritèrent durant le grain et les bambous juste derrière, des hampes de quarante mètres au balancé asiatique, ce jour-là les gouttes tièdes perforaient le sable gris et les odeurs se mélangeaient, âcres et salées, les lèvres de Juliette avaient cette fois-ci la couleur du pomélo –, puis enfin elle explose et s'éparpille, les éclaboussures voltigent, c'est une conflagration et un scintillement, tandis qu'autour du lit opératoire le silence s'épaissit, on attend, les regards croisent au-dessus du corps, les orteils piétinent, les doigts patientent, mais chacun admet que l'on marque un temps à l'instant d'arrêter le cœur de Simon Limbres. La piste achevée, Thomas ôte les écouteurs et retourne à sa place. De nouveau : on peut clamper ?

— Clampage !

Le cœur s'arrête de battre. Le corps est lentement purgé de son sang, lequel est remplacé par un liquide réfrigéré qui, injecté à fort débit, va rincer les organes de l'intérieur, tandis que des glaçons sont immédiatement disposés autour d'eux – et sans doute qu'à cet instant Virgilio jette un œil sur Alice Harfang afin de voir si elle n'est pas en train de tomber dans les pommes, car le sang qui s'écoule du corps se déverse dans un bac, et la matière plastique du réceptacle amplifiant les sons comme une chambre d'écho, c'est bien ce bruit, plus que la vision, qui impressionne ; mais non, la jeune fille est là, parfaitement stoïque quoique le front blême et perlant de sueur, si bien qu'il se remet au travail, le compte à rebours s'amorce.

Le thorax redevient alors ce lieu d'affrontement rituel où chirurgiens cardiaques et thoraciques bataillent pour s'octroyer plus de longueur dans ce moignon de veine, ou pour gagner quelques millimètres supplémentaires d'artères pulmonaires – Virgilio, camarade mais tendu, finissant par pester contre celui d'en face, laisse-moi un peu de marge tu veux, un ou deux centimètres, c'est trop te demander ?

Thomas Rémige s'est esquivé du bloc, pour téléphoner aux différents services où auront lieu les greffes, afin de les informer de l'heure du clampage aortique – vingt-trois heures cinquante –, donnée qui affine d'emblée la temporalité de l'opération à venir – préparation du receveur, retour du greffon, transplantation. À son retour, le premier prélèvement s'achève dans un silence total. Virgilio procède à l'ablation du cœur : les deux veines caves, les quatre veines pulmonaires, l'aorte et l'artère pulmonaire sont sectionnées – des césures impeccables. Le cœur est explanté du corps de Simon Limbres. On peut le voir à l'air libre, c'est fou, on peut un court instant appréhender sa masse et son volume, tenter de capter sa forme symétrique, son double renflement, sa belle couleur carmin ou vermillon, chercher à y voir le pictogramme universel de l'amour, l'emblème de la carte à jouer, le logo de tee-shirt – I♥NY –, le bas-relief sculpté sur les tombeaux et reliquaires royaux, le symbole d'Éros le charlatan, la figuration du cœur sacré de Jésus dans l'imagerie dévote – l'organe exhibé à la main et présenté au monde, ruisselant de larmes de sang mais nimbé d'une lumière radiante – ou toute icône pour texto désignant le feuilletage infini des émotions sentimentales. Virgilio le saisit et le plonge aussitôt dans un bocal empli d'un liquide translucide, une solution de cardioplégie garantissant une température de 4 °C – il s'agit de refroidir rapidement l'organe, afin de le conserver –, après quoi l'ensemble est protégé dans un sachet de sécurité stérile, puis dans une seconde poche, et le tout enfoui dans de la glace pilée au sein d'un caisson isotherme monté sur roulettes.

Le caisson scellé, Virgilio salue à la ronde, mais aucun de ceux qui entourent le corps de Simon Limbres ne relève la tête, personne ne bronche, hormis le chirurgien thoracique incliné sur les poumons qui lui répond à voix forte penché sur le thorax tu ne m'as pas laissé grand-chose comme marge, hein, salopard, il émet un rire saccadé, tandis que la championne de Strasbourg, elle, se prépare à décolleter le foie si fragile en se concentrant comme la gymnaste avant l'entrée à la poutre – pour un peu, on s'attendrait à ce qu'elle plonge les mains dans un bol de magnésie, et se frotte les paumes – et que les urologues patientent pour s'arroger les reins.

Alice s'attarde. Elle focalise la scène, dévisage un à un ceux qui sont réunis autour de la table et le corps inanimé qui en est le centre éclatant – *La leçon d'anatomie* de Rembrandt passe en un éclair devant ses yeux, elle se souvient que son père, un oncologue aux ongles longs et tordus comme des serres, en avait accroché une reproduction dans l'entrée de l'appartement familial, et s'exclamait souvent en la tapotant de l'index : voilà, ça c'est l'homme !, mais elle était une enfant songeuse et préférait y voir un concile de sorciers plutôt que les médecins qui peuplaient sa parentèle, stationnait de longs moments devant les étranges personnages admirablement disposés autour du cadavre, les habits d'un noir profond, les fraises immaculées sur quoi reposaient leurs têtes savantes, le luxe des plis aussi précieux que des origamis de gaufrettes, les passementeries de dentelles et les barbiches délicates, au milieu de quoi il y avait ce corps livide, ce masque de mystère et la fente dans le bras qui laissait voir les os et les ligaments, les chairs où plongeait la lame de l'homme au chapeau noir, alors plus que l'admirer elle écoutait la toile, fascinée par l'échange qui s'y manifestait, finit par apprendre que percer la paroi péritonéale fut longtemps considéré comme une atteinte à la sacralité du corps de l'homme, cette créature de Dieu, et comprit que toute forme de connaissance contenait sa part de transgression, décida alors de « faire médecine », si tant est qu'elle décida quelque chose, puisque tout de même elle était l'aînée de quatre filles, celle que son père embarquait à l'hôpital le mercredi, celle à qui il offrit le jour de ses treize ans un stéthoscope de professionnel tout en lui chuchotant à l'oreille : les Harfang sont des cons, petite Harfanguette, tu vas tous les niquer.

Alice se recule progressivement et tout ce qu'elle voit se fige et s'illumine comme en un diorama. Soudain, ce n'est plus une absolue matière qu'elle perçoit en lieu et place du corps étendu, un matériau dont on peut faire usage et que l'on se partage, ce n'est plus une mécanique arrêtée que l'on décortique pour en réserver les bonnes pièces, mais une substance d'une potentialité inouïe : un corps humain, sa puissance et sa fin, sa fin humaine – et c'est cette émotion-là, plus que toute fontaine de sang déversée dans un bac en plastique, qui pourrait la faire tourner de l'œil. La voix de Virgilio déjà loin dans son dos, tu viens ? Qu'est-ce que tu fous ? Magne-toi ! Elle se détourne et court le rattraper dans le couloir.

Un transporteur spécialisé les reconduit à l'aéroport. Ils foncent à ras de terre tandis que leurs yeux accompagnent le mouvement des chiffres sur l'horloge du tableau de bord, suivent la danse des bâtonnets lumineux qui se couchent et se redressent, vont et viennent sur les aiguilles de leur montre, sur les formes pixellisées sur les écrans de leur téléphone. Un appel justement, le portable de Virgilio s'allume. C'est Harfang. Il est comment ?

— Nickel.

Ils contournent la ville par le nord, et prennent la route de Fontaine-la-Mallet, longeant des formes à la fois compactes et indéterminées, des quartiers de lisière, cités plantées dans les champs en arrière de la ville, essaims de pavillons lotis autour d'une boucle de bitume, traversent une forêt, toujours aucune étoile, aucun clignotement d'aéroplane ou de soucoupe volante, rien, le chauffeur blinde sur la départementale bien au-delà des limites de vitesse, c'est un conducteur expérimenté et un habitué de ce genre de mission, il regarde droit devant lui, les avant-bras immobiles et tendus, et murmure dans un minuscule micro raccordé à une oreillette dernier cri, j'arrive, ne t'endors pas, j'arrive. Le caisson est calé dans le coffre à l'arrière et Alice visualise les différentes parois hermétiques qui encapsulent le cœur, ces membranes qui le protègent, elle imagine qu'il est ce moteur qui les propulse dans l'espace, comme le réacteur d'une fusée. Elle se retourne et soulève une fesse pour le voir par-dessus le dossier, déchiffre dans l'obscurité l'étiquette apposée contre sa paroi, et repère, parmi les informations nécessaires à la traçabilité du greffon, une mention étrange : élément ou produit du corps humain à usage thérapeutique. Et juste au-dessous, le numéro Cristal du donneur.

Virgilio renverse la tête sur la banquette, expire, ses yeux traînent sur le profil d'Alice, ombre chinoise contre la vitre, troublé soudain par sa présence, radouci : ça va ? La question est inattendue – un type jusque-là si déplaisant –, la radio propage la voix de Macy Gray qui chante en boucle *shake your booty boys and girls, there is beauty in the world,* et Alice soudain a envie de pleurer – une émotion qui la saisit à l'intérieur, et la soulève dans un vacillement – mais retient ses larmes, ferme les dents en détournant la tête : oui, oui, impec. Il extirpe alors son portable de sa poche pour la énième fois, mais au lieu de vérifier l'heure pianote sur les touches, peu à peu s'agace, ça ne charge pas il marmonne, merde, merde. Alice enhardie l'interroge, ça ne va pas ? Virgilio ne relève pas la tête pour lui répondre, c'est le match, je voulais les résultats du match, et alors sans se retourner le chauffeur annonce froidement c'est l'Italie, 1-0. Virgilio pousse un cri, durcit un poing qu'il lève dans la voiture, puis illico demande : qui a marqué ? Le type met son clignotant et freine, un carrefour éclairé dépose devant eux une trouée blanchâtre : c'est Pirlo. Alice, médusée, observe Virgilio qui tape à toute allure un ou deux textos de victoire tout en murmurant c'est bon ça, puis il lève un sourcil vers elle, magnifique joueur ce Pirlo !, son sourire suffoque son visage, et c'est déjà l'aéroport, le grondement de la mer toute proche au bas de la falaise, et le caisson que l'on roule sur le tarmac jusqu'à la passerelle et que l'on hisse dans la carlingue, ce caisson matriochka qui recèle la poche de sécurité de plastique transparent qui recèle le récipient qui recèle le bocal spécial qui recèle le cœur de Simon Limbres, qui recèle rien moins que la vie même, une potentialité de vie, et qui cinq minutes plus tard s'envole dans l'espace.

Marianne ne dort pas, on s'en doute, ni somnifère ni rien, la douleur la défonce, elle a sombré dans un état second, c'est là qu'elle peut tenir. À vingt-trois heures cinquante, on la voit qui se redresse en sursaut dans le canapé du salon – se peut-il qu'elle ait capté l'instant où le sang a cessé de s'écouler dans l'aorte ? Se peut-il qu'elle ait eu l'intuition de ce moment ? Malgré les kilomètres qui s'étirent dans l'estuaire, entre l'appartement et l'hôpital, une proximité impalpable qui donne à la nuit une profondeur mentale fantastique, vaguement effrayante, comme si des linéaments magnétiques blindaient dans une faille spatio-temporelle, et la connectaient à cet espace interdit où se trouve son enfant, tramant une zone de veille.

Nuit polaire, il semble que le ciel opaque se dissolve, la couche de nuages se déchirant, laineuse, la Grande Ourse apparaît. Le cœur de Simon migre maintenant, il est en fuite sur les orbes, sur les rails, sur les routes, déplacé dans ce caisson dont la paroi plastique, légèrement grumeleuse, brille dans les faisceaux de lumière électrique, convoyé avec une attention inouïe, comme on convoyait autrefois les cœurs des princes, comme on convoyait leurs entrailles et leur squelette, la dépouille divisée pour être répartie, inhumée en basilique, en cathédrale, en abbaye, afin de garantir un droit à son lignage, des prières à son salut, un avenir à sa mémoire – on percevait le bruit des sabots depuis le creux des chemins, sur la terre battue des villages et le pavé des cités, leur frappe lente et souveraine, puis on distinguait les flammes des torches qui créaient des ombres liquides dans les feuillages, sur les façades des maisons, sur les visages hallucinés, on se massait sur le pas des portes, serviette autour du cou, on se découvrait et l'on se signait en silence pour regarder passer ce cortège extraordinaire, le carrosse noir tiré par six chevaux en grand deuil, caparaçonnés de draps et de surplis précieux, l'escorte des douze cavaliers portant flambeaux, les longs manteaux noirs et les crêpes pendants, et parfois encore des pages et des valets à pied brandissant des cierges de cire blanche, parfois aussi des compagnies de gardes, et le chevalier en larmes qui conduisait le tout accompagnait le cœur en son tombeau, progressant vers le fond des cryptes, vers la chapelle d'un monastère élu ou celle d'un château natal, vers une niche creusée dans les marbres noirs et parée de colonnes torses, une châsse surmontée d'une couronne radiante, médaillée d'écussons et d'armoiries précieuses, les devises latines déployées sur des bannières de pierre, et souvent on tentait un aperçu par la fente des rideaux à l'intérieur de la voiture, sur la banquette où se tenait l'officier de la transaction, celui qui allait remettre le cœur en main propre à ceux qui en auraient désormais la charge et prieraient pour lui, le plus souvent un confesseur, un ami, un frère, mais l'obscurité ne permettait jamais de voir cet homme, ni le reliquaire posé sur un coussin de taffetas noir, et encore moins le cœur à l'intérieur, le *membrum principalissimum*, le roi du corps, puisque placé au centre de la poitrine comme le souverain en son royaume, comme le soleil dans le cosmos, ce cœur niché dans une gaze brochée d'or, ce cœur que l'on pleurait.

Le cœur de Simon migrait dans un autre endroit du pays, ses reins, son foie et ses poumons gagnaient d'autres provinces, ils filaient vers d'autres corps. Que subsistera-t-il, dans cet éclatement, de l'unité de son fils ? Comment raccorder sa mémoire singulière à ce corps diffracté ? Qu'en sera-t-il de sa présence, de son reflet sur Terre, de son fantôme ? Ces questions tournoient autour d'elle comme des cerceaux bouillants puis le visage de Simon se forme devant ses yeux, intact et unique. Il est irréductible, c'est lui. Elle ressent un calme profond. La nuit brûle au-dehors comme un désert de gypse.

À la Pitié, on entoure Claire. Elle est conduite dans une chambre du service de chirurgie cardiaque qui aura été intégralement récurée, désinfectée, un glacis de transparence recouvre les surfaces, les effluves de détergent stagnent dans la pièce. Un lit mobile trop haut, un fauteuil de skaï bleu, une table déserte, et, entrebâillée dans un coin de la pièce, la porte d'un cabinet de toilette. Elle pose son sac, s'assied sur le lit. Elle est intégralement vêtue de noir – ce vieux pull fendu aux épaules – et se découpe parfaitement dans la pièce, à la manière d'une esquisse. Les textos commencent à tomber sur son portable, ses fils, sa mère, son amie, tous viennent, ils accourent, mais aucun message de l'homme aux digitales qui vient de s'accroupir sur les talons contre une palissade de bambous, parmi les chiens errants et les cochons sauvages, dans un village au fond du golfe de Siam.

L'infirmière qui entre lui déclare d'un ton bonhomme, poings sur les hanches : alors, c'est la grande nuit ! Elle est coiffée d'un casque de cheveux poivre et sel, et porte des lunettes carrées, une légère couperose lui colore les pommettes. Claire lève les paumes vers le ciel en haussant les épaules, sourit, oui, *tonight everything is possible.* L'infirmière lui tend des sachets plats et transparents qui miroitent sous le plafonnier comme des feuilles de gélatine, se penche en avant, un pendentif se décolle de sa peau, bref scintillement dans le vide – c'est un petit cœur en argent gravé d'une promesse, aujourd'hui plus qu'hier et bien moins que demain, petit bijou référencé sur des catalogues de produits vendus par correspondance, Claire captivée suit du regard son balancement –, puis l'infirmière se redresse, lui désigne les sachets : ce sont les vêtements de bloc, vous les passerez pour y aller, et Claire les considère dans un mélange d'impatience et de réticence – la matière même du sentiment qui la travaille depuis un an déjà, et l'autre nom de l'attente. Elle répond, feignant le flegme, on va quand même attendre l'arrivée du cœur non ? La femme secoue la tête et regarde sa montre, non, vous partez au bloc d'ici deux heures, dès que l'on aura reçu vos bilans, le greffon arrivera sur place autour de minuit trente, vous devez être prête, l'implantation aura lieu dans la foulée. Elle s'en va.

Claire déballe ses affaires, dispose ses produits dans le cabinet de toilette, branche le chargeur de son téléphone portable, le pose sur son lit ; elle privatise les lieux. Appelle ses fils – ils courent sur le macadam, dans le couloir du métro, elle entend l'écho de leurs pas dans les couloirs, on est là, on arrive, ils halètent d'angoisse. Ils veulent la rassurer, la soutenir. Ils se méprennent : elle n'a pas peur de l'intervention. Ce n'est pas cela. Ce qui la tourmente, c'est l'idée de ce nouveau cœur, et que quelqu'un soit mort aujourd'hui pour que tout cela ait lieu, et qu'il puisse l'envahir et la transformer, la convertir – histoires de greffes, de boutures, faune et flore.

Elle tourne en rond dans la chambre. Si c'est un don, il est tout de même d'un genre spécial, pense-t-elle. Il n'y a pas de donneur dans cette opération, personne n'a eu l'intention de faire un don, et de même il n'y a pas de donataire, puisqu'elle n'est pas en mesure de refuser l'organe, elle doit le recevoir si elle veut survivre, alors quoi, qu'est-ce que c'est ? La remise en circulation d'un organe qui pouvait faire encore usage, assurer son boulot de pompe ? Elle commence à se déshabiller, s'assied sur le lit, ôte ses boots, ses chaussettes. Le sens de ce transfert dont elle bénéficie par le jeu d'un hasard invraisemblable – la compatibilité inouïe de son sang et de son code génétique avec ceux d'un être mort aujourd'hui –, tout cela devient flou. Elle n'aime pas cette idée de privilège indu, la loterie, se sent comme la figurine en peluche que la pince saisit dans le fatras de bidules amoncelés derrière une vitrine de la fête foraine. Surtout, elle ne pourra jamais dire merci, c'est là toute l'histoire. C'est techniquement impossible, merci, ce mot radieux chuterait dans le vide. Elle ne pourra jamais manifester une quelconque forme de reconnaissance envers le donneur et sa famille, voire effectuer un contre-don ad hoc afin de se délier de la dette infinie, et l'idée qu'elle soit piégée à jamais la traverse. Le sol est glacé sous ses pieds, elle a peur, tout se rétracte.

Elle s'approche de la fenêtre. Des silhouettes se pressent dans les allées de l'hôpital, des voitures lentes circulent parmi les bâtiments qui redessinent dans la nuit la carte anatomique du corps humain, organe par organe, pathologie par pathologie, dissocient les enfants des adultes, rassemblent les mères, les vieux, les mourants. Elle aimerait pouvoir embrasser ses fils avant d'être revêtue de cette chasuble de papier tissé qui flotte sans la couvrir, et lui donne le sentiment d'être nue dans un courant d'air, garde les yeux secs mais peine à décomposer l'énormité de ce qu'elle est en train de vivre, pose la main là, entre ses seins, écoute son rythme toujours un peu trop rapide malgré les médicaments, toujours un peu imprévisible aussi, et prononce son nom à voix haute : cœur.

Les heures d'entretien avec des médecins chargés de faire son évaluation psychologique à l'heure de lui proposer la greffe – bilan de ses relations affectives, mesure de son degré d'insertion sociale, sondage de son comportement face à la fatigue et à l'anxiété, de sa docilité face aux traitements postopératoires qui seraient lourds et longs – n'ont su lui apprendre ce qu'il allait advenir de son cœur, après. Peut-être y a-t-il quelque part une casse d'organes, se dit-elle, ôtant ses bijoux et sa montre, une espèce de décharge, et que le sien sera versé là avec d'autres que lui, évacué de l'hôpital par les portes de service dans de grands sacs-poubelle ; elle envisage un container pour matière organique où il serait recyclé, rendu à un état de matière indistincte, compost de chair remodelée servi par des Atrides d'une cruauté sans borne à leurs rivaux entrés de fort bon appétit dans la salle du palais, galettes ou steak tartare, pâtée donnée aux chiens dans de grandes gamelles, appâts pour ours et mammifères marins – et peut-être alors que ces derniers se transformeraient après avoir ingéré la substance, leur peau d'écailles se couvrant de cheveux platine comme les siens, peut-être qu'il leur pousserait de longs cils veloutés.

On frappe et on entre direct dans la chambre sans attendre de réponse, c'est Emmanuel Harfang. Il se plante devant elle, lui déclare le cœur va être prélevé vers vingt-trois heures, les données de l'organe sont impeccables, puis il se tait, l'observe : vous voulez me parler. Elle s'assied sur le lit, arrondit le dos, pose les mains bien à plat sur le matelas, et croise les chevilles, ses pieds sont ravissants, ses ongles sont vernis, laqués de rouge vif, ils éclatent dans la chambre chlorotique comme des pétales de digitales justement, j'ai des questions, des questions sur le donneur, Harfang secoue la tête, l'air de penser qu'elle exagère, elle connaît la réponse. On en a déjà parlé. Mais Claire insiste, ses cheveux blonds forment des crochets contre ses joues, je voudrais pouvoir y penser. Elle ajoute, persuasive : par exemple, d'où vient-il ce cœur, qui n'est pas parisien ? Harfang la dévisage, fronce les sourcils, comment sait-elle déjà cela ? puis consent : Seine-Maritime. Claire ferme les yeux, accélère : *male or female*? Harfang, du tac au tac, *male*; il gagne la porte ouverte sur le couloir, elle l'entend qui s'absente, rouvre les paupières, attendez, son âge *please.* Mais Harfang a disparu.

Ses trois fils arrivent ensemble dans la foulée, mauvaise mine, l'aîné terriblement anxieux ne lui lâchant pas la main, le deuxième tournoyant dans la pièce et répétant en boucle, tout va bien se passer, le plus jeune lui ayant apporté un paquet de sucres en forme de cœurs. Harfang est un as, le meilleur dans sa branche, soixante-dix transplantations cardiaques par an, et la meilleure équipe, tu es entre de bonnes mains lui dit-il d'une petite voix tremblante. Elle acquiesce mécaniquement, observe son visage sans l'écouter vraiment, je sais, ne t'inquiète pas. C'est plus difficile avec sa mère qui ne cesse de larmoyer que la vie est injuste, qu'elle veut prendre sa place sur le billard – induisant qu'il est plus naturel et plus envisageable que ce soit elle qui meure, ou du moins risque sa vie la première –, Claire s'impatiente, mais je ne vais pas mourir, je n'ai pas du tout l'intention de mourir, les garçons excédés malmènent leur grand-mère, tais-toi maintenant, ça cafouille pas mal. L'infirmière de retour dans la chambre tapote le cadran de sa montre et abrège la situation, tout est bon, il faut vous préparer. Claire embrasse ses fils, leur caresse la joue, murmure à chacun à demain mon amour.

Plus tard, nue, elle est entrée dans la cabine de douche et s'est longuement lavée à la Betadine, aspergeant intégralement son corps de liquide jaune, et se frictionnant avec vigueur. Une fois sèche, elle a revêtu la chasuble stérile, puis elle a recommencé d'attendre.

Vers vingt-deux heures, l'anesthésiste entre dans la chambre, tout va bien ?, c'est une grande femme, épaules et hanches étroites, un cou de cygne, le sourire pâle, elle a de longues mains froides qui effleurent les siennes quand elle lui tend un premier médicament – pour vous détendre –, Claire s'allonge sur son lit, un coup de pompe bien qu'elle soit excitée comme jamais. Une heure plus tard, le brancardier du bloc entre à son tour, saisit les poignées de son lit, on va vous opérer sur la table et on vous ramène dans votre lit après, puis il la transfère sans un mot. Ils parcourent des mètres de couloirs, elle ne sait pas où poser les yeux, voit défiler des plafonds ennuyeux, et des fils électriques sinueux comme des serpents de rivière. Son cœur accélère au fur et à mesure qu'ils gagnent la zone du bloc, franchissent des portes codées qui aménagent des sas. L'espace se cloisonne encore, puis elle est acheminée dans une petite salle où on la fait attendre. On va venir vous chercher. Le temps se dilue, bientôt minuit.

Derrière la porte du bloc, l'anesthésiste vérifie la mise en place du matériel destiné à la surveillance de la patiente : pose d'électrodes pour la vigilance cardiaque, pose des cathéters pour lire la tension en continu sur le scope, et cet appareil qui pince le bout du doigt pour surveiller le taux d'oxygène dans le sang. Elle installe la perfusion, suspend la poche de liquide translucide, contrôle les fermetures – des gestes simples, modélisés par une expérience de trente ans, parfaitement exécutés –, bien, on va pouvoir y aller, tout le monde est là ? Mais personne n'est tout à fait là, l'équipe se prépare au vestiaire, enfile des pyjamas bleu ciel, des blouses à manches courtes et des vestes à manches longues, chacun passe au moins deux charlottes afin de recouvrir l'intégralité de son cuir chevelu, et deux bavettes encore devant sa bouche. Chaussons, surchaussons, gants stériles en paires multiples renouvelées à profusion. On se lave à grande eau, on se savonne les avant-bras jusqu'aux coudes avec des solutions désinfectantes, on se nettoie les ongles, une fois, deux fois, trois fois. Puis c'est l'entrée au bloc. Des corps indistincts prennent place, règlent les appareils, mais si les visages ont disparu, restent l'allure, la taille, la manière de bouger, la corpulence, la gestuelle, et le regard qui dans cette enceinte fonde un autre langage. Il y a là un perfusionniste, l'interne de bloc, deux infirmières panseuses, et deux médecins anesthésistes – trente ans qu'Harfang travaille avec ce duo de vieilles copines, il a réalisé sa première transplantation avec elles.

D'ailleurs le voilà qui débarque, l'air de démarrer une course. Il a revêtu une robe tablier hypercouvrante, qui s'enfile par-devant et se noue dans le dos, une manche est rattachée au pouce par un anneau – sa longueur à mi-mollet rappelle ces tabliers de boucher qui font les hanches étroites. Il s'approche de Claire pour un dernier mot : le cœur sera là dans trente minutes, il est splendide, il est fait pour vous, vous allez bien vous entendre. Claire sourit : mais vous attendez bien qu'il soit au bloc avant de m'ôter celui-là n'est-ce pas ? Harfang, étonné : vous êtes sérieuse ?

On anesthésie Claire. Des images apparaissent bientôt sous ses paupières, jaillissement plastique de formes molles et de tons chauds, métamorphoses infinies de surfaces, déploiement kaléidoscopique de cellules et de fibres tandis que les infirmières font disparaître sa tête et son corps sous de grandes feuilles de plastique jaune, recouvertes à leur tour de champs opératoires : seul un périmètre de peau demeure visible, claire sous les faisceaux des lampes, émouvante, cette zone que l'on va creuser. Harfang opère les premiers gestes, il inscrit sur son thorax le tracé des incisions à venir à l'aide d'un crayon stérile, repère les endroits précis pour de petites ouvertures – on y glissera des tuyaux qui introduiront dans le corps un système de caméras. Puis l'anesthésiste pendue au téléphone du bloc annonce : c'est bon, ils arrivent.

Autre bloc opératoire dans un estuaire nocturne, mais dépeuplé celui-là, l'ordre de départ des équipes inversant celui de la préparation des greffons, les derniers à demeurer auprès de Simon Limbres sont ceux qui ont prélevé les reins, les urologues, toujours eux. Ils sont chargés de rendre au corps un aspect extérieurement intègre.

Thomas Rémige est là aussi, le visage lustré de fatigue et les joues plates, et bien que s'ouvrent des heures différentes, évasées vers la fin du processus, des heures délayées dans une temporalité à la fois plus lente et de matière plus molle, il accentue sa présence. Chacun de ses actes, même le plus imperceptible, exprime l'idée que non, ce n'est pas fini, non, ce n'est pas encore fini. Bien sûr qu'il exaspère les autres à force de tendre le cou par-dessus leurs épaules, à force de devancer les gestes des chirurgiens et ceux des infirmières. Ce serait maintenant si facile de lâcher prise, de laisser filer un point ou deux, d'expédier les derniers soins, de liquider le truc, au fond qu'est-ce que ça change ? Thomas résiste en silence à contre-courant de l'épuisement général, ou de l'urgence de clore, il ne lâche rien : cette phase du prélèvement, la restauration du corps du donneur, ne peut être banalisée, c'est une réparation ; il faut réparer maintenant, réparer les dégâts. Remettre ce qui a été donné comme il a été donné. Sinon, c'est la barbarie. Autour de lui, on lève les yeux au ciel, on soupire : t'inquiète, qu'est-ce que tu crois, on ne va rien bâcler, tout sera fait comme il doit être fait.

Le corps de Simon Limbres est creux, la peau semble par endroits ventousée de l'intérieur. Cette apparence atrophiée n'était pas la sienne à son entrée au bloc, elle crie les mutilations subies, elle contrevient à la promesse faite aux parents. Il faut combler. Les praticiens créent rapidement une garniture en usant de champs textiles et de compresses, bourre grossière qu'il s'agit de modeler au mieux selon le volume et la forme des organes prélevés, puis de disposer en lieu et place. Les mains s'affairent et les gestes prodigués sont bien ceux d'une restauration : il est question de redonner à Simon Limbres son apparence d'origine, afin que ce soit lui, et cette image de lui, que puissent archiver dans leur mémoire ceux qui le retrouveront demain dans la chambre mortuaire, afin qu'ils puissent le reconnaître comme celui qu'il a été.

On referme à présent le corps sur lui-même

– sur son vide, sur son silence. La suture en surjet – une couture à fil unique, nouée à chaque extrémité – sera délicate, soignée, l'aiguille du praticien, fine et précise, traçant un pointillé rectiligne, et ce qui frappe, c'est que coudre, ce geste archaïque sédimenté dans la mémoire des hommes depuis les aiguilles à chas du paléolithique, puisse rallier le bloc opératoire et trouver à conclure une opération d'une telle teneur technologique. D'ailleurs, le chirurgien travaille dans une intuition absolue, dans l'inconscience totale de son geste, sa main opère des boucles régulières au-dessus de la plaie, des boucles courtes et identiques, elles vont lacer et clore. Face à lui, le jeune interne continue d'observer et d'apprendre – c'est la première fois qu'il assiste lui aussi à un prélèvement multi-organes, et sans doute qu'il aurait aimé faire la suture, sans doute qu'il aurait voulu porter lui aussi sa main sur le corps du donneur afin de rejoindre la geste collective, mais la densité de l'intervention a saturé ses perceptions, et, fatigue ou nervosité, des papillons noirs volettent dans son champ de vision, il se raidit, se dit qu'il n'a pas flanché quand le sang s'est vidé dans le seau, c'est déjà ça, et que l'essentiel est de rester debout, jusqu'au point final.

À une heure trente, les urologues posent leurs ustensiles, relèvent la tête, soufflent, abaissent leur masque et quittent le bloc ; ils emportent les reins. Restent Thomas Rémige et Cordélia Owl, laquelle semble tenir debout sous l'effet d'une tension résiduelle, près de quarante heures qu'elle n'a pas dormi et elle a le sentiment que si elle freine elle tombera, s'effondrera sur place. Elle commence le travail de la fin. Fait l'inventaire des instruments, remplit des étiquettes, note des chiffres sur des feuilles imprimées, inscrit des horaires, et ces formalités administratives, effectuées avec la rigueur d'un automate, lui laissent le champ libre pour divaguer, pour que des flashs éclatent dans son cerveau, fondu enchaîné reliant fragments de corps, bribes de paroles, portions de lieux – le couloir de l'hôpital débouche sur un passage voûté aux puanteurs exquises, la mèche de cheveux tremble sur la flamme du briquet, les réverbères orange ondulent à la verticale dans les yeux de son amant, les sirènes aux cheveux verts remuent sur la carrosserie d'une camionnette, son téléphone vibre enfin dans la nuit –, continuum poreux sur quoi s'imprime le visage de Simon Limbres, qu'elle a soigné cet après-midi, qu'elle a scruté et caressé, et cette jeune fille au corps semé de suçons bruns – une peau de panthère – songe brusquement au temps qu'il va lui falloir pour que ces heures décantent, pour qu'elle puisse en filtrer la violence, en éclaircir le sens – qu'est-ce que je viens de vivre ? Ses yeux se brouillent, elle regarde sa montre, baisse son masque, il faudrait que je remonte dans le service un moment, la stagiaire est seule en haut, je reviens. Thomas acquiesce sans la regarder, c'est bon, je vais finir, prends ton temps. Les pas de la fille s'éloignent et la porte du bloc se referme. Thomas est seul à présent. Il balaye les lieux d'un lent regard circulaire et ce qu'il voit le fait tressaillir : c'est dévasté ici, chaos de matériel et de fils électriques, écrans désorientés, ustensiles usagés, linges souillés amoncelés sur des paillasses, la table d'opération est sale et le sol éclaboussé de sang. Quiconque passerait la tête clignerait des yeux dans la lumière froide puis se formerait une image de champ de bataille après l'offensive, une image de guerre et de violence – Thomas frissonne, et se met au travail.

Le corps de Simon Limbres est désormais une dépouille. Ce que la vie laisse derrière elle quand elle s'est retirée, ce que la mort dépose sur le champ de bataille. C'est un corps outragé. Châssis, carcasse, peau. Celle du garçon prend lentement la couleur de l'ivoire, elle semble se durcir, nimbée de cette lueur crue qui tombe du scialytique, elle semble devenir une carapace sèche, un plastron, une armure, et les cicatrices en travers de l'abdomen rappellent un coup mortel – la lance au flanc du Christ, le coup d'épée du guerrier, la lame du chevalier. Alors est-ce ce geste de coudre qui a reconduit le chant de l'aède, celui du rhapsode de la Grèce ancienne, est-ce la figure de Simon, sa beauté de jeune homme issu de la vague marine, ses cheveux pleins de sel encore et bouclés comme ceux des compagnons d'Ulysse qui le troublent, est-ce sa cicatrice en croix, mais Thomas commence à chanter. Un chant ténu, à peine audible par celui ou celle qui se trouverait avec lui dans la pièce, mais un chant qui se synchronise aux actes qui composent la toilette mortuaire, un chant qui accompagne et décrit, un chant qui dépose.

Le matériel nécessaire à la toilette du corps avant le départ pour la chambre mortuaire est disposé sur un chariot à roulettes. Thomas a revêtu un tablier jetable par-dessus sa blouse, enfilé des gants à usage unique, rassemblé des serviettes – elles aussi à usage unique, une fois une seule, pour Simon Limbres – et des compresses de cellulose douce, un sac-poubelle jaune. Il commence par fermer les yeux du garçon en usant d'un tampon oculaire sec, après quoi, pour lui clore la bouche, il roule deux morceaux de tissu, en place un sous l'occiput de manière à fléchir les cervicales, tandis que l'autre soutient le menton en s'appuyant à la verticale sur le thorax. Ensuite, il ôte du corps tout ce qui l'envahit, ces fils et ces tubes, les perfusions et la sonde urinaire, il le débarrasse de tout ce qui le traverse, l'enlace, en obstrue la vision, il le dégage et alors le corps de Simon Limbres apparaît dans la lumière, plus nu que nu soudain : corps humain catapulté hors de l'humanité, matière inquiétante dérivant dans la nuit magmatique, dans l'espace informe du non-sens, mais entité à laquelle le chant de Thomas confère une présence, une inscription nouvelle. Car ce corps que la vie a éclaté retrouve son unité sous la main qui le lave, dans le souffle de la voix qui chante ; ce corps qui a subi quelque chose hors du commun rallie maintenant la mort commune, la compagnie des hommes. Il devient un sujet de louanges, on l'embellit.

Thomas lave le corps, ses mouvements sont calmes et déliés, et sa voix qui chante prend appui sur le cadavre pour ne pas défaillir tout comme elle se dissocie du langage pour s'affermir, s'affranchit de la syntaxe terrestre pour aller se placer en ce lieu exact du cosmos où se croisent la vie et la mort : elle inspire et expire, inspire et expire, inspire et expire ; elle convoie la main qui revisite une dernière fois le modelé du corps, en reconnaît chaque pli et chaque espace de peau, y compris ce tatouage en épaulière, cette arabesque d'un noir émeraude qu'il avait fait inscrire dans sa chair l'été où il s'était dit que son corps était à lui justement, que son corps exprimait quelque chose de lui. Thomas comprime maintenant les points de ponction qui subsistent à l'endroit où les cathéters perçaient l'épiderme, il lange le garçon dans un change, et même il le recoiffe de manière à faire rayonner sa figure. Le chant s'amplifie encore dans le bloc opératoire tandis que Thomas enveloppe la dépouille dans un drap immaculé – ce drap qui sera noué ensuite autour de la tête et des pieds –, et l'observant travailler, on songe aux rituels funéraires qui conservaient intacte la beauté du héros grec venu mourir délibérément sur le champ de bataille, ce traitement particulier destiné à en rétablir l'image, afin de lui garantir une place dans la mémoire des hommes. Afin que les cités, les familles et les poètes puissent chanter son nom, commémorer sa vie. C'est la belle mort, c'est un chant de belle mort. Non pas une élévation, l'offertoire sacrificiel, non pas une exaltation de l'âme du défunt qui nuagerait en cercles ascendants vers le Ciel, mais une édification : il reconstruit la singularité de Simon Limbres. Il fait surgir le jeune homme de la dune un surf sous le bras, il le fait courir au-devant du rivage avec d'autres que lui, il le fait se battre pour une insulte, sautillant les poings à hauteur du visage et la garde serrée, il le fait bondir dans la fosse d'une salle de concert, pogoter comme un fou et dormir sur le ventre dans son lit d'enfant, il lui fait tournoyer Lou – les petits mollets voltigeant au-dessus du parquet –, il le fait s'asseoir à minuit en face de sa mère qui fume dans la cuisine pour lui parler de son père, il lui fait déshabiller Juliette et lui tendre la main pour qu'elle saute sans crainte du mur de la plage, il le propulse dans un espace post mortem que la mort n'atteint plus, celui de la gloire immortelle, celui des mythographies, celui du chant et de l'écriture.

Cordélia réapparaît une heure plus tard. Elle a fait le tour du service, elle a poussé les portes, a fait une ronde dans la salle de réveil, elle a vérifié les constantes dans les chambres, le débit des seringues électriques et les diurèses, elle s'est penchée sur les êtres qui dormaient là, sur leur visage qui parfois grimaçait de souffrance, elle a observé leur posture, écouté leur souffle, puis elle est redescendue voir Thomas. Elle le surprend qui chante, l'entend avant même de le voir car sa voix est forte maintenant, et troublée elle se fige, le dos plaqué contre la porte du bloc, les mains le long du corps, la tête basculée en arrière, elle écoute.

Plus tard, Thomas lève les yeux. Tu tombes bien. Cordélia s'avance à la table. Le drap blanc est remonté à hauteur du sternum de Simon, il cisèle les traits de son visage, le grain de la peau, les cartilages transparents, la pulpe des lèvres. Il est beau ? Thomas l'interroge ; oui, très, elle répond. Alors ils se regardent avec intensité, et ensemble soulèvent le corps, qui malgré tout pèse lourd encore, se placent chacun à une extrémité et le font glisser sur un brancard, dans un suaire, avant d'appeler les agents du funérarium. Demain matin, Simon Limbres sera remis à la famille, à Sean et à Marianne, à Juliette et à Lou, à ses proches, il leur sera rendu *ad integrum*.

L'avion atterrit au Bourget à minuit cinquante. Le temps se radicalise. Coordination logistique impeccable, une voiture les attend. Celle-là n'est pas un taxi mais une voiture spécialisée dans ce type de mission, et thermiquement réglée – les portières affichent l'inscription : véhicule prioritaire, don d'organe. Un calme profond règne dans l'habitacle : si la tension est palpable, nulle trace ici d'une mise en scène de l'urgence pour reportage télévisé à la gloire des transplanteurs et de la chaîne humaine héroïque, nulle pantomime hystérique décalquée sur l'affichage d'un chronomètre en rouge dans le coin de l'écran, nul gyrophare encore ou escouade de motards casqués de blanc et bottés de noir ouvrant la route à grand renfort de pouces tendus et de faciès impassibles, mâchoires contractées. Le processus se déroule, il est maîtrisé et, pour l'heure, la circulation sur l'autoroute est limpide, le flux des retours de week-end en ce dimanche soir s'étant dilué : au-devant d'eux Paris se dresse sous un dôme de lumière corpusculaire. Un appel du bloc alors qu'ils passent Garonor : la patiente est installée, on commence la préparation, où êtes-vous ? On est à dix minutes de La Chapelle. On est dans les temps, Virgilio murmure, et regarde Alice, son profil d'oiseau de nuit – le concave du front, le nez en bec, la belle peau soyeuse – se dépose sur le col de fourrure de son manteau blanc, elle a bien une tête d'Harfang celle-là, il pense.

À hauteur du Stade de France, ça bloque. Merde. Virgilio se redresse, immédiatement se contracte. Qu'est-ce qu'ils foutent encore là ? Le chauffeur ne bronche pas. C'est le match, ils ne veulent pas rentrer chez eux. L'embouteillage mélange quantité de voitures aux fenêtres ouvertes, peuplées de jeunes types ivres de joie brandissant le drapeau italien qu'ils pavanent à bout de baguette dans le froid, autocars affrétés par les associations de supporters, et bahuts pour longue distance réfrigérés coincés dans la nasse euphorique. On signale un carambolage au-devant. Alice pousse un cri, Virgilio se contracte. Centimètre après centimètre, le chauffeur trouve à élargir des interstices entre les carrosseries pour y glisser son véhicule et atteindre la bande d'arrêt d'urgence, qu'il remonte à vitesse réduite sur environ un kilomètre, dépassant l'accident nodal, après quoi la piste est vide et l'accélération puissante, les spots espacés sur la glissière de sécurité ne formant plus qu'un long cordon lumineux dans la nuit. Nouveau ralentissement à La Chapelle. On va prendre par le périph'. Le seuil de la ville égrène ses portes par l'est, d'Aubervilliers à Bercy, longue courbe au terme de quoi le véhicule repique sur la droite, pénètre la ville, alors ce sont les quais de la Seine, les tours de la bibliothèque, puis un virage à gauche et ils remontent sur le boulevard Vincent-Auriol, freinent à hauteur de Chevaleret, entrent dans l'enceinte de l'hôpital, c'est là, le véhicule s'arrête devant les bâtiments – trente-deux minutes, pas mal, Virgilio sourit.

Au bloc, c'est à peine si on lève la tête quand ils débarquent, ensemble, rapportant le trésor au pied du lit comme une prise au pied d'un maître. Leur arrivée ne saurait détourner l'intervention de son cours et créer de rupture, car l'opération, ici, a déjà commencé. C'est à peine si on les accueille quand ils entrent, déjà habillés de leurs vêtements stériles, bras lavés, mains désinfectées – et maintenant Virgilio ne voit plus d'Alice que ces yeux étranges, lents et denses, où coagulent des jaunes épars, chartreuse et miel, topazes fumées. Harfang, tout de même, finit par leur lancer : alors, ça s'est bien passé avec le cœur ? Et Virgilio, sur le même ton dégagé, répond : oui, juste un carambolage au retour.

Le cœur est déposé dans une cupule, auprès du lit. Alice grimpe sur une petite estrade au bout de la table, elle va observer la transplantation, ses jambes flageolent un peu quand elle se hisse sur la marche, tandis que Virgilio, lui, s'avance pour prendre la place de l'interne de bloc, c'est tout juste s'il ne lui prend pas des mains les ustensiles, et tout en lui exprime sa volonté d'être là, sous les trois scialytiques, au-dessus du thorax, et d'y être face à Harfang. Maintenant, c'est ensemble qu'ils travaillent.

Soudain, découvrant le cœur de Claire, Harfang a sifflé et s'est exclamé qu'il n'était pas franchement en forme, celui-là, et qu'on ne serait pas mécontent de s'en dispenser et autour de lui, on a approuvé en riant à demi – on s'étonne de le découvrir ambianceur de bloc faisant le show, quand il maintient sur chacun des membres de son équipe une pression effrayante, l'œil à tout et même derrière la tête, mais le bloc est bien le seul espace où il se sente exister, où il trouve à exprimer qui il est, sa passion atavique pour son travail, sa rigueur maniaque, sa foi en l'homme, sa mégalomanie, ses désirs de puissance ; c'est là qu'il convoque son lignage et rappelle un à un ceux qui ont construit scientifiquement le geste de la greffe, les premiers transplanteurs, les pionniers, Christiaan Barnard au Cap en 1967, Norman Shumway à Stanford en 1968, ou encore Christian Cabrol ici, à la Pitié, des hommes qui avaient inventé la transplantation, l'avaient conçue mentalement, l'avaient composée et décomposée des centaines de fois avant de la réaliser, tous hommes des années soixante, bourreaux de travail et stars charismatiques, compétiteurs médiatiques qui se disputaient les premières et n'hésitaient pas à se les voler, séducteurs aux noces plurielles, entourés de filles chaussées de bottes cavalières et vêtues de minijupe Mary Quant, maquillées comme Twiggy, des autocrates d'une audace folle, des types couverts d'honneurs mais qui avaient la rage.

Il s'agit d'abord de s'occuper des vaisseaux qui conduisent le sang dans et hors de l'organe. Une à une, les veines sont coupées, obturées, travaillées – Harfang et Virgilio vont vite, mais il semble que la rapidité soit le portant de l'action, qu'à ralentir leurs mains risqueraient de trembler –, puis, c'est impressionnant, le cœur est extrait du corps et la circulation extracorporelle mise en place : une machine remplace pour deux heures le cœur de Claire, une machine qui va reproduire le circuit du sang dans son corps. À cet instant, Harfang demande le silence, il fait tinter une lame sur un tube de métal, puis prononce à travers son masque la phrase rituelle à ce stade de l'opération : *Exercitatio Anatomica de Motu Cordis et Sanguinis in Animalibus* – hommage à William Harvey, premier médecin à décrire, en 1628, l'intégralité du système de circulation sanguine dans le corps humain, et désignant déjà le cœur comme une pompe à effet hydraulique, un muscle assurant la continuité du flux par ses mouvements et ses pulsations. Dans le bloc, sans s'interrompre, chacun répond : amen !

Le perfusionniste est déconcerté par ce rituel

étrange. Il ne sait pas le latin et se demande ce qui se passe. C'est un infirmier aux cils retroussés, un type jeune, vingt-cinq, vingt-six ans, le seul ici qui n'a jamais travaillé avec Harfang. Il est assis sur un haut tabouret placé devant sa machine, un peu comme le disc-jockey aux platines, et personne ici ne s'y retrouverait mieux que lui dans le brouillamini de fils qui sortent de grands boîtiers noirs. Filtré, oxygéné, le sang file dans un enchevêtrement de fins tuyaux transparents, un code couleur sur des pastilles autocollantes précisant leur direction. Sur l'écran, l'électrocardiogramme est plat, la température du corps est de 32 °C mais Claire est bien vivante. Les anesthésistes se relaient pour vérifier les constantes, et la bonne ingestion des produits. On peut continuer.

Alors Virgilio se baisse et ramasse le cœur dans le récipient. Les ligatures des différentes poches qui le protègent sont aspergées de désinfectant, puis dénouées, après quoi il extrait l'organe du bocal, il le saisit à deux mains, et le place au fond de la cage thoracique. Alice, toujours postée sur le marchepied métallique où elle s'est hissée sur les orteils, garde les yeux fixes, fascinée, et risque de perdre l'équilibre quand elle avance le menton pour voir ce qui se passe là, à l'intérieur du corps – elle n'est pas la seule à tendre le cou de la sorte, l'interne de bloc venu se placer aux côtés d'Harfang s'y avance lui aussi, dégoulinant de sueur si bien que ses lunettes glissent sur son nez et qu'il manque de les perdre, in extremis se recule pour les replacer, choque une perfusion, fais attention s'il te plaît, lui dit l'anesthésiste d'une voix sèche, avant de lui tendre une compresse.

Les chirurgiens commencent à présent un long travail de couture : ils œuvrent à reconnecter le cœur en procédant de bas en haut, de manière à l'ancrer en quatre points – l'oreillette gauche du receveur est cousue à la partie complémentaire de l'oreillette gauche du cœur du donneur, l'oreillette droite idem, l'artère pulmonaire du receveur est raccordée à la sortie du ventricule droit du donneur, l'aorte à la sortie du ventricule gauche. À intervalles réguliers, Virgilio masse le cœur, il le luxe des deux mains, et alors ses poignets disparaissent dans le corps de Claire.

Quelque chose de plus routinier s'installe maintenant, des bribes de conversations enflent, parfois un brouhaha, des plaisanteries de bloc, des blagues d'initiés. Harfang s'enquiert du match auprès de Virgilio avec ce mélange de condescendance et de complicité feinte qui énerve l'Italien : alors, t'en dis quoi toi, Virgilio, de la stratégie des Italiens, penses-tu que cela produise des beaux matchs ? Et le jeune homme de répondre, succinct, que Pirlo est un très grand joueur. Le corps est travaillé en hypothermie mais il fait chaud maintenant dans ce bloc, on éponge le front des praticiens, les tempes et les lèvres, on les aide à changer régulièrement de vêtements et de gants – l'infirmière décachette les poches puis leur présente les protections à plat et à l'envers. L'énergie humaine dépensée là, la tension physique mais aussi la dynamique de l'action – rien moins qu'un transfert de vie – ne sauraient produire autre chose que cette moiteur qui commence à croître, à planer dans la pièce.

Le travail de suture est enfin achevé. On purge le greffon, on évacue l'air afin d'éviter que des bulles remontent au cerveau de Claire : le cœur peut désormais recevoir le sang.

La tension remonte en flèche autour de la table, Harfang déclare : ok, c'est bon, on va pouvoir remplir. C'est maintenant. Le remplissage est effectué au millilitre, il exige un débit hypercalibré, toute opération trop brutale déformerait le greffon qui ne pourrait jamais plus retrouver sa forme initiale – les infirmières retiennent leur respiration, les anesthésistes sont aux aguets, le perfusionniste lui aussi transpire, quand Alice, elle, demeure imperturbable. Plus personne ne bouge dans le bloc, un silence compact recouvre le lit chirurgical tandis que le cœur est lentement irrigué. Alors vient enfin le moment électrique. Virgilio se saisit des palettes, il les tend à Harfang, elles demeurent suspendues en l'air le temps d'un croisement de regards puis Harfang lance un coup de menton vers Virgilio, vas-y, fais-le – et en cet instant, peut-être que Virgilio ramasse tout ce qu'il sait de prière et de superstition, peut-être qu'il supplie le Ciel ou au contraire qu'il ressaisit tout ce qui vient d'être accompli, la somme des actions et la somme des mots, la somme des espaces et des sentiments –, il appose soigneusement les palettes électriques de chaque côté du cœur, jette un œil sur l'écran de l'électrocardiogramme. On choque ? Feu ! Le cœur reçoit la décharge, le monde entier s'immobilise au-dessus de ce qui est maintenant le cœur de Claire. L'organe remue faiblement, deux, trois soubresauts, puis il se fige. Virgilio déglutit, Harfang a posé les mains sur le rebord du lit et Alice est si blanche que l'anesthésiste, de peur qu'elle ne s'écroule, la tire par le bras pour qu'elle descende de l'estrade. Deuxième essai. On choque ?

— Feu !

Alors, le cœur se contracte, un tressaillement, puis ce sont des secousses quasi imperceptibles, mais que l'on peut voir si l'on s'approche, ces faibles battements, et l'organe peu à peu recommence à pomper le sang dans le corps, et il reprend sa place, puis ce sont des pulsations régulières, étrangement rapides, qui bientôt forment rythme, et leur frappe évoque celle du cœur d'un embryon, cette saccade que l'on perçoit lors de la première échographie, et c'est bien la frappe initiale qui se fait entendre, la première frappe, celle qui signe l'aube.

Claire a-t-elle entendu le chant de Thomas Rémige dans ses songes anesthésiques, ce chant de la belle mort ? A-t-elle entendu sa voix dans la nuit de quatre heures du matin alors qu'elle recevait le cœur de Simon Limbres ? Elle est placée sous assistance extracorporelle pendant encore une demi-heure, puis recousue elle aussi, écarteurs à crémaillère relâchant les tissus pour une délicate suture de demoiselle, et demeure au bloc sous surveillance, entourée des écrans noirs où tracent les vagues lumineuses de son cœur, le temps que son corps récupère, le temps que l'on range la pièce en démence, le temps que l'on dénombre les ustensiles et les compresses, et que l'on efface le sang, le temps que l'équipe se disloque, et que chacun ôte ses vêtements de bloc et se rhabille, se passe de l'eau sur la figure et se nettoie les mains, puis quitte l'enceinte de l'hôpital pour aller attraper le premier métro, le temps qu'Alice reprenne des couleurs et risque un sourire tandis qu'Harfang lui glisse à l'oreille, alors, petite Harfanguette, qu'est-ce que tu dis de tout ça ?, le temps que Virgilio relève sa charlotte et abaisse son masque, se décide à lui proposer d'aller prendre une bière du côté de Montparnasse, une assiette de frites, une entrecôte saignante histoire de rester dans l'ambiance, le temps qu'elle revête son manteau blanc et qu'il en caresse le col animal, le temps enfin que le sous-bois s'éclaire, que les mousses bleuissent, que le chardonneret chante et que s'achève le grand surf dans la nuit digitale. Il est cinq heures quarante-neuf.

## DE LA MÊME AUTEURE

*Aux Éditions Verticales*

JE MARCHE SOUS UN CIEL DE TRAÎNE, 2000.

LA VIE VOYAGEUSE, 2003.

NI FLEURS NI COURONNES, collection « Minimales », 2006 (Folio nº 6939).

CORNICHE KENNEDY, 2008 (Folio nº 5052).

NAISSANCE D'UN PONT, 2010. Prix Médicis et prix Franz Hessel, 2010 (Folio nº 5339).

TANGENTE VERS L'EST, 2011. Prix Landerneau 2012.

RÉPARER LES VIVANTS, 2014. Prix du Roman des étudiants France Culture-*Télérama* 2014 ; Grand Prix RTL-*Lire* 2014 ; prix Orange du livre 2014 ; prix littéraire Charles Brisset ; prix des lecteurs *L'Express*-BFMTV 2014 ; prix Relay des voyageurs avec Europe 1 ; prix Paris Diderot-Esprits Libres 2014 ; élu meilleur roman 2014 du magazine *Lire* ; prix Pierre Espil 2014 ; prix Agrippa d'Aubigné 2014 (Folio nº 5942).

À CE STADE DE LA NUIT (1re éd. *Éditions Guérin*, 2014), coll. « Minimales », 2015.

UN MONDE À PORTÉE DE MAIN, 2018 (Folio nº 6771). Livre préféré des libraires – Palmarès *Livres Hebdo* 2018.

*Chez d'autres éditeurs*

DANS LES RAPIDES, *Naïve*, 2007 (Folio nº 5788).

NINA ET LES OREILLERS, illustrations d'Alexandra Pichard, *Hélium*, 2011.

PIERRE FEUILLE CISEAUX, photographies de Benoît Grimbert, *Le Bec en l'air*, 2012.

VILLES ÉTEINTES, photographies Thierry Cohen, textes de Maylis de Kerangal et Jean-Pierre Luminet, *Marval*, 2012.

HORS-PISTES, *Thierry Magnier*, 2014.

UN CHEMIN DE TABLES, *Seuil*, 2016 (Folio nº 6673).

KIRUNA, *La Contre-allée*, 2019.

CHROMES, *IMEC*, *Diaporama*, 2020.

*Tous les papiers utilisés pour les ouvrages des collections Folio sont certifiés et proviennent de forêts gérées durablement.*

*Impression Grafica Veneta*
*à Trebaseleghe, le 5 août 2023*
*Dépôt légal : août 2023*
*1er dépôt légal dans la collection : février 2020*

ISBN 978-2-07-289574-6 / Imprimé en Italie

**617005**